寅

虎

卯

兔

集

齐一民◎著

云南人民出版社

图书在版编目（CIP）数据

寅虎卯兔集 / 齐一民著. —— 昆明：云南人民出版
社, 2024. 6. —— ISBN 978-7-222-22861-0

Ⅰ. I267.1

中国国家版本馆CIP数据核字第2024P7570V号

责任编辑：朱　颖
责任校对：何　娜
责任印制：窦雪松
封面题字：齐一民
装帧设计：云南杺颐文化传播有限公司

寅虎卯兔集

齐一民　著

出　　版　云南人民出版社
发　　行　云南人民出版社
社　　址　昆明市环城西路 609 号
邮　　编　650034
网　　址　www.ynpph.com.cn
E-mail　ynrms@sina.com
开　　本　889mm×1194mm　1/32
印　　张　9.25
字　　数　200 千
版　　次　2024 年 6 月第 1 版
印　　次　2024 年 6 月第 1 次印刷
印　　刷　昆明精妙印务有限公司
书　　号　ISBN 978-7-222-22861-0
定　　价　68.00 元

如需购买图书、反馈意见，请与我社联系

总编室：0871-64109126　发行部：0871-64108507
审校部：0871-64164626　印制部：0871-64191534

云南人民出版社微信公众号

愚人自画像

齐东史

2021.4.1

目　录

1

上部

虎年
无硝烟

时隔三十四年再看话剧《哗变》

2022年7月5日，星期二，首都剧场

昨晚去首都剧场看第三版《哗变》，按以前拼命的作风，当夜回家就要写评论——趁着鲜活的劲头，但昨天实在太乏困了。原因有两个：一是话剧演完后我不知不觉身处粉丝团的包围之中，黑灯瞎火地等演员们一一开车出来（也有骑车的），等来了演员吴刚夫妇和大家期盼的丁志诚。我将那时候激动的场面发到朋友圈后，一个身处巴黎的老同学用微信提醒我说："大圣，你难道没看清那些粉们都是女孩儿吗？"而我原以为只是自己作为粉的年龄偏大（刚过六十）。等到家后已经十一点多了，筋疲力尽，就没气力写了。

第二个没当晚写评论的原因是前天晚上只睡了不到三个小时的觉，除了第二天看话剧的兴奋期待之外还因为蚊子的骚扰，尤其是天快亮前偷着叮我几次嘴唇的那只，我一骨碌爬起，想确认那大胆家伙在哪里以及它的确切性别，但折腾到天大亮也没得逞。

我昨晚就是带着和三十四年前那场朱旭主演的话剧《哗变》久别重逢的小激动以及只储备了两三个小时的睡眠去"玩命"观剧的。哦，小紧张的另一个原因还有黑市买的这张票实在是贵，都翻了一倍多了，不好好看对不起那价钱。原本犹豫过，但既然1988年那场演出我是为数不多的在席见证人之一，这种 encore （法语，二次会）恐怕是上天的指令，于是，虽然晃晃悠悠稀里糊涂我还是坚持着去了，心想哪怕是睡倒在观众席打呼噜，也算是人艺老票友应有的壮举。

还好坚持到了最后，而且还被裹挟进粉丝大军。

我都六十了，早到了该被粉的年纪，回来在空荡的地铁上，我有些闷闷不乐。

现在说说《哗变》吧，免得让催问评论的"齐粉"们苦等着。

剧情不用细说了，网上都有，单说表演。昨晚的阵容可谓刚柔俱全——冯远征（柔）、吴刚（刚），还有丁志诚、王雷。演得最好的当然是主角冯远征，那个少校船长最后被询问得"疯癫"了，而装疯卖、傻歇斯底里以及变态发狂正是冯远征的最强项呀！于是，台上的他不一会儿就变成《不要和陌生人说话》里那个虐妻的男主角，看得我真想冲上舞台给他吞一口袋镇静药。

冯远征显然在模仿朱旭，从举止到口音（东北味），因此，边看我边和1988年舞台上的朱旭进行着隔空的重合。我重合他们的肢体动作，我重合他们的神态，尤其是那个舰长变"疯癫"的标志——他手里突然攥着两个圆球狠命盘弄，使我完全回忆起三十四年前朱旭身穿美国海军军服在台上的失态和疯话连篇。那一刻，我不知道自己是在看戏还是在体会时空的重叠，我不知道是身在人艺剧场还是身在疯癫荒谬的大千世界，总之我的睡意立马全无，我的"时差感"顿时失效殆尽。

真能把人看疯癫的话剧《狂人日记》

2022年7月10日，星期日，天桥艺术中心

　　这部屡次延期好不容易上演的长达三个多小时的《狂人日记》真是名副其实，简直能让人陷入疯狂——用它的超级无聊。从2019年起我开始写《百剧宴》，这是第九十三场，却是唯一一场连最后五分钟都难以熬过，真想跃起身逃离剧院的票价昂贵的大戏。从经济上说，奇高的票价，为数不多的出场演员，性价比优势绝对在演出一方。

　　评论以鲁迅小说改编的剧就要用鲁迅的语气说事。鲁迅曾说："生命是以时间为单位的，浪费别人的时间等于谋财害命；浪费自己的时间，等于慢性自杀。"漫长的三个多小时，竟然还是压缩版（最长版五小时），那位波兰"当代戏剧大师导演"克里斯蒂安·陆帕和所有"先锋戏剧派"导演犯的是同一种毛病，就是用无限、无序倾倒的法子，凭感觉而不是凭艺术理性，朝一个微小核心概念"狂人"的水缸里任意倾倒毫无实质内容甚至关联的水分，就好比放一小块鸡蛋汤压缩汤料倒满一吨的开水，可想而知，那一吨的"蛋汤"喝起来是啥子滋味！那么冗长的180分钟你要忍受怎样的煎熬！

　　我以前说过：没本事用120分把故事讲明白的导演，干脆就改行得了。《狂人日记》顶多用30分钟就能把故事演完，竟然花了6倍的时间，是想谋杀全场黑压压观众的宝贵的生命和时间还是

怎的？

　　"戏剧大师"最可怕的是没有drama（戏剧）感觉，不懂得什么是dramatic（戏剧性），你掺和进去的语言哪怕全是空洞无味的白开水，但整体的故事性基本要有。《狂人日记》本来戏剧性不强，但你要自己编纂新的戏剧性亮点呀！编不出好故事，语言又那么无聊，而且节奏出奇的慢，开场就定了格，三五分钟演员一动不动——这和导演李六乙有一拼，那么结果可以想见，就是除了偶尔演员闫楠（他在不久前看的《弗兰肯斯坦》中饰演"怪物"，难怪说话声音那么熟悉，掏心窝子说话那种）靠"疯劲"爆出零星的亮点之外，整台戏就是无聊加无聊的超级无聊，节奏如老黄牛拉慢车，叫人想睡睡不安稳，不睡对不起自己宝贵的时间，于是，不是中途悄悄退场，就是闷头看手机里日本前首相安倍晋三遇害最新新闻，无趣得令人癫狂，是那种被人用白开水"灌杀"的无奈。

　　因此，干戏剧和干首相都是高危职业，对人对己都要有"生命第一"的意识。

　　唯一的收获点还是鲁迅的小说文本——那一百年前关于"吃人"的讨论。其实，百年之后人还在吃人，比如一切战争都是变相吃人，除了"肉体吃人"，还有"精神吃人"和"非物质吃人"。至于鲁迅说的"救救孩子"，我倒是以为眼下救老人比救孩子更加迫切，因为明显的坏人已经迅速且大批量的变老了，那些你觉得完全和你"三观"不同，时常冒出些反人性可怕言论的疯子和狂人，我看在新生代中鲜有，倒是在我的同辈和长辈中大有人在，再不救救他们可就真来不及了。

一个能凑齐表情包的钢琴家
——听郎朗的大师课

2022年7月17日，星期日，国家大剧院台湖剧场

那课是昨天下午听的，在国家大剧院台湖剧场。通州，要驱车狂奔几十公里嘞，本着贼不走空的原则，回程时还顺路"趁热"（酷热）游览通州大运河森林公园，独自"视察"了京杭大运河的北端。

上次听郎朗弹钢琴是在二十多年前的人大会堂，那时他还是个刚满十八岁的神童，我把当时的印象写进《我在好莱坞演过一次电影》。查了一下，得知他现在已经年满四十岁，已经人到中年，从年龄和声誉上说，而今的郎朗绝对是大师，二十多年过后他完成了从一个青葱少年到成年人和从学生到老师的过渡。哦，昨天在大师课现场，他自己的老师也在，在郎朗的招呼下全场观众向他的先生鼓掌致意。

主持人一开始只觉眼熟却没认出来，后来才发现是北京家喻户晓的春妮，郎朗管她叫"春妮姐"。春妮也是沿大运河"南水北调"的，她生在沪上，成名于京城。

刚在朋友圈上发了一组昨天郎朗给六个弟子上课时的"表情包"，竟然是那般丰富，而现场上课时的他就是那样——情绪大幅波动、喜怒瞬时转换，完全可用"大开大合、波澜壮阔、气象万千"三个词组形容，而且从始至终金句不断，妙语连珠，比如"处处讲究境界，反而就没有了境界""这三个连音要弹得像

猫挠"，由此我想：俺们东北那疙瘩可真是喜剧小品人才济济。出生于沈阳的郎朗如果不弹钢琴就一定是顶级喜剧小品脱口秀演员，绝对能达到赵本山、黄宏、小沈阳和海阳的水平。

从郎朗分别给六个弟子的演奏点评和示范，我体会到弹钢琴能成为大师是三分在技巧、七分在情商。一段前人谱好的曲子就好比是一首现成的歌，要看你用什么"神情"演绎，你内心世界越丰沛你在五线谱上跳舞的能动性和艺术感就越强，而郎朗之所以与众不同，成为世界顶级的大师，就在于他真不是一个凡人，他的内心世界比我等平常人要丰沛不知多少倍——从他在舞台上的表现来看，要是不像他那样在瞬间从大海狂潮到平湖秋月、从炎热酷暑到寒冷严冬反复转换，哪怕技术再熟练，你指尖下弹奏出的音符也绝不可能像他那样有故事、有节奏、有层次、有万千表情，一句话，你就将只是个演奏者而永远和大师无缘。由此说来，郎朗绝对是天成的一块罕见宝贝，是艺术上的Superman（超人），他就如同贝多芬、莫扎特，属于生下来口中就衔着一块通灵艺术翡翠的天之骄子，因而他的"大师性"也是跨文化、跨种族具有普适性的，难怪他能纵横世界舞台所向披靡，得到全球那么多人的由衷赞誉。

听郎朗的课我还想到艺术的"通性"，比如在音符和文字之间，因为在郎朗点拨那六个后生时，他发现的问题竟然和我自己的感觉基本一致——哪怕我并不识谱，比如哪里应该怎么怎么，那和我给学生们点评作文时的做法和效果简直异曲同工，由此说来音乐就是有声的作文，能否编好故事（作曲）、演绎故事（弹奏）和接受故事（聆听）与文学作品的生成欣赏过程几乎一模一样，其中都需要才气的加持，都需要情感的灌注。

窜访"模范书店"和"八大胡同"记

2022年7月19日，星期二

　　受身居外地老同学之委托去天桥办理退休手续，回来在前门下地铁，顺访了"模范书店"和"八大胡同"。这两个去处都是我惦记好久的，头一个是因为它的店主姜寻在年初意外亡故——在搬书的时候，后一个呢，则是纯粹出于对历史遗迹的强烈求知好奇，尤其是两个名字都被拴在"杨梅竹斜街"上，就更感觉早晚非去一次不行。

　　即便是土著北京，一进前门大栅栏地带也稀里糊涂的。幼年时每年都来蔡家胡同的大姨家探亲，大姨离世后隔几年才来一趟，但每次来都几乎不认识了。今天上午更是，一接近那条杨梅竹斜街我就有点蒙圈加悸动，蒙圈是因陌生，悸动是因离"风俗（流）街"越来越近，我脑海中回想起了民国时期的北大先生们——那些喜欢逛"风俗街"的不雅学者教授，回想起了常来暗访妓女小凤仙的大英雄蔡锷将军，总之故事回忆多多，使人内心忐忑，心神不定。尽管妓女们早就被解放遣散，可当你脚步接近"斜街"的关口，不知为何，感觉地下的历史邪气依然浓重，就仿佛忽然被绑上了沉重的秤砣。

　　终于找到了！在我三番五次拦住人大喊着询问"您知道八大胡同在哪里"的时候，"杨梅竹斜街"几个红字胡同牌子已经光鲜亮相在我眼前，只听对方说："这里还不是八大胡同，要再往里走！"我不管那些，先扫健康码逛逛"斜街"再说，因为好歹模范书店就在它里面。

这家教堂小楼改造的模范书店就在胡同入口不远，它寂寞地矗立着，门上着锁，扒窗能看见里面的凌乱和灰尘以及四处散放着为数不多的书籍，还有，门上中英文的字条说因疫情它不开门。

我使劲朝里面端详，想寻找它的男店主——设计师兼诗人姜寻的遗痕。我手头还有他一本诗集《倾斜》。难道1月16日那天具有崇高文艺理想的姜寻就是因为搬书时梯子忽然大幅度倾斜才摔倒亡故的吗？难道卖掉唯一的住房、交不起房租同时经营六家书店是可行的吗？眼下不营业，难道这个教堂楼宇是免房租的吗？

种种疑问没有解答，即便有，兴许也不会令人感到鼓舞。

离开最美教堂书店后我马不停蹄，冒着被骄阳煎化了得"热射病"（把人的内外器官都烤熟）的风险继续前行。我见一个问一个："八大胡同究竟在哪里？！"终于，被问的那个人嘴里吐出一口纯正地道的京腔（真久违了啊），他告诉我："您老再朝前走三条街，走到陕西巷那一带，就是您特想去的最终所在。"

终于看到"陕西巷"的红牌，顿时感觉时光倒流、风俗回转，耳中听到的话音也猛然一下子都变成了民国时期纯正的京音儿，周围的男女老少还都一水儿的老北京做派，那笑声，那举止，不由得叫你神魂错乱——难道这一带几十年甚至几百年都没变，从语言到习俗，都在一个真空的大罩子中与外界隔绝了吗？

正寻思着又听闻几声收破烂人悠扬吆喝声由远而近，更增加了一种穿越感。细问路人，哦，原来这么多胡同统称"八大胡同"，至于哪八条却不太分明。也是，中国人自古喜欢用"八"这个字眼，从"八大菜系""燕京八景"到"八国联军"。你看个别老房子上依稀存留的刻画店名，还有楼堂馆所的名字上还真有和"八"字的关联，比如那家"八间坊"，同时，目睹身旁操着浓重的京腔、光溜着雪白大膀子的男性居民招摇而过，你不由得发挥起自己的想象，想象一百年的这条街，应该是怎样灯红酒绿、人影绰绰，明娼暗妓倚门待客，流氓地痞三教九流，打情骂俏暗流涌动……

懵懵懂懂稀里糊涂中我顺利完成了新旧两处念想地带的审访，回到光明正大、阳光灿烂的前门大栅栏主街，顿觉心胸坦荡、毫无邪念。乘兴到老字号"都一处"狼吞虎咽几个搞对象时和老伴头一次约会吃的烧卖，用完后又打包两份，然后拎着"都一处"，躲避着大太阳的辐射，乘坐价值千万的车——地铁快速滚回老窝。

永远理不清的男女《关系》

2022年7月22日，星期五，人艺小剧场

昨天晚上去小剧场看丁志诚、梁丹妮、徐菁遥演的话剧《关系》，万方写的剧本。

上次看小剧场的戏还是李幼斌夫妇演的，还在老地方，眼下搬进新的世界戏剧中心里面，绕了好大一圈才找到，一看，还是传统式的随便乱坐，但起初满眼都是三十岁以下的年轻人，似乎都是来看男女关系究竟有多么复杂的，感觉自己太老太另类，就换了一处座位，这时身旁才有了两三个六十岁上下的老男人，而且他们连怎么把手机弄静音都不会，紧张地四下询问，哈哈，我这才踏实了些——有同类（龄）人了嘛。

这台戏的男主角（丁志诚扮演）就是我们这么大的老大不小之人，那个出版社的领导人可真没闲着，竟然同时和老中青三代人在人生舞台上勾肩搭背，一个五六十岁的（老伴）、一个刚满四十岁的，一个才二十三岁的，于是，原本标准的男女三角关系故事被扩编成了四角关系。这种从结构上标新立异的编故事手法和王安忆的《长恨歌》真有一拼，只不过《长恨歌》里那个编织了多重情人网的是个女人，而《关系》里这位乱搞男女关系的是个老得连手机怎么静音都不太会弄的我等的同辈。

用超常规的结构构建故事，我想这是曹禺之女万方刻意为之的，因为那么一来天然的剧情噱头就稳妥有了，只要一段段地

往里面填好看（听）的说辞就行。哦，今晚丁志诚用厚重口音为自己和老中青三代人同时拍拖（搞关系）辩解的那些滔滔不绝的话，真如同无赖流氓的魔法话术，只听他振振有词、侃侃而谈，一句句，一段段，让听者为人类语言功能（嚼舌的本领）能被如此负面使用感到惶恐和汗颜——明明是动物本能控制不住，却偏往形而上假大空上瞎扯，生生把黑的说成了白的，把狗屎包装成了金色窝头，幸亏编剧是个女性，要是个男的，非被女性观众们恨死骂死不成。

男女关系太过复杂，不好随便议论，但当一个老爷爷和一个孙女辈的女孩卿卿我我，搂搂抱抱，无论你舌头怎么好使，说得如何纯情浪漫，兄弟你不是个大坏蛋，那谁才是呢？

演"三妻"中老大的梁丹妮是大冯远征八岁的"老妻"，今年都六十八岁了，她那副北京老妇人的泼辣做派在京城露天广场舞的大妈队伍中比比皆是。演老二的徐菁遥据说是接徐帆班的人艺新台柱子，相貌倒有点像万人迷陈好，能不能迷倒万人不好说，迷倒小剧场里的上百号人还是富富有余的。

这是本人看万方编的第二部剧，头一部是《冬之旅》，蓝天野和李立群演的，如今他们一个已升入天堂，一个在上海被隔离两月有余。我对那部《冬之旅》的印象一般，觉得被沉重主题捆绑得有些刻板，看后还把她用"剧二代"的标签标注，但自从读过她前两年出版的《你和我》，领略了她"小曹禺"独有的文字激昂之后，我就彻底膜拜这个继承了曹禺文字骨血的剧二代了。昨晚的《关系》更印证了自己的判断，整台《关系》，台词句句有彩，含有深思熟虑的情理底蕴，任鸣导演得也好，让节奏紧凑合理，演员尤其到位，"一夫三妻"四人转转得圈圈分明，总之散场时，当我对着楼下万方老爸（曹禺）塑像（新剧场又名"曹禺剧场"）按下手机快门时，我感觉老万对着我的镜头笑出了声音。

我幸运地站到了首体奥运冰场上

2022年7月23日，星期六

　　对于滑了四十多年冰，在几个不同国家的无数个冰场上滑过冰的本人来说，今天无疑是个里程碑性的日子，因为我竟然站到了首体奥运冰场上，以刚过六十岁的高龄！

　　前两天在电视上看到首体冰场对市民开放的新闻后我就立马心生小激动，连忙打电话预约，可怎么都预约不上。不入虎穴焉得虎子，于是我索性今天扛着冰鞋冒着酷热直奔首体。

　　已到大暑，夏日炎炎，首体门口没什么人，询问看门的东北小伙，他不让我进，说是要预约，而今天的名额已满。于是我动用死磨烂缠之计，说我就是人老了不会预约，并让他教我怎么预约，正当他埋头认真教我的时候，我已经闪身窜进大门并突破了第二层防线，然后，就迅速地消失在偌大的体育馆中了。

　　可能老年人就是这么变坏的。老年人其实不是变坏，而是朝少时坏的方向回归。顺便说一句，从今年起，中国的60后们（俺这样的坏人）将以每年两千万的史上最大规模退休，年轻人可真要当心！

　　再说首体本来就是俺家嘛，俺打光屁股时就常来，轻车熟路，只要一混进来，玩消失俺绝对在行，你休想再找到俺。

　　当确认没人再查票的时候（其实压根不用票，是免费的），我终于做贼似的左顾右盼走进灯火辉煌的冰场，啊，顿时眼前一亮——空阔的冰面，蓝色的软围墙，这不就是电视上常看的举办国际大赛时的样子吗？只见大大的奥运五环，灵动的北京冬奥的徽标，它们就躺在冰场的正中央。

我抓紧时间，赶紧换好冰鞋，然后冲进入蓝色的"围城"，一脚踏上冰去，瞬时完成了自己人生冰雪运动生涯历史性的突破：

第一次踏上首体主场馆的冰面——从前只踏上过训练馆的；

第一次在冬奥会主会场之一的冰场上滑冰，而且是刚刚比赛过的；

第一次被场外人观看，而不是看人比赛……

总之，那么多的第一次，而且我已经是一个已跨进退休门槛的六旬老人。

这不就是所说的"三生有幸"吗？

跑完一圈后我回到场地的边缘，学着奥运冠军们那样一下扑上松软的蓝墙，那感觉真爽！

我迫不及待，赶紧把撒丫子奔跑的视频发到朋友圈，并说："我获得了老年组金牌！"

小中兄看到后留言："你明明是中年组么！"

甭说，两个小时不到的奥运场地初体验真如同做蓝色的美梦，因为不久前这里曾是全世界关注的地方，那些天惊心动魄的比赛——短道速滑决赛、花样滑冰决赛的每一个情景都在眼前回放着，还有那些奔泪的中国冠军们——武大靖、隋文静、韩聪，哦，还有可爱忧郁的俄罗斯的"三娃"等外国选手，他们的比赛画面就仿佛滚滚长江东去的逝水一去而不再复返，那些精彩的姿态就好比是不会再绽放的瞬时昙花，开得有多么靓丽绚烂！冬奥会在我的有生之年绝不可能再在这座城市和这片赛场举办，而能在刚举行过举世瞩目大赛的冰场上撒丫子狂奔的北京老年人总共有几个？

　　不禁想到那些没能活过六十岁，已先于我离开这个世界的同学好友，慨叹只有坚持活到老玩（运动）到老、快活到老才有可能亲历人生最后险峰的灿烂奇景。

《巨流河》：一部我间隔十二年才攒足勇气读完的书

2022年7月25日，星期一

从来没惧怕过书的本人竟然分两次，间隔十二年才在今天最后读完齐邦媛的《巨流河》。

上次读它的时候还在北大读书，我还和美国Koss（康世林）教授谈到过齐邦媛老师，他们是多年好友，书中也记录了他的故事。

康老师是我在北大的恩师之一，是那种对我劣质论文不使劲批评、考试投票时总是能暗中指望的恩人。每次我见到康老师，就感觉似乎离《巨流河》的作者齐邦媛更近了一步，因为她在书中记录的他的确和我所知的康老师为人一样。书里说有一次齐邦媛和康老师几个人聚会，其中一位患早期痴呆症的朋友走失，康世林老师就耐心地一家家餐饮店寻找，最后终于找到了她，而那正是"圣诞老人"康先生会做的事。

记得一次讨论我的论文时康老师气喘吁吁地跑去将我四百多页的论文印制了七八本，参加讨论的同学人手一册。

齐邦媛和康先生都是基督徒，《巨流河》中基督教的箴言警句不时出现。

再说回到《巨流河》。十二年前读《巨流河》时，当我读到女主人公的恋人，飞虎队队员张大飞在空战中牺牲的那段就感动得读不下去了，因为那不是电影电视的桥段，而是真正失去恋人的刻骨铭心。我将书放在卧室书架眼睛随时能扫到的地方，打算什么时候攒足了勇气再接着读它，没想到那么一放就搁置了十二年。两星期前我又将书打开，开始阅读《巨流河》的后半部分，分两次，今天终于心潮起伏地把它读完。

我怀疑自己是否过于没出息，情感过于脆弱，但上网一搜，发现一个读者竟然和我的阅读经历一模一样，他也是读到一半时被感动得不忍读下去，放手了一段时间，才再重整精神蓄积勇气把《巨流河》读完。

关于《巨流河》，书本身我不多表，网上信息铺天盖地，我只是想说，我本家、辽宁同乡齐邦媛老师在八旬时写的这部书将永载史册，全天下的华人只要能读懂中国文字就应该像膜拜《红楼梦》《悲惨世界》那样阅读它，一遍遍地读，因为它根本就不是用文字书就，而是用一个华人坚强女子和她著名的父亲齐世英先生非凡的生命之功力铸造而成的中华近百年的个人史、家族史和民族史。它告诉你我，我们的父辈们从哪里来，又到哪里去；告诉你我为什么我们的生活今天是这样而不是那样。它既是真实的历史又是纯粹的文学，既有个人生命的鲜活刻骨体悟又有族群社会的集体爱恨情仇。敢于读她（它）就等于敢于面对我们自己的过去。

作为作者，东北人齐邦媛没有愧对"邦媛"这个名字，她就是我们这个"邦国"真正名副其实的"名媛"和孝敬忠诚的女儿，一生起伏跌宕、历尽艰辛却从不甘心沉沦。

我想这种恢宏巨著只能在八十高龄，在即将到达终点前回首人生总结过去最理性成熟的时候写就，而我本家的这位奇女子竟然将它写成了，三十余万字如同滚滚河流携带着巨大磅礴的力量，将沿途所到之处鱼鳖虾蟹泥沙水怪统统裹挟包容，那一团团用血泪凝结的水波将所有读者的眼帘打潮、模糊。

齐邦媛老师今年已经快一百周岁了，至于她的友人康世林老师，2013年北大毕业后我还回北大听了康先生一个完整学期的拉丁语课，最后一次见他还是四五年前的事情，那之后他就回台湾辅仁大学了。我想他们两位老友在台湾还是能彼此见面的吧。

人生之大河小河就这样，时而分流，时而汇合。

一场没把冼星海音乐用足的舞剧《冼星海》

2022年7月28日，星期四晚，国家大剧院·戏剧场

　　这么多年看剧似乎头一回落座第一排，于是眼巴巴地等待就近欣赏舞剧的盛宴，不过最终有些失望。失望之一是特色音乐没有用足。我本来期待的是一场包括《黄河》及以冼星海音乐为背景的舞剧，那想起来都会让人激动，可编导显然忽视了我这种期盼，整台节目只有不到五分之一段落有《黄河》的旋律，就在"延安"那一场，而其他部分冼星海曲调几乎全无。难道是我没听出来吗？可能，但显然音乐创作人没有太动那方面心思。几乎整台舞剧都和冼星海笔下那些令人内心澎湃的音符没有紧密联系，全是大段落极其通用、现代感极强的亢奋乐章，它们和本来就没有太多肢体语言，也是很大路的现代舞搭配，于是空洞对空洞、大路对大路，以致边看我埋怨配曲人：您能不能再上点心，再认真点把活儿做细？哪怕在乐曲中将冼星海特征的音乐元素打碎后掺和进去，也能从头到尾体现冼星海特色呀！

　　对当代舞我真有些厌倦了！自从上次看舞剧《曹雪芹》后我就一直拒绝看现代舞，尤其是用现代舞讲述故事的戏。

　　现代舞和其他有动作的艺术相比，比如京剧或芭蕾舞，其弱点是艺术表现手法太单一，而且还很粗糙，似乎每个舞者（尤其是男舞者）开演后就会做那么几个特别基本的动作。啥动作？比如手左比画一下、右比画一下，跟打螳螂拳似的。然后呢？没啦！就好比写毛笔大字，别的不会，只会一撇和一捺，比画一两下子还行，那可是整场呀！看得你不枯燥都不行。

望着舞台上"冼星海"做的那些无比辛苦的动作，我不自觉想起在海洋馆看到的那些水母，它们的舞姿是多么美呀，简直美轮美奂目不暇接，而且移动得如闪电般迅捷。于是我想到，和其他物种相比，人类的肢体语言和原本就是低能的，除了极少数杨丽萍那样的舞神之外，即使是职业舞蹈演员，一般人也就一撇一捺打螳螂拳的水平。

这么说未免太不厚道，也对不起舞蹈演员一晚上的辛苦，不过我只是实话实说；再说，说在舞蹈和肢体语言上我们比很多动物逊色，这不算丢人吧。

说到冼星海，说到《黄河大合唱》，那是我敬佩单子上置顶的，我甚至笃信中国是凭《黄河大合唱》伟大乐曲打败了日本侵略者，我还曾在哈萨克斯坦阿拉木图和冼星海雕像合影，他曾在那里避难。

可惜呀，冼星海最后凄苦地病逝在莫斯科，而且还是在1945年10月，那时候反法西斯战争都胜利了，可你却去了，带着你赤诚鲜红的心和你百年难得一遇的天分。

向冼星海致敬，也向从宁波来的年轻舞者们道声辛苦。

头一次去梅兰芳大剧院，头一回看《西厢记》

2022年7月31日，星期日晚，梅兰芳大剧院

今晚开了两个先例：头一次去梅兰芳大剧院看戏，头一回看昆曲《西厢记》。

生活中有一种奇特的现象：你越熟悉的你就越陌生。梅兰芳大剧院我几乎每天都从它身旁路过，它就在我到语言大学上班的路上，可自从它落成后我竟然从没进去过一次。同样，《西厢记》我似乎再熟悉不过，但演出开幕后才察觉自己竟然从没看过舞台上的《西厢记》。都花甲之年了，再不看，可就真错过了啊。

一辈子我们错过的东西太多，令人愤怒的是错过眼前的那些。

《西厢记》可真好。最近被现代"艺术"折磨过几次（比如话剧《狂人日记》）的我一听那悠扬的昆曲在空中飘荡，就仿佛狂躁的心被打了针镇静剂，是的，所有被称为"古典艺术"的对人类心灵都多少有镇定抚慰的作用。

莺莺、张生、红娘，每个昆曲演员都是一枚精雕细刻的工艺品，用他们从小的硬功夫塑造而成，从剧情到表演，整场下来没有半处是多余的。

昆曲最好看的是台词。虽然那些从元代而来的词语你似懂非懂，你一知半解，但那可是语言的活化石，那字里行间的魅力和学问是无穷的。今晚，我还从台词里面挑出了一个日语词汇——

利口，意思是聪明、伶俐。现代汉语已经基本不用"利口"二字了，但在日文里还在按元代的意思使用。

说《西厢记》我无比熟悉，是因为它是被埋藏在《红楼梦》里的。贾宝玉、林黛玉偷着读《西厢记》，读的就是今晚我眼前这台戏的剧本。"银样镴枪头"是从林黛玉口中说出的，她读的可是14世纪的剧本，而林黛玉生活的时代已经是18世纪了。在林黛玉眼中《西厢记》是古书，而在我们看来，《西厢记》和《红楼梦》都是古书。人类就是这样，你先作古被我缅怀，我再作古被他人缅怀。

巧了，下午刚看完一个20世纪60年代的美国电影《相逢何必曾相识》（*Strangers When We Meet*），由金·诺瓦克（Kim Novak）主演，一头金发的她据说是"梦露第二"。其实那个故事和《西厢记》大同小异，说的都是两个陌生人相逢后热恋，只不过它们相隔了六百多年之久。从《西厢记》到《红楼梦》再到《相逢何必曾相识》，六七百年下来人类两性的基因没有改变，地球上绝大多数的男人女人都像是随身佩戴着一块磁铁，一半人是阴性的、一半人是阳性的，只要走到一起，就被命运主宰咕的一下拥抱吸引，连分开都费力气。

不过，《西厢记》《红楼梦》《相逢何必曾相识》的结局是大不相同的，《西厢记》的张生万一考不上状元——像他准岳母要求的那样，那么他还能和崔莺莺终成眷属吗？《红楼梦》更不用说，结局惨兮兮的，至于《相逢何必曾相识》里的两个Strangers（陌生人），他们最终也没能走到一起，从"陌生人"到"恋人"之后，又重新回到各自的人生轨道。

大慈大悲的话剧《窝头会馆》

2022年8月7日，星期日晚，保利剧院

话剧《窝头会馆》由刘恒老师编剧，张国立导演，郭德纲、于谦主演。

这是第二次看刘恒老师编剧的《窝头会馆》，上一次是几年前，一票难求，最后戏票还是刘恒老师亲自送给我的。

莫大荣耀！

在老同学的提示下想起来了，上次的那届"窝头"中的角儿是两位女演员——宋丹丹和徐帆，想起两人像母鸡斗法那样在舞台上对决，挺搞笑的。

今晚，无疑是奔着郭德纲和于谦去的。大约二十年前，在郭德纲刚刚出名的时候，我和他在国贸商场面对面碰到过一次，仿佛梯形台上的两个男模特相对走过。

后来，随着看他俩那些十分"边缘"的相声视频，我从普通关心到非常崇拜直至奉为榜样，因为郭德纲他们（所有民间相声艺人）传承的实质上是一个民族的文化内功——几千年来底层蕴含的那股气息，那一丝经久不断之气。岂止是他们，刘恒老师呕心沥血所撰《窝头会馆》中暗含的，不也是同样的那股血脉？那股虽然稀稀拉拉却从不肯断流的、被京味包裹着的民族文明之血脉和生存智慧。

市井却不低俗，民间却不失雅趣，苦哈哈乐着却好似滴血观音，没错，"晚年"郭德纲的表演艺术和熟透的刘恒作品气韵是相通和一致的，都是大喜大乐中有着无限的大慈大悲和大苦大哀，那种悲悯绝不限于新旧时代变更那个暂时的"梗"，那个"梗"其实只是一个外在的形骸，作者们（剧作家和演员）利用那样一个故事的"托儿"，实质上托起的是各自心底对艺术最高境界的追求，是假借故事抒发从上古继承下来的华夏子弟的坚韧品格和达观洒脱，深陷苦难旋涡中自嘲的解脱技巧和能渡人渡己的潇洒诙谐，以及好死不如赖活……总之，《窝头会馆》的寓意正像那黄澄澄、硬邦邦的窝头，其形状既酷似马粪、牛粪又好似神圣的金字塔，其内涵既属于营养丰富可用于充饥的五谷杂粮，同时又是令人敬仰的黄金疙瘩。那窝头有无限的向上延展的感觉，同时窝头的肚子里面又恰能藏很多的故事、情绪、冲动和忧伤。

中国人活得很不容易，几千年来那么多轮次的时代大戏在这块土地上走马灯似的上演，北京墙头的"大王旗"打起来又倒下去，芸芸百姓们呢，不求大富大贵，最多只求有个像窝头的房屋遮风避雨，苟且偷生。平民百姓就仿佛是那自筑巢穴中的一团团蝼蚁，但偷生谈何容易，不装糊涂自嘲自残可咋好好活着？"会馆"建了又拆，拆了又盖，"窝头"得手易手，哪里来的永久保障？甭管你迷信哪路大仙，信观世音、信玛利亚还是信关云长，只要地球还在转着，只要百姓仍需继续活着，那么《窝头会馆》这台三小时都没看够的悲喜大戏就会永久被翻演下去——只因我们都是窝头肚子中趴着的人。

过中元节，去白塔寺拜谒

2022年8月12日，星期五

今天是一年里第二个和鬼有关系的节日，但"节日"这个字眼在此似乎不妥，因为汉语中凡是节都该喜庆，这和拉丁语系里的fest，比如英文的festival 相差不多。中元节这样的节日似乎更适合像日本人那样将所有的"节"都悲剧化，都用"祭"字表达。当然，中国上古那个"祭"字是否也是"节"，就不仔细考证了。

中元节和清明节一样和亡灵有关，不知为何它和清明节相比感觉有些瘆人，可能是因为清明节万物复苏、百花绽放，而农历七月的中元节已经立秋，万物行将进入死期了吧。

对我来说今天比较特别，因为是父母去世后的第一个"鬼节"。

对鬼魂从前我比较藐视，但自从今春去万佛园墓地（我给自己预定的那个）散心回来夜里梦见那个黑袍女鬼之后，我对鬼魂的态度陡然变得认真起来，我一认真之后，她（第二次夜里来的那个像是个"他"）也就消停了少许，已经很久没来梦中侵扰我了。

即便万分小心，今天上午邪性的事还是发生了两桩。头一桩是我一大早就鬼使神差地打开"喜马拉雅"听起了《聊斋志异》，里面的鬼故事纷至沓来。这奇怪吗？是的，因为在我意识到今天不是普通的日子而是"鬼节"的时候,《聊斋志异》里面血淋淋的尸首都出来第三个了,而之前我从没听过《聊斋志异》呀!怎么这么巧?是见鬼了吗?!

我毅然决定去寺院里搞点法事消灾。在天宁寺和白塔寺这两个我从没去过但一直想去的古寺中我反复甄选:从名字上看,两个都似乎和身后之事相关,一个是说"在天上宁静",一个更直白,"白塔"的"白"不就是"红白"的"白"嘛,而且网上说古人每逢中元节都要到白塔寺参加盂兰盆会,于是我决定今天去白塔寺。

白塔寺和平而清净,高高的白塔直冲云霄,它是我上高中每天都路过并抬头看一眼的建筑,当时没觉得什么,一看历史它可了不得——忽必烈总设计师是元代的,从13世纪起它就傲视域西,俨然一个近八百岁的白头老翁!

我像在西藏那样随着几个人围着白塔转了三圈,算是草草完成了谒见的仪式。

我进寺门后就仔细看"白塔寺疏散逃生路线示意图",以备万一有鬼神出现时应对,不过今天的白塔寺似乎没有什么鬼魂的踪影,只有虔诚人献来的几束白花。

但是在我即将离开寺院时,那奇异的第二桩鬼事情还是发生了。在我问两个寺院看守人白塔寺是啥时候开放的时候,不约而同地,他们两个都用一种极其憋闷的声音回答我,我问了三声他们都回答了,我却都听不见,这,不,分,明,是从阴曹地府中发出的动静吗?因为活人从不这么掏心掏肺、闷声闷气地讲话呀!

　　心悸的我赶紧离开寺院来到胡同口，果然，路边有一个叫"包子袁"（始于1999年，白塔寺分店）的包子铺，铺子前有一个摆地摊卖冥币的老弟，那老弟边卖边说："买吧买吧，不买就来人抄了啊。"我于是就抓紧从他那堆天地通用银行发行的比1948年发行的法币还通胀百倍的钱币里选了几张5000万亿面值的票子，准备晚上偷着给老爸老妈烧到天堂里去。

　　他们虽然都是共产党员，是信非物质主义的，但毕竟手头有几张万亿一张的票子，在那边日子也不拮据。

观话剧《人世间》，动容对号入座

2022年8月14日，星期日晚，国家大剧院戏剧场

今晚这部剧是《百剧宴》写作的第九十九场，因此剧还没开始我就小激动了起来，既然活在人世间，谁都难免有不同心态的时候。

三个小时的剧不算长——从装一部一百一十万字巨著情节的角度上说，就好比一万只橘子非要塞进一个筐子里，起初担心的是筐太小盛不下那些，但这部剧的编剧和导演显然是做到了。三小时不长也不短，恰好将所有的剧情精华都浮光掠影似的一一呈现，而且还那么能调整情绪的高低潮，能时不时用真情打动观众，真是很了不起。

感叹作家梁晓声的伟大，他竟然能将时隔五十余年的两个时代故事编成两大系列的史诗，头一部是20世纪六七十年代的知青史诗，第二部就是这部表现后三四十年中国平民百姓生活变迁的《人世间》。

写史诗级的作品是要先猛吃时代演变"大餐"的，通常一部史诗需要至少二三十年的时代悲欢离合故事做文字巨兽的"饲料"，而且那个"史诗"怪兽的吞吐消化量极大，所以一般一个作家一辈子留下一部史诗级的作品（或者成为一个历史事件的公认代言者）就已经是作家中的最重量级了，而梁晓声却偏偏成就了两个——一个"知青史诗记录者"和一个"东北改革开放平民

生活史"的撰写者。因此说，他是时隔半个世纪老树开新花，真乃笔头军中的老英雄也！

时代故事是作家的广阔麦田，作家是那些金穗的收割机，梁晓声一人就独自割了两茬，他锋利的钢笔收割机所到之处丰收满满，而且收割之后"寸草不生"！同时梁大作家敛故事的尺度硕大无比，稻子、稗子、蒿草统统收纳。

《人世间》中张力紧绷的元素应有尽有：枪毙人场面、妇女被强奸后生子、美国校园枪击中中国少年丧命、城市最穷街区（光字片）拆迁、北大才子才女同出一门、省长女婿小阁楼入赘、无德诗人移情别恋、男主人公失手杀人等等，这些元素无论放在哪个故事中都会出彩，何况是将所有这些都放进一个炉灶中用猛火熬煮，端出来的必定是一盆盆能让观众（读者）瞠目激动的"硬菜"。

至于《人世间》里的人物，似乎每个人都能将自己局部对号入座，本人对号的就是周炳坤——那个平庸老实的二儿子。

回望本人这四十来年的足迹所至范围，作为家中的老二，原本和家兄都安居北美，当父母进入晚年后，二十多年前我从北美煞费苦心、费尽周折回国，一心一意只为给父母养老送终。从那以后我从绕半个地球商旅者以每五年为一段落的节奏一圈圈缩小活动半径：从绕半个地球到绕半个洲（亚洲）再到绕半个国（中国），然后再到绕半个城市（北京），直到父母离世前的绕半个区（西城）。可以说为尽孝我牺牲了自己金色年华的活动空间、资质、身份以及生命时光，这值得吗？不后悔吗？

今晚在《人世间》的最后一幕，周家全家人围坐在炳坤的周围（包括已经离世的父母）异口同声为他做出"你才是全家最有出息的那一个"的最后评语，二楼上看戏的花甲老齐我很是动容，感觉这句话也是对我这个"齐家老二"说的。

《百剧宴》一书的压轴大戏

——陈佩斯父子的话剧《惊梦》

2022年8月20日，星期六晚，国家大剧院·戏剧场

今晚这场戏非同小可，是《百剧宴》的第一百场压轴戏——陈佩斯主演的《惊梦》。"二渠道"的票价不菲，因此我从天亮起就盼天黑，就一段段攒觉，怕晚上没精神，总之老是心中不安，非要把最后一场戏看透看好看出滋味看回票价，非要把我佩服的陈佩斯面目看清。

居然是戏剧场池座的第一排！开始不敢相信，见落座后没人和我抢位子才相信，但位置是最左边，有时要斜着脑袋看舞台犄角的剧情，但这已足够满足视觉大餐的标准了，尤其是陈佩斯在离我五六米的地方用熟悉的高音独白的时候，仿佛在场的就只是我和他二人。

陈佩斯的儿子陈大愚先出场，我上次说过他是个小才子，是个谁都想把他当儿子的那种好青年，随后带着小激动，我终于看到了他爹。

说不定这一轮演出是已经年近七旬的陈佩斯的最后一轮演出，舞台上的他显得有些苍老，变苍老的他居然和他爸爸陈强一模一样。其实这台《惊梦》就是为陈家三代人量身定制的戏，因为剧中提到第一位演《白毛女》中黄世仁的陈强——陈佩斯的爹、陈大愚的爷爷，由此，你眼前仿佛晃动着祖孙三代"黄世

仁"，头一号已在天堂，二号、三号就在我目前的舞台上晃悠。

《惊梦》是我看过三台陈佩斯导演的喜剧中最好的一个，它既能为他的三台戏压轴，也能为我这部《百剧宴》压轴，或许还能为2022年度全年我看过和即将要看的所有剧目压轴。它似喜实悲，它笑中藏哭，它哀哭的是昆曲，是古典，是艺术根性和文化传统，它控诉的是五六百年艺术美丽花朵和几十年身处纷乱环境之间的不适应、难融合，它用长久对抗暂时，用永恒对抗瞬间，用不变对抗混乱，用哀鸣对抗枪炮子弹。

《惊梦》的反讽和谐谑不能用简单的"包袱"形容，它暗含诸多结构性的不协调和荒诞，而这完全符合我心目中最高级喜剧必备逻辑性荒谬的要求，比如强行让一个昆曲名班子演歌剧《白毛女》。

再说陈佩斯，作为一个艺术家他值得被尊敬是毫无争议的，老陈家三代"黄世仁"，三片绿叶将那么多纯真的"白毛女"陪衬，陈家可算对中国演艺事业贡献厥功至伟。而我呢，能在头一排哪怕是斜着脑袋和他们父子面对面看"堂会"，也算是上世修来的福分。

转话题到《百剧宴》的收尾。我用"艺术超越时空和朝代，艺术永远至上"为内在主题的《惊梦》大戏为《百剧宴》收场，可以说是人意和天意的安排。

自从2019年5月《百剧宴》第一场戏开幕、我开笔以来，三年来我坎坎坷坷、不辞辛苦，不论酷暑严寒，不管中午晚上，不管剧场在郊野、在庙堂，还是在大剧院、在首都剧场，我一场场看，我一字字评，我每次回家都连夜奋笔疾书，我写完时常无法入睡。三年来"新冠"小儿顽固猖狂，三番五次卷土重来，导致剧院不时大门紧闭万家惶恐，但我从未放弃，屡次停工后又复开工。一百场戏剧多像是一百场梦，有美梦，更有惊梦，有预期更有意外，但诸君须知——一百场古今中外大戏，无论是音乐舞蹈还是戏剧讲座，无论借助哪种形式，它们秉承的都是统一的几个执念，那就是"艺术不朽，艺术超越现实，艺术超越眼下，只有艺术生命永恒"。艺术带给人类的永远是惊梦是惊喜，是希望和欢乐以及反思，总之就像《牡丹亭》里昆曲的亘古唱腔那样，无论持何种信仰，在它的"美色"面前，谁都是嗷嗷待哺的幼婴。

圆明园游记

2022年8月25日，星期四

年过六十之后拿着"敬老卡"挨个刷北京的公园，最后一个算是今天去的圆明园。

北京有那么多公园，人们去每个公园都是寻快乐去的，唯有一个去了让人心痛，那就是圆明园。上次去圆明园是十多年前在北大读书的时候，今天又去打卡，将京西的最后一个空给填满，所以无论怎么硬着头皮，也要去看一看的。

进园后，本来没想在那些人工做成的水塘边滞留，本想直奔"大水法"和"西洋楼"凭吊，可是被忽悠着上了一条划过百亩荷塘的游船——那荷塘应该是"福海"吧，不过一路真美，碰上北京今天有鱼鳞云，湛蓝的天、洁白的云和翠绿的荷叶、粉红的荷花，以及迎头匆忙"驶来"的一只黑天鹅的黑，多种颜色混合着仿佛是清晰的调色板，不由得心情也跟着愉悦起来，冲抵了内心再次和那些废墟面对面的紧张。

下船后不远就是废墟一带了，走近后我立马就见到了道旁两块刻着"西兰花"（西洋风格的花纹）的残石，人也机警了起来，这时我看到"大水法"和"西洋楼"，久违了！

因为是在预期之中，这一带起先我没有太多的感觉，无非是合影、暂坐、略做思考回想等。和上次来不同，所有废墟都不能靠近了，这样最好。不过我的举止还是和上次有所不同，因为经过这些年的业余手机摄影实践，我对那些残骸上的细节更加注重了，我发现了它们细节的美，不，"美"一字太普通，说洋味道也行，它们迅速和我在俄罗斯圣彼得堡看到的那些至今还毫发无损、珠光宝气的彼得大帝皇家建筑在我眼中重叠了起来，二者原本用的材料和工艺是一样的啊，但一个仍在向世人炫耀着它超越岁月的恢宏和美貌，一个却横尸郊野……不多想了，匆忙从打卡地离开。

下几站才是真让我震惊的——海晏堂、方外观，还有那一大片没来得及落实名字的废墟，我以前从来就没见过它们，是没对外开放还是被我错过了？总之，忽然圆明园的废墟规模无意间扩大了十倍——对我来说，那么多从没见过的奇特造型、花纹都支离破碎却屹然矗立，我惊诧地游走在它们中间，几乎和几年前在土耳其旅游时徜徉在古罗马拜占庭废墟中的感觉一模一样，但人家那是千年之前就自然毁坏的啊，咱们家门口的这场劫难却是发生在三代人之内，也就是我爷爷的爸爸的那个时期……还有，这么一大堆宏伟建筑，在熊熊烈火中挣扎是怎样的一种惨状……

这时我对面来了两个高大的西洋人，他们在嬉笑着听着耳麦中的英文讲解，顿觉两人相貌有些强盗的模样，于是我本能地暗自评估了一下，要是动手，我能打得过哪个？

哦，忘了说，大水法废墟边上的那尊雨果铜像，在我看来是多余的，一个好心的法国人讲了几句公道话又算什么呢？为法国强盗同胞开脱，证明所有天鹅不全是黑的？或者只能说中国人太善良在自己的伤口前替他们圆场？总之挺别扭的，不舒服。

作为告别环节，我辗转赶到正觉寺看了一下真正回归的那个华侨费尽百般周折迎回老家的"马首"。这应该是我第二次看到它，头一次是在20世纪90年代的澳门赌场里面。我从各个方位给它仔细拍照，它无疑是我所见过的最美一个塑像，和那些大大小小的复制品相比一眼就能看出孰真孰假。我发觉它那秀气的面庞上的眼睛极其有神，比人眼还机灵，而且上面像是有一滴眼泪。

步出南门，思考着下次还来不来这里，十年之后再来？我本来喜游废墟，这么大片废墟雪天一定更美……不过想开了也就那样，吾生也有涯，来日不算太多，把心放平静，来了就不多想，老想那可恨的战争似乎也没用，眼下俄乌战争不还在打着，每天都有华美古建变成灰烬。想去找英法等国复仇也没意义，"仇敌"不就在园子里撒欢地玩赏着？今后，你要用宁静之心消受这个越来越有模有样有灵气的皇家园子，就让废墟还是废墟吧，我们所有人在未来的某一天，不也都会变为一捧废墟吗？

一个"把关弟子"的送别

——悼念严绍璗先生

2022年8月27日，星期六

周二去昌平殡仪馆送别北大比较文学所的严绍璗先生。那天夜里醒了几次，生怕把时间错过，清晨五点看东方，发现从未见过那么美丽的彩云当空悬挂，仿佛是凤凰的羽毛，于是感觉今天严先生的灵魂行将骑着祥云离去。

严先生是中日语言文学交流开山泰斗，告别现场自然学术名流云集，弟子学生毕至。虽然也搞中日关系比较研究，我并不算是严先生的直属弟子，更谈不上"私淑"和"关门"，我和其他到场的学生辈有一点微妙的不同，可能大家都不知晓，因为这是我自己定义的，我应该是严老先生的"把关弟子"。我的博士论文从开题到最终成立直到拿到学位，不一关关通过严先生这位受到中日两国最高领导人（日本天皇和江泽民主席）接见和授勋的国家级专家的那道学术"铁门"，是万万不可能的，因此自从定下写"日本言文一致问题研究"的题目之后，无形中，我和严先生之间就有了一层对我来说战略级的重要的师生关系了，尽管我们私下见面并不多，最多的接触也只是在各种答辩场合以及庆贺比较文学所同学毕业的酒桌上面。哦，还有，每个新学年比较所开学都会请老先生来做"开荒报告"，老先生照例口若悬河、苦口婆心，我由于延期一年毕业，自然比别人被老先生多"开荒"

了一次。

　　读博进入第三年，我从日本金泽大学把严先生最重视的原典资料取回之后，就正式进入论文的攻关阶段，这时候严先生对我所研究的问题的态度就愈加重要起来。眼看着眼前那道"悬空之门"变得越加冰冷和庄严，门缝越发似有似无，而我所研究的题目属于前所未有，有一定的突破性，我心中没底，严先生也在慎重拿捏。为了获得老先生的"研究通行证"，我在一次非学生场合乘着老先生的雅兴获得了他口头的允诺："小齐，你可以继续研究言文一致问题了！"于是我狂喜着将那个好消息告诉了导师陈跃红先生。之后就是长达一年半之久的论文写作的苦难历程，然后，我再将孵化六个月、七个月、九个月的"胎儿"一次次送交导师和严先生看。严先生在接到论文邮件后总是说："小齐，你写得不错！"再之后就是一轮轮上会过"鬼门关"，其间严先生那一关的门总是忽然打开又忽然闭合，有时甚至质疑论文的可行性，致使我头晕目眩、神情恍惚。在老先生的质疑中，我一刀刀地砍，又一块块地填空、缝合，在"预答辩"遭遇滑铁卢后我又重整旗鼓，最终花六个星期血拼六万字为论文"美缝"（装修用语，填补墙砖的缝隙），并将论文的最终稿完成，交与导师和严先生评判。

　　记得最后呈交论文的那天严先生是很认真的，他乘一辆出租车在静园五院中文系下车，见到我就忙喊："小齐呀，请把你的论文给我一份！"我惴惴不安地奉命交出，之后就是导师和严先生之间最后一轮深度切磋。我呢，由于已经尽了洪荒之力，已然没有再扑腾的气力，论文也几乎没有再剪裁和润色的冗余，用俗话说"好歹就是它了"，唯有等待严师的最终裁决。

　　结论自然是成功了，我得到了严先生和导师的双重认可，我可以将论文寄出评审了！那之后还有一个小花絮：由于一个审稿老师没及时回信，我的论文缺少一个评语，陈老师让我直接寄送给严老先生。作为学术界最高裁判，他的评语自然是总裁式的最高指示。论文寄出两三天之后，严老师让我到他位于蓝旗营的家门口去取评语。至今仍记得老先生那天按时出现在楼口，对我极其热情，先慈祥地拉家常，然后鼓励我说研究搞得不错，希望我继续研究下去，然后目送我返校。严先生给我写的评语洋洋洒洒、认认真真，对我的研究进行了公平和令人信服的评判，并给了我两个"优"的评分。由于他的专业权威评语已经给出，我的论文的最后几个环节得以顺利通关，至此，我长达三四年之久的学术"苦斗"以及和严先生之间的隔空知识把关传授过程全部结束，我最终获得了学位，论文也在2014年顺利出版，全文被放在"知网"上，至今下载次数已经接近三千次。

　　在学术上我是半路出家和边缘人，"言文一致问题"是我唯一也是最后一次从事的学术研究，而那过程就是和导师陈先生和严先生的一轮轮切磋、受教、果敢突破、严格把关、成果认可的反复互动中完成的，严先生的严格把关和我的探究勇气是成功的两个不可缺少的条件，没有我的勇气就可能中途放弃，没有老先生和比较所其他老师们秉承北大质疑精神的"百般挑剔"和适时的抬举鼓励，我也不可能在之前几乎没太接受过严格学术训练的情形下拿出一部厚重的学术著作，因此严师们的耳提面命我至今依然万分感怀。

北大毕业之后在不同场合下又见过严先生几面，每次见他都是快快乐乐、乐乐呵呵，属最后一次见老先生印象最深：2013年，一位同门学弟毕业答辩，陈老师把严先生从养老院接出参加并主持，老先生那股从内心而发的兴奋和激动劲溢于言表，一再说："我是刚从老年集中营放出来的！"呵呵，"老年集中营"，多么有创意的幽默说法！

本周二的昌平殡仪馆告别厅花圈云集，挽联铺天盖地，作为国宝级的学者，严绍璗先生在祥和中寿终正寝。

其实，由于是半路出家，坦诚说我这个"把关弟子"以前并没读过严先生的著作，只是在入学时在中文系的楼道中见过严先生著作的惶惶展示。得到他去世的消息后我连忙从孔网上淘到一部他的早期名著《中日古代文学关系史稿》，上面有他的签名，翻看后钦佩之情油然而生。近日看到"比较文学群"中一篇篇对他的悼念文章，说到他家里的万张读书卡片，他为了写《日藏汉籍善本书录》，曾三十次亲赴东瀛寻找资料的经历，联想到自己为了写论文在日本苦哈哈收集原典的过程，真是感同身受，而我才去了一次而已，这是对严先生"权威"二字后面的底蕴和艰辛的一种补充和再认识。

周二从殡仪馆告别严先生之后我又遇到了一个神秘的巧合，它和清晨北京东边天空的那个凤凰彩云一样让我惊异，就是我在长安商场那个常去的书店翻书时翻到一部《金瓶梅版本知见录》，在谈论《金瓶梅》在日本的版本时，里面竟然引用了众多严绍璗先生《日藏汉籍善本书录》——就是严先生三十次奔赴日本收集原始资料写成的那部名著里面的内容，而在这之前我从没在任何书中看到过他的名字（或许因为自己不是常规学术出身），这是第一次，是那么的随机和碰巧，因为就在送别严先生的当天下午！

这让我不得不相信神灵转世的可能，严老先生化作一缕青烟西去之后，他的魂魄就在当天下午回访人间，就在我买回家的这部书中的小字注释和一脉书香里面，所谓学者灵魂不灭和永垂不朽，就是指这种事吧！

诗赞徐杭生兄的书法

2022年8月27日，星期六

杭生兄的书法是生于杭州成于西湖的书法，
如西子像荷花，清癯洁净，素雅不妖。
杭生兄的书法又是黄埔传统的书法，
文字排列好似工整威武的军姿。
同时，他的书法还是浪漫诗人的书法，
意境悠远，飘逸脱俗。

正经而荒诞的再现

——观话剧《小井胡同》

2022年9月8日，星期四，首都剧场

　　老实说，当上一部《百剧宴》完成并已被纳入出版计划之后，我观剧的热情骤然减低了许多，有点"功成名就"的幻觉，何况，好容易想看的那场金帆中学生合唱团8日大剧院演出因疫情取消，就更令我沮丧和倦怠，所以今晚这部临时的"加餐话剧"我是抱着将就着看看的心态去的，毕竟胡同题材剧近来看得太多了，顶级的无非就是《窝头会馆》嘛。

　　果然，头一幕我并没入戏。第一幕是写小井胡同1949年冬的，像是《窝头会馆》的延续。让我兴奋起来的情节起始于第二幕——1958年"大跃进""大炼钢铁"，当然还有之后的"文化大革命"中期和晚期。看了这么多现当代中国故事，1949年之前和改革开放之后的情节从来不缺，缺的就是那中间一段，而《小井胡同》正好补上了这段记忆的缺口，因此当帷幕合上的时刻我意识到今晚真值得。这部剧不仅是我所知道唯——部写1949—1979年那段往事的戏，而且写得那么到位，到位到几乎没有再被补充的空间——我是说它所描写的那段时期的"时代特点"和"时代精神"，竟能用那么简单的勾勒就把该表现的表现得那么彻底，基本没有给写同类故事的人插针的缝隙。

　　那个如火如荼的三十年我亲身经历过一半，或者说记得其中的一半，概括说它是正经加正经、荒诞加荒诞，说"正经"是因为所有从事那种闹剧的人都十分认真，比如我就在上中学的时候曾把家里樟木箱子上面的黄铜部件取下来，送到学校去充当冶炼金属的原材料。当年，我胳膊上也佩戴着血红的"红卫兵"袖标（月坛中学，任红卫兵中队长），我们那时候还小，做的是小荒诞的事情，而我们的上辈人则是更正经，做的是更荒诞的事情。

人类不怕做荒诞的傻事，怕的是正正经经地做、举国做、五年十年地做。当然，或许荒诞是相对的，那时候的自己看今天的自己兴许会更觉荒诞。

能帮助人类反观反思反省是真荒诞还是假荒诞、是真正经还是假正经的就是文艺家的创作和记录。《小井胡同》的编剧李龙云先生已去世十年，由于他1985年编写那段"小井故事"时距离"荒诞期"很近，因此可以说该剧是"荒诞时期"的贴身记录。近四十年过后人艺将其再现，将它合盘呈现在21世纪智能手机时代的人们面前，老的（比如我）观之怀旧，年轻的看它开心，它就是它，故事就是故事，经历就是经历，剧作家、表演家们只管将它高水准表现即可，至于人们能从中觉悟出什么，反思反省出什么，那就不用管了。

能将过去无论是正经的还是荒诞的东西晾晒到非凡之年2022年的首都舞台上，这个举动本身就是一种态度，就是是非曲直的价值判断，就用心良苦、功德无量，就值得人们——至少是我，从内心感到敬佩。

刘敏涛"大姐"，你让台词如此美丽

——话剧《俗世奇人》观后

2022年9月14日，星期三晚，保利剧院

在观剧中偶然打了一个小盹——这对一个拿"敬老卡"的人来说十分正常，只是千万别打起呼噜，不过其实我是在思考的时候精神从舞台开小差的，我在寻思怎么用一句话来总结这台由刘敏涛主演的津味话剧，有了——"最美台词"！

的确，刘敏涛的台词是我这些年看过的所有话剧中最好的，她今晚那段连演员刘佩琦也被感动了的大段道白，简直美妙绝伦，感人至深，就连她上台时从嗓子发出的第一声响动，你听了都那么舒服。不仅是由于你太熟悉她在《伪装者》（饰演大姐）、《我是演员》中的声音，那声音已经被刻录在你的脑际，而是它（那声音）本身就十分动听，微微沙哑却十分干净响亮，简直像是白居易在浔阳江边听到的勾魂琵琶，那琴弦声大珠小珠朝盘子里一颗颗噼啪地落着，而当它们——那音节连成串子的时候，你的耳朵无疑是在做着无比惬意的SPA。

其实不只是刘敏涛的声音，今晚除了她大都是天津人艺的演员，所有人的声音都那么经得起推敲，里面有些海河的苦涩，有些津味相声的谐谑，但都底气十足，都是不同音色的精品。我于是想：话剧是什么？话剧不就是"说话的艺术"吗？只有将"话术"的魔力极致地表现出来，话剧才开始区别于其他的各类戏

剧，因此可以说今晚以刘敏涛为首的这个团队光荣地完成了一次捍卫话剧宗旨的演出，他们用无可挑剔的表演对我们（坐在台上的观众）说：来现场，只有来现场，只有用耳朵聆听，你们才能领略话剧艺术的魅力和真谛！

　　天津是个好地方，我酷爱天津和天津人民。呀，已有一年多没去天津了。天津人朴实厚道并拥有皇城北京人缺乏的"世俗性"，但天津人其实不俗、不土，天津才是真正北方的十里洋场。天津大作家冯骥才小说中的众多奇人被打散后又糅进这个以一个"明星大姐"刘敏涛为核心的，貌似京味《茶馆》却独具津味风格的酒馆戏中，剧情编织得合理，低潮高潮搭配适度，俨然一幅海河沿岸民俗风情图，观剧时，怎能不让人想不顾什么弹窗不弹窗，隔离不隔离，撒丫子奔天津呢？！

　　说刘敏涛是"大姐腔"，还真是那样，从相貌到身段到举手投足，她整个一个民国贤惠女子的复活，并有点开酒馆的阿庆嫂的机智和神韵，难怪小粉丝们都高声呼唤她"涛姐"。

　　什么是"大姐"，大姐得有无限包容的人品做派和为人处世风范，以及身居危难中的沉稳和睿智。中华女子自古就有这些品德，只不过半个多世纪后被劣币驱良币、被洗刷清除得无太多存留，好在有冯骥才的不俗小说在，有刘敏涛的美丽表演在，有观众们的心领神会在，当然，还有那么多明星大腕的现场加持在——今晚首演上台和到场的就有濮存昕、刘佩琦、张国立、沈腾等，这能让人不"开心麻花"吗？

　　哦，差点忘说了，今晚舞台上还有一个久违的老演员——徐松子，就是《芙蓉镇》中那个最坏的女人，她曾经扮演的那个李国香和刘敏涛今晚扮演的那个关二姐，一个歹毒至极该下地狱，一个贤惠睿智如圣母在天，她们不正好是千古绵延的中华女性人品的两个极端吗？

芭蕾舞《过年——中国版〈胡桃夹子〉》超然印象

2022年9月16日，星期五晚，天桥剧场

　　既然著名舞蹈大师、中国芭蕾舞团团长冯英老师让我说说对这场戏的看法，就不敢怠慢，回到家立马准备写评论，但看过剧照后我发现评论是多余的。这部戏在千禧年，也就是二十年前就在北大百年讲堂首演了，说什么都已经是多余，因此应该把以下的文字看成观剧的印象。

　　对这部戏的印象还是挺特别的。特别之一是它的剧名《过年——中国版〈胡桃夹子〉》，这是印在剧照上的，剧场里灯光打的则相反《中国版〈胡桃夹子〉——过年》，这无疑不妥，一定要倒过来，因为我猜想来剧院看戏的观众百分之九十以上不知道什么是《胡桃夹子》。您看那些很多是小演员的爷爷奶奶们雪花白色的头，就知道我的猜想肯定有理。回家后我问老伴："你听说过《胡桃夹子》吗？"答曰："是一首唐诗的名字吧！"这更证明我的判断是对的。当人们不知道你说的中国版的什么是什么的时候，你的剧名就是无效的，因此我建议尽快将剧场里的字幕像剧照上那样颠倒过来。

　　细节决定一切，尤其是细节决定你的观众记得住记不住剧的名字的时候，那细节就已经远大于细节了。

　　这个剧第二个特别的地方是全场使用的音乐竟然是柴可夫斯基原装的曲子，而且是百分之百现场演奏，至少这对于我是头一

遭。那么你可以尽力发挥想象，比如将《天鹅湖》的原曲排成个中国版的什么剧，排个"欢度中秋"咋样？还有，假如外国人也如法炮制，用中国神曲《梁祝》《黄河协奏曲》为伴奏演一台俄国版的、法国版的什么舞剧，比如说过圣诞节、万圣节之类的，演员再穿上他们的西装或戴上白色假发，那会是怎样的效果？想，继续想，往细节想，于是，我想到用什么瓶子装什么酒的问题。老柴的乐曲无疑是瓶XO，咱把瓶子拿来后朝里面倒进茅台或二锅头，那酒的外观无疑是好看，摇摇，动静也好听——是啊，谁能比老柴更会谱美妙的乐曲呢？但那酒咂摸着味道就有些不伦不类和稀奇古怪了。今晚的观剧效果其实就是这样的——那么地养眼，中西合璧嘛；那么地绚丽，演员们花枝招展嘛。看剧时耳朵在享受着老柴乐曲在指挥张艺棒下的舒朗柔美，眼珠在扫描着那么多俊郎靓女功夫超凡、青春气息浓郁的翩翩舞姿，中华美的因素、西洋美的因素乃至印度美的因素，青年演员、少年演员乃至少儿演员，简直应有尽有、包罗万象，所有的一切都像是包裹在柴可夫斯基《胡桃夹子》包袱皮中的鲜花和彩带，一层层地打开，一件件地展示，世界上哪有这等高端的享受？这样的视觉盛宴和听觉按摩，你怎能不醉陶陶、不喜洋洋、不乐呵呵呢？

然而，享受归享受，艺术分析归艺术分析，感官归感官，理想归理性，我在想：为什么这种改编给人的感觉怎么都不像是一流的艺术作品呢？

说到老柴，说到他给《天鹅湖》和《胡桃夹子》谱的天衣无缝的神曲，很久以来让我一直困惑的一个问题就是那么美妙的舞曲究竟他是看舞蹈家跳舞后谱的，还是他先谱好曲别人再依据他的乐曲编的舞呢？

这个问题在今晚观看《过年——中国版〈胡桃夹子〉》时或能引发再次提问和核实。显然，我们中芭是先听曲子再配舞蹈的，这毋庸置疑。那么好了，我的问题是：为什么听了神仙的曲子就能想象和派生出这么一台美轮美奂的艳舞而不是其他不堪入目的东西？没错，你听过马路上嘈杂声音之后绝不会想象出今晚舞台上的这些美丽画面。我真正想说的是：今晚的主角和灵魂其实是俄罗斯人老柴。老柴的《胡桃夹子》是我们再也制造不出来第二个的魔法瓶子，我们是在按照它音符的编排再造着一台被改装了的"中式美梦"，而台上那些舞蹈家华美的舞姿就是那个美梦的零配件，一句话，调子是先人定的，我们是在再次阐释，我们在接续着伟大作曲家早已制定好的格局，填充今天的、我们的中华生命元素。

舞蹈家和作曲家都伟大，但作曲家伟大在先。

今天恰逢北京语言大学六十甲子校庆，因此今晚在北语毕业生、现在在中芭就职的周超然同学的热心招待下，我能陪伴老领导刘和平院长一同度过疫情期间极为罕见的有现场乐队伴奏的中芭舞蹈《过年》。怎能不怀着过年一样的享受和内心的超然呢？要知道我过去两年去过的国家大剧院跨年音乐会，就是由中芭演奏和张艺指挥的呀！

真是过足了瘾

——看北京京剧院武戏专场《乾元山》
《三岔口》《锯大缸》

2022年9月27日，星期二，国家大剧院小剧场

　　当《锯大缸》演完、一身红装的刀马旦王彦力谢幕的时候，我才意识到这场让眼睛过足了"打架瘾"的武戏专场已经结束了。从没有哪台戏有如此不曾间断的掌声和叫好声，也从没有哪台戏给人带来如此的快乐和激情！

　　前两天在谈到我即将出版的《百剧宴》时，朋友问我："老齐你看戏几十年后在哪方面发现了早先没想到和悟到的东西？"我毫不犹豫地回答说："京剧！"我早先低估了京剧。年轻时崇洋媚外追逐西洋交响乐、芭蕾舞，也就是这五六年间我逐渐意识到中国的京剧才真是世间顶级的艺术，而京剧演员们是在戏剧艺术中攀登喜马拉雅最高峰的最高端者，因为他们都是某种绝技的拥有者，他们可以触类旁通涉及别的剧种，比如话剧、歌剧，但别人休想像他们那样说下叉就下叉，说翻跟头就翻跟头。

　　就拿今天晚上出场的这三位演员来说：《三岔口》里詹磊饰演那位白袍子武士，他一上场我就看出此人武艺无比高强，别人是花架子多武功少，而他正好相反。瞧他的步态仿佛是漂移的梦游，风筝般轻巧，然而一旦武打起来，詹磊身上的肃然杀气就好比凛凛的寒风，凉飕飕的。那个演武丑的曹阳阳也是了得！他

体轻如燕，上桌子如蚊子般轻盈，幽默搞笑却暗含杀机。更甭说《锯大缸》里演王大娘的王彦力，她是个刀马旦，前半段她饰演普通妇人时"旦"的媚态十足，妖娆多姿，但她挪动步子时扭捏中深藏着很大的内功，我猜想这个小女子一旦进入武戏部分肯定是个花木兰，果然不错，后半场一下变成了她用飒爽英姿使五尺枪和众多男人拼杀的舞台，只见她威风凛凛、杀气腾腾，虽花拳绣腿却血气方刚。

刀马旦，好一个女性阴柔"旦"和英武"刀马"（打仗手段）的结合！如此阴中有阳、阳中有阴，阴阳浑然一体，试问全世界还有别的能将这二者在半个时辰之内如此和盘托出的艺术手段吗？显然没有。这就是京剧独有的魅力，而这个剧种之所以能表现这种魅力是由于演员们从幼年就开始练习的童子功和他们戊年累月从不停歇的刻苦排练。

请记住这些艺术家的名字吧！王彦力、詹磊、曹阳阳、张鑫宇（哪吒饰演者）等，他们是真能在艺术刀锋上用从容小碎步跳舞的"修炼成仙"的极品艺人。

国庆前夜看国庆音乐会，品指挥谭利华的高超技艺

2022年9月30日，星期五晚，国家大剧院音乐厅

明天是中华人民共和国成立七十三周年的生日，这和本人的生日数字上又有交集，所以一定要去看场大剧院的国庆音乐会。尽管我平日不太"主旋律"，但每年一度两度主旋律一下还是必须的，就仿佛是懒散的人偶然也必须正襟危坐似的。

今晚的音乐会原本应该七点三十分开始，可是被推迟到了八点钟。近两年，大剧院的节目被取消是家常便饭，但推迟半点钟开始还是挺新鲜的。

今晚的音乐会由北京交响乐团演奏，著名指挥家谭利华指挥。上半场的曲目有《我爱你中国》、《祖国颂》、《红色娘子军》选段、《长江之歌》和《云南随想》选段，其中最让我痴迷的是刘炽作曲的《祖国颂》，因为我在上中学的时候曾用家里的留声机头一次听到它。我小的时候在"文化大革命"时期满耳朵都是革命样板戏，不知怎的家里几张黑胶唱片被播放时，从里面转呀转，传出来一段男女生合唱的《祖国颂》，那声音听来好陌生，似乎是从很远的地方传来。的确，那张唱片是20世纪50年代灌制的，中间隔着漫长的文化沙漠地带，因此它的声音在20世纪70年代慢悠悠地转着，传到我耳畔时就显得那么新奇。今晚听谭利华再次指挥庞大乐队演奏那首《祖国颂》，我的思绪随着指挥棒摇曳着将时光倒转的风车，转回到少年时代那些夏夜里听留声

机唱片的、节奏慢悠悠的日子。

中场休息后乐队不再演奏让人心潮澎湃的主旋律中国曲子而转向施特劳斯等人谱曲的西方圆舞曲，我的心也随之轻松起来——每年一两次自觉的爱国仪式已经完成了嘛！于是，我专注于对面面对面指挥着的谭利华大师的观赏——能想象我买的票有多么低端吗？我竟然能和指挥直线脸对着脸，却和乐团背对着背。

谭利华大师的指挥水平绝对是高端大气上档次，我还是第一次看闻名遐迩的谭大师表演。你看他多么像个教书先生，鼻梁上架着个黑色眼镜，高大而匀称的身材，一身中山装似的黑色演出服，那动作，那表情，那手里的指挥棒，俨然一个温文尔雅的教授在用教鞭指挥着一大群学生做练习。他动作潇洒而精准，"舞姿"优雅妥帖，看着舒舒服服却不乏激情，尤其是他画圆弧的动作，颇像古代小说里形容武将们（比如关云长）在作战中耍兵器时所做的流利动作——先轻舒"猿臂"，然后将手臂迅速收回原处。他所有的举止都在讲述着音符，就连屡屡手扶眼镜框的动作都像是在激活某种乐器似的。总之，看谭大师指挥真是一种超级享受，整个后半场的大部分时间我都不怎么听那些舞曲了，将所有精力都用于赏析谭利华的指挥妙处，那些舞曲反而成了他身姿的伴奏，变成了可有可无。

几段圆舞曲演奏完了，于是party is over，只见谭大师收起轻快的表情，因为压轴曲目是柴可夫斯基的《1812年庆典序曲》。以前它的名字叫《1812年序曲》，是我最爱听的老柴作品之一。加上"庆典"二字，是指全曲最后一个段落？我还在寻思着，《马赛曲》的旋律已经响起来了。拿破仑1812年入侵俄罗斯国土时用的就是这个调门。冷不丁想起来今天是俄罗斯举行"接纳"乌克兰东部四个州加入俄罗斯联邦签字仪式的日子，在今天这个日子聆听和托尔斯泰小说《战争与和平》异曲同工的《1812年序曲》，感觉有些五味杂陈、心情复杂，真不知怎么表达。

高声赞扬良心之作

——文献话剧《抗战中的文艺》

2022年10月4日，星期二晚，国家大剧院·戏剧场

　　凡是小长假，地铁在"天安门西"都甩站，因此我要从西单下车后汇入人从众的洪流，从小胡同中人挤人地徒步走到大剧院去，仿佛当年迫不及待奔赴延安的进步青年。

　　今晚的文献话剧《抗战中的文艺》真值得看，我迫不及待地说它应该得一百分，因为这是一部良心之作。编辑、导演（田沁鑫）和演员们（舞台上有田雨、李光洁、关晓彤、吴谨言等，屏幕上还有更多的明星参演），所有人都尽心尽力，都对得起他们扮演的那些文艺先贤。

　　由于是文献话剧，这部戏又能让学习文学尤其是喜欢现代文学的人过一次上一堂由众多明星当先生的现代文学大课的瘾。全剧编排得那么丰富、周全、严谨，又不时有绽放的亮点，这是一次抗战期间中国文艺界的全景展示。舞台从始至终都聚拢在浓郁蒸腾的朝气和激情之中，似乎将时空倒转，回到了那国难当头、人人勇猛抗争、文人艺人都我以我血荐轩辕的虽然绝望却激情如火一样燃烧的时代。那时候虽然民族苦难达到了历史极限，但民族文艺的旺盛篝火也随之升腾到了有史以来的最高点，那期间所有抗战文艺作品，无论是文学、音乐还是其他艺术，都达到后代再难超越的顶级。

我尤其崇拜和挚爱由光未然、冼星海创作的旷世作品《黄河》，而且我始终坚定地认为日寇输掉那场战争就是因为冼星海谱写出了《黄河大合唱》，因为那些无与伦比的旋律是上天想要拯救一个落难民族于水深火热，才特意通过冼星海代笔将那些曲子谱写，而一旦它们降临到世间之后，任何高唱它的民族都将获得战争的最终胜利。

该高声赞扬的还有今晚所有台上和屏幕上参与这场史诗般演出的演员们，他们个个青春气息爆棚，似乎都不是生活在21世纪智能手机时代的人类，而是热血沸腾、激情澎湃的五四进步青年，可见当演出过程中伟大艺术前辈们跨越时代将他们的灵魂附着在演员们身上，就能够从精神上改变原本陷于物欲时代的演员自身，将他们的灵魂点燃。

尤其该特写一笔的是那个电视上总是给人娇小北京小妹印象的关晓彤，今晚她在舞台上俨然就是一个正气饱满的民国时期进步女星，她饰演的秦怡从相貌到风范都仿佛秦怡本人再生。关晓彤朗诵的那段出自秦怡自传《跑龙套》的台词我早知道，因为眼前我的书桌上就有一本秦怡亲笔签字的《跑龙套》。

耳顺之达观，生命之丰满

——关于长篇小说《六十才终于耳顺》

与何乐辉老师的对话

2022年10月5日，星期三

何乐辉： 齐先生今年出版的新书《六十才终于耳顺》受到了主流媒体、书评人和读者的一致好评和推荐，普遍认为这是一部老道而成熟的作品。《六十才终于耳顺》在写作风格上与您之前的作品相比有了一些变化，"愤青"几乎消失，而且也看不出来这是在有意迎合或臣服于"耳顺"这一主题。另外，我个人觉得，这部作品的主题与齐式创作风格的碰撞、融合和您以往作品在读者心中形成的印象所产生的好奇和期待也是《六十才终于耳顺》成功的一个主要因素。

齐一民： "人之将老，其言也善"嘛！（笑）其实我一开始并不觉得六十岁的文风和从前有太大的区别，经何老师这么一点拨反而赞同了。这可能是自然而成而不是有意为之的。不过从另外一个角度来说，我们的文章就是我们躯体的分泌物，一个时期有一个时期的派生品，就好比每一个季节田里的草木果蔬都成色不同似的。六十岁应该算是秋季了吧，秋天的特色就是万物和谐，原本艳丽的不再艳丽却十分养眼，我们的性情和思维也是一样，经过了春夏的勃发和放纵之后，到了秋季就老老实实了，已快到了强弩之末，能做的只有一件事，就是和地球上一切生命和谐相处，不再张扬。

"耳顺"的前提是"心顺"，就是不再和外界闹别扭。其实到了人生之秋已经感到力不从心，想不和谐和特立独行也没有物质（身体）上的本钱了，于是只剩下一条出路，就是和顺、顺从以及和外界搞好关系，要有"破帽遮颜过闹市"的低调。还有，人到六十之后由于该经历的事情大多都经历过了——爱情职场之类的，看事物的眼光会更加周全，不会像年轻时期那样浅显和片面，因此会用更加理解和包容的心态对待世界万物，也就不会像年轻时期那样认死理了，总之，"顺"是自然而成的，是成熟的象征吧。

《六十才终于耳顺》我自己翻读的时候也是您所说的那种感觉，没有了早期作品中的那些矛盾与冲突，文字总体感觉是老成和厚道，但锋芒和棱角还是有的，以前从没有人用这种"文体什锦拼盘"的方法在"耳顺跨年坎"上写这种书而我写了，这本身不就是"棱角"和特立独行吗？

何乐辉：《六十才终于耳顺》是您继《四十而大惑》《五十还不知天命》之后推出的第三部"跨越十年坎"文集。孔子说："吾十有五而志于学，三十而立，四十而不惑，五十而知天命，六十而耳顺，七十而从心所欲，不逾矩。"而您四十而大惑，五十还不知天命，这个我们能理解，现代人寿命比古人长，心智发育也比古人晚，那您为什么六十突然就耳顺了呢？您真的耳顺了吗？您可别憋屈自己呀！有读者希望您继续愤青，继续幽默，继续不同任何人一伙，男人至死是少年。

齐一民： 这种要求可是有点残酷呀！（笑）我算是一个对跨越"十年坎"极其敏感的人，要不也不会写成《四十而大惑》《五十还不知天命》和《六十才终于耳顺》。我向不少朋友打听过，似乎他们都没有像我一样对"精神年龄更年期"如此的"表现异常"，这或许就是写作者的精神特质吧。其实在《我与母老虎的对话》中我讨论过时间和空间的问题，作为地球的一分子——人，我们都生活在两个定位上：空间的定位和时间的定位。空间的定位是四维的立体的，而时间的定位是二维的，仅计算长度的。这两个定位随时在锁定我们的存在，那就是：你现在在哪里？你目前多大年岁？

说时间是二维的，因为它是一条以一百为单位的长线。每一种生命长度都可以以百为单位分割，比如人类的生命为一百个单位，每一个单位是一个春夏秋冬，而朝露、蚂蚁、飞燕、树木那一百个单位就可能很短，短到几秒钟，或者很长，长到每个单位十年八年，比如那些千年寿命的生物。还有关于人类的那个理论上的百岁寿辰，我也一直纳闷并且敬畏。为什么我们每个百分之一恰好就是一个春夏秋冬而不是其他呢？多么的巧合！这和十进位的发明有什么关系吗？因为十个十正好是一百呀。

说到"六十耳顺"，就要回到我们的"百年坐标"去考量了。我预计我的有效生命大约是九十年。我在写《四十而大惑》的时候说人生像一场八十分钟的球赛，上半场到四十岁，下半场到八十岁，八十之后是加时赛，而现在平均寿命更长了，或许可以到九十岁吧，正好和一场足球赛的时间一样，九十岁（分钟）过后是加时赛。这么看，六十岁就是比赛的下半场过半，然而六十和四十、五十又不一样，因为按中国的相关规定，六十岁又是离开职场退休的年龄，退休后人失去了社会职能完全回归家庭生活，因此在这个人生转折点上的感想就又比前两个更加光怪陆离、纷纷扬扬了。

您说的"继续幽默"十分有趣，其实六十岁之后人会更加"老奸巨猾"，幽默也是必然的，不过六十之后的幽默是无目的、自然的，不像之前在职场上，那时的幽默有时是"武器性"的，是在用乐观调节、对抗外来的压力。六十岁之后的乐观呢，则是活脱脱的和大自然调侃对话，是在"大生命坐标、罗盘"上的独家舞蹈，因为这时候人早已知道自己的"天命"是什么——从哪里来？到哪里去？怎么来和怎么去？是空手去？还是带点礼品去？至于我嘛，我的三十几部作品就是我到那里（天堂或地狱）去报到的见面礼。

何乐辉： 2022年是您的本命年，《六十才终于耳顺》也是在2022年初出版的，而我注意到，这本书的写作时间从2020年6月3日到2021年的2月28日，您当时特别期待耳顺之年的到来吗？我总觉得您是一个非常有仪式感和使命感的人，您一直在打造自己的人生，好像在塑造一个人物形象，这个人物的影子自始至终游移于您的整个作品中。

齐一民： 我的确是一个对生命的时间有超出常人感觉的人，是所谓"深度时间更年期患者"。这部书的所有内容覆盖了我这段时期的生活，主要包括一个以"老乔"重新开车上路为主线的故事，一些剧评、创作谈和另外一个用第一人称创作的随笔式小说《六十才终于耳顺》。

用"新乔""老乔"代替"小齐""老齐",以第三人称的叙述方式写自己的真实的故事是我的特长,已经有《自由之家逸事》《马桶经理退休记》和《走进围城》三部小说,这些书也可以用"新老乔三部曲"命名它们,而《六十才终于耳顺》中的《老乔重新驾车记》应该是它们的零散延续。另外,以第一人称"我"讲故事,也就是我独特的随笔式小说的形式,则是我更加擅长的。

我的"新老乔"故事由于是自己的亲历,因此很难说是我在塑造一个形象还是我被生活塑造。其实我们每个人都是一个造物主塑造的形象,既有自己主动生活的部分,更携带有命运的密码。就比如说在2020—2021年这两年期间,从小生命的角度来说我开始"走向甲子",走近生命三分之二的里程标记,而从大环境的角度说呢,是我的小坐标被放在宇宙和地球的时间大坐标口对比、互动。同时,这两年又是疫情暴发故事纷繁的年度,因此我基于自己的生活体验而攒积的所有文章文字就不光是我个人的,也是这个时代的一个小段落。自然,宇宙地球和其他绝大部分人都没有我们生于1962年属虎这拨人的更年期焦虑,碰巧我们有我,因此我想尽量把这个特殊时期的生活记录下来,为自己,也为所有跨越六十岁的人而写,因为我相信每逢这种"十年一度更年期"到来,大家多少都会有些蹊跷不适的感受。不信何老师过两年自己跨越六十岁时亲自体悟一下。(笑)

还有,在《六十才终于耳顺》之后,我又继续完成了两部"跨六十感悟书"——《似水牛年的挣扎》和《本命年冰雪大回转》，将于今明两年陆续出版，这三部书也可视为"退休三部曲"。也就是说这个六十岁对我来说可真是不顺，是个超级大负担，为了应对它的到来我制造了五六十万的文字"垃圾"。刺激够强烈，反应也不含糊，这下您相信我说的对我来说六十岁是我的"精神更年期大关"了吧！

何乐辉： 读者渐渐认识并接受您"随笔式小说"这一独一无二的创作方式，就拿《六十才终于耳顺》来说吧，书中有中篇小说，有短篇小说，有随笔，有杂文杂记，有书评剧评，有创作谈，从某种意义上来说，我也成了您作品中的人物，但《六十才终于耳顺》又可视为一部完整的长篇小说，这种多层结构让我想起了山西王家大院的建筑结构，但您的小说比王家大院更加丰富和多样。

齐一民： "随笔式小说"好像在我之前真没人写过，或者说没人写过这么多。随笔是单独的体裁，是焦点观察和叙事，故事是整盘的，是有前因后果的全面展示，因此可以说随笔式小说就是在一个果盘里放置许多不同种类的果实，但由于它们都在一个盘子（篮子）之中，最终所显现的结果还是整体的。这么写作要求作者在写每篇随笔的时候脑海中要有完整故事，要能从读者阅读的角度思考怎么能让独立成篇的故事串联起来之后成为一个有起承转合的完整故事。它的长处就是每个个体文章都独立成篇，都有看点和看头，读者在阅读的时候，分散于个体文章里的故事线索会留存在脑海中，最终形成完整的故事，当然，前提是作者留下的故事痕迹要有迹可循，即便如此，你也不能保证所有读者都能最终做到，比如我就见到在我的《永别了，外企》下面有"什么乱七八糟的东西，简直不知所云！"的读者留言，而另外一个读者则正好相反，读懂了贯穿全书中的故事情节。

咱们的文学对话都有十几篇了，您当然也在我编纂的"大故事"中，而且还是不可缺少的主角之一呢！其实对话也是一种广义的文学体裁，是思想的碰撞和亮点的孵化器。对话帮助作者反思梳理自己留下的作品，仿佛是一面镜子，将过去的写作经验放大呈现，同时对话也是对未来读者做个交代。

与前两部写于四十和五十岁的文集相比，《六十才终于耳顺》的确是百花齐放、仪态万方，是不同文类、文体、文风的集中展示，颇有点像春晚即将结束时各类演员剧种的集体亮相。这是我故意为之的，是想给读者展现一下经历了三十年写作之后我都擅长什么、喜好什么和不喜好什么，显摆一下自己的综合才艺。

如果您从《四十而大惑》《五十还不知天命》一直读下来，读完《六十才终于耳顺》，您就能感受到从深度焦虑彷徨到轻度"丧心病狂"，再到二十个岁月之后的豁然开朗、一马平川、高峡出平湖，虽然五洲震荡风雷激，我却乐呵呵、嘻哈哈、海阔凭鱼跃，万里长江独自游的那种三不沾、四不像、五不惧，能海纳百川，能与所有事物和谐相处的所谓"耳顺"境界的完整历程。我想这是所有活到这个年龄的人共有的心态和心情吧，是动物从生理到心理的必然，我只是其中能用和想用笔记录的一分子，所写的内容既是我自己，也代言了所有同龄人。

何乐辉： 书中的两个中篇，《老乔重新驾车记》在内容上更接近于传统小说，在主题表现、人物塑造和故事方面都是集中的、紧凑的；而《六十才终于耳顺》是随笔式中篇小说，似乎所有的要素都是离散的，您自己更喜欢或更中意哪种？

齐一民： 上面说了，传统叙事小说和我的随笔式小说是两个不同的样态，前者是交代故事，是线性二维的，而后者是立体的，是将诸多的焦点逐一放大，然后再在读者眼中构建一个混沌的故事画面，有点像印象派的做法。应该说两种我都擅长，用第一种写法我写成了代表性长篇《总统牌马桶》等，用第二种方法我写成了《我爱北京公交车》《谁出卖的西湖》等诸多作品。不过从编辑书籍的角度来说我更倾向于后者，由于那些构成故事的随笔是独立的，多年以后我们可以按新的主题将它们编排成不同的新集子。比如我可以将散落在我所有随笔中关于体育的文章"扒出来"，再做一本《我的体育人生》。马上就要付梓的《百剧宴》一书就是我将分散于不同编年体文集中的一百个戏剧评论"拎出来"后再重新组合的一部戏剧评论专辑，而这类分主题文集我能做出至少十种，涉及商业、教育、各种艺术门类等。

鲁迅写书就是先按编年体写，隔一两年汇总一下那期间的各类文章，将之制作成集子，然后再由后人按主题编辑成小说集、杂文集等。

至于《六十才终于耳顺》中头篇的传统写法小说《老乔重新驾车记》，那是2020年我的亲历故事，由于时隔许久我又重新开车，所以想留下一个好玩刺激的故事。它同样是以新乔、老乔为主人公，用第三人称的叙述方式写的，表达的是隐藏在后面的

"我"，它可以说是诸多乔先生故事的继续，比方说如果将《走进围城》里的几个新乔故事和《柴六开五星WC》里的《新乔出书》《小民杂艺秀》中的《糖尿病人》以及这篇《老乔重新驾车记》组合起来，其实就是我本人从青年时期到老年时期断续的职场和生活经历自传体小说，我想将其命名为《新老乔涅槃记》在不远的将来将其出版。还有，《老乔重新驾车记》又是我2008年出版的《我爱北京公交车》随笔故事的延续，都是写北京交通工具的，从公交车、地铁、飞机写到自驾车，前后时间跨度达十五年。假如将两个作品组合起来也是一种有趣的事情，是北京交通状况的全景式呈现和实录。

何乐辉：假如我们认同《六十才终于耳顺》是一部随笔式长篇小说，那么小说这类文学作品必定得有人物形象。"乔"，是贯穿于您整个作品的一个人物，在《自由之家逸事》和《走进围城》中他名为"新乔"，在《六十才终于耳顺》中他成了"老乔"。除了老乔这个主要人物外，还有众多生活中的小人物，如《深圳赋》的王师傅，也有许多著名的人物，如赵忠祥、贾浅浅；有虚拟的人物，有真实的人物。我倾向于把所有这些人物当作您小说的人物，构成一个完整的人物体系。

齐一民：是啊，所谓轮番登场、众声喧哗。一部《六十才终于耳顺》里面登场的人物颇多，多到不可计数，就连竞选中失败的美国总统特朗普也在其中吧，是在"教学部分"的课堂札记里面。

除了追述我自己"跨年坎"的感觉，我想用众多的文体什锦似的展示自己快要步入六十岁时，也就是2020年、2021年前后中国和世界的整体风貌，想借用自己的视角给那个短暂时段的人类社会留下一点浮光掠影，这就是我为什么将那么多故事和它们的相关者拉郎配、抓壮丁似的强行塞到我的故事大框架里面。

其实，我三十年来所写的每一部书都多少有这方面的企图，就是用某些热点故事（自己的或者他人的）作为线索，将那个时段周边大环境和生态背景拉扯到故事的字里行间，借以表述那个特殊时段的风情风貌。这是一个作家本能的自觉行为。有什么用呢？当然有了，比方说再过二十年、五十年谁要想了解2020—2021年地球上发生了什么事情，就请你来看《六十才终于耳顺》呀，我保证里面应有尽有，从人物、故事到时代语言特色。你若想了解20世纪90年代中国和世界的面貌，就去看我的《总统牌马桶》好了。

至于我常用的主人公"乔"，"乔"和我的姓"齐"的发音和字形近似，所以开始写自传体小说的时候就自然选择了"新乔"为自己"顶包"。前几部小说《自由之家逸事》和《马桶经理退休记》里面的都是"新乔"，在《走进围城》的后面部分，也就是新乔迈入四十岁之后，"新乔"就开始向"老乔"转变了。而在小说《老乔重新驾车记》里面，老乔（我）是真的老了，都快到耳顺之年了嘛，但故事里面的回忆部分我还是使用"新乔"的称呼，因此这个故事中既有"新乔"又有"老乔"。

喜欢用"侨"的谐音"乔"写故事，可能还因为在海外、在后来工作的单位我都是边缘人或者编外，都没有主人公的感觉，都有"寄居"的边缘感和外在感。另外，"乔"字还有其他意思，比如"乔装"。总之，用第三人称、用别人作为自己的替身写小说是挺有趣挺奇妙的感觉。说到这种创作习惯的形成要追溯到我写小说的初衷，我从前说过我压根就不是一个职业作家，写作是因为故事降临到自己身上了，最早的故事就是《自由之家逸事》和《马桶经理退休记》里面的那些不记录下来不甘心的离奇遭际，当时的写作其实是一种抵抗行为，是一种对自己焦躁心境的自我疗伤和疏导，而为了增加故事的幽默感，让叙事过程不那么难受，我就使用了由故事的主人公——自己客观观察自己的视角，于是就采用了"新乔"这个代称，这么做可能正符合艺术创作惯用手段之一"陌生化"的原则，就是自己讲述一个陌生的他人"新乔、老乔"的传奇故事。我不知道我是否是为数不多的用这种手法写自己经历的述说者，可能有，比如王小波小说里那个常出现的"王二"也有王小波的影子，但新乔、老乔与王二不同，王二只是影子，而新乔、老乔的故事就是我自己的亲身经历，那些故事并不是虚构的，里面的情节至少百分之九十是真实的。这样，将它们在国外的书店中如何摆放就是个问题了，因为北美书店一般是分fiction和non-fiction（"虚构"和"非虚构"），小说通常被纳入fiction之中，而我的几部"乔系列小说"虽然在文类上算是小说，是故事，但它们里面的情节并不是虚构的呀！

何乐辉：关于语言，有评论家说，《六十才终于耳顺》行文老道却不油滑，幽默而不油腻，文字积极达观，这与本书的主题相得益彰。除了这些语言特色外，书中丰富的文体形式也是本书的一大亮点，这种多文体的运用是写作本书的自然需求还是您的有意设计？

齐一民：是的，从《四十而大惑》到《五十还不知天命》再到《六十才终于耳顺》，我行文的语言在逐渐发生变化，从飘忽不定到胸有成竹，再到坦坦荡荡，一马平川。语言是心态的反应，有什么心态就有什么语言，人之将老，其言也善，从心顺到耳顺再到嘴顺笔顺，这是个连带的工程。（笑）

过一百年后假如还有人读我埋藏在图书馆中的那些书，并想用一个概念将我归类的话，与其说"齐一民是个小说家"，我更喜欢听到的是"齐一民是个语言爱好者和追求者，是随笔体小说文体的开创者"。在三十年写作过程中，我一直在追求用更新的语言形式、用更新的文体，阶段性地表现自我和世界。一路下来的语言文体变化有外在原因，社会性的、环境性的，对之我的追求是忠实记载和反映，这也是作家的天职；其次就是个人和心态变化引发的语言表达变化，我的企图是尽量将其糅进作品当中。上面说过人生有两个坐标：一个是地域性的、空间性的，你生活在北京则北京特色的语言文字就会被寄存在你的作品里面；另一个是时间性的，你在多大岁数就会有多大岁数的思维模式，这也会被雕刻进你的文字。

我少年时在河北"五七干校"务过农，知道种庄稼土地很关键，是盐碱地还是良田，土地就决定了会生长出什么庄稼，这就好比不同的人、不同的作家身上就会分泌出不同的文字作品。另外，同一片土地在不同的季节也会有不同的收获，春天有春天的果实，秋天有秋天的收成，人到六十就好比大自然入秋，自然文章里的东西会硕果累累，五色俱全。那么到七十、八十呢，冬天不是也有多彩梅花挑染枝头吗？以此类推，只要是作者有心，有写作的情趣，有对生命意义的不舍探求，终究会一直创作到老的，只不过那时候的作品可能不再是小说而是感悟、对话或者诗歌等形式，杜甫、苏东坡不都是一直写作到生命尽头吗？在生命尾声，他们收获的正是能带给惨白色世界一丝希望和一抹鲜艳的梅花。

何乐辉：我读文学作品多半是因为精神需求。残雪说，她的作品需要研究性阅读。其实我读重点文学作品多半会附加研读的功夫。我读您的作品也采用了这种方式。我大胆地认为《六十才终于耳顺》也是一部"知识性文学作品"，您认为呢？

顺着上面的话题，您在《深圳赋》中提到了深圳文化，尽管我们接受的都是儒释道文化的影响与传承，但中国各地的文化差异还是蛮大的，您认为这种文化差异的根源是什么？比如深圳、北京、上海、天津……即使北京和天津离得那么近，文化却也不同。

齐一民：应该算是吧，因为近些年我的每部文集中都有"书话"栏目，这部书里也写了十几个书评。读书是我的爱好，而且我也教书，是指导学生们读书的老师，因此书评就顺手写了一些。我的"书评"也够集成一个单行本了，我将之暂定为《济人书话》。

《六十才终于耳顺》从知识性来看的确要比前两本《四十而大惑》和《五十还不知天命》要丰富得多，而且不是吊书袋子，

是将知识融入丰富的日常生活之中，比如开车和滑冰等，您会从书中看到一个读了很多杂书的"坏老头儿"。（笑）

我的同龄人和年龄再往上的人中有幸受过高中以上教育的人并不多，可以说所占比例极低，因此社会普遍对我们的认知是"坏人变老了"，现实生活中也的确如此。您在北京街头转悠时就会发现，那些行为举止不规范、出圈出格或者和现代生活绝对不搭的人都是六十岁以上的，比如《六十才终于耳顺》里我就记录了一起两个老太太在紫竹院里用拳头格斗的事件，这不是我们这代人的错，而是时代使然。因此，我在这部书里炫耀一下所读的书，至少能证明一点：老人之中也有个别喜欢读书的，天鹅也有黑色的嘞！

我在《六十才终于耳顺》中写了一篇《深圳赋》，那是"新冠"期间为数不多的一次提心吊胆出京远行，因此颇有点靠"行万里路"开阔读书人眼界的意味。

至于深圳和其他几个大城市在文化层面上的比较，很难一言以蔽之，各有千秋吧，不过要说天津我是十分喜欢的，喜欢的程度超出了其他的北京人，我几乎每年都要去一次天津。天津的魅力在于"苦中有乐"，"苦"是指早年海河水是苦涩的，就连天津的地下水也曾略带苦味，而"乐"则是指天津人就像郭德纲那般的乐观和友善。

何乐辉：《六十才终于耳顺》中收录了十四篇书话和九篇剧评，有读者认为这些文字游离于《六十才终于耳顺》的主题之外，我倒认为它们是《六十才终于耳顺》的重要组成部分，书话与剧评带有"耳顺"之特质，"耳顺"又让书话与剧评深切而中肯，它们是密不可分的。听说您要将书话和剧评单独成书出版，那会改变作品的文类吗？

齐一民： 如同书话加起来也能成为单行本一样，几年来我的剧评也够单行本并马上成书了，本年度就能出版，书名叫作《百剧宴》，是2019年到2022年期间我看过的一百场戏剧的评论汇总。

在以前的访谈中我曾说我要做一个由至少五种以上艺术形式组成的"五胞胎"，包括剧评、书评、诗歌、绘画、教育、体育等，现在这个"宏伟计划"的成果正在陆续出炉，《百剧宴》是头一部，第二本可能是《齐一民诗集》。

我总以为在今天这个麻烦不断、越理越乱的世界，人要想获得自在、不虚度人生、不被诸多麻烦裹挟，艺术上的追求是不可或缺的，那仿佛是苦海中游泳时偶尔地仰头呼吸，否则会被憋窒息。不仅我喜欢艺术，我也想通过记录追求艺术的过程将体验传达给别人，为别人带来快乐。

何乐辉： 如果将《六十才终于耳顺》定位为一部随笔式长篇小说，那么本书第六部分"创作谈"和第七部分"教学"更像学术性文本，置入其中，是不是略显突兀？您当时是怎样考量的？

齐一民： 假如您把《六十才终于耳顺》仅仅视为一部小说的话，那么它们算是搭了小说的便车吧！不过我自己更想用"齐一民甲子文集"或者"齐一民耳顺年生活写作大成"来定义这部书，因为它体现了我在这个年龄段的所有生活内容，其中当然少不了"创作"和"教学"，因为我最引以为荣的职业是大学教师，虽然是"编外"的，却也延续了近二十年之久。既然长期在大学搞教学，文集中包含的上课札记自然有一定的知识性，但学术还谈不上。

其实我更喜欢追寻民国那些文豪，比如鲁迅、周作人、闻一多、朱自清等人的生活和写作风范，当时不能说绝大多数，至少是很多作家都是教师、是学者，同时也写小说，因此他们的作品文类非常广泛，包括随笔、散文、论文以及小说。在今天，我们的作家和学者几乎已经分属两个行当，作家大多不会教书，学者大多不写小说只会写评论，而由于没有写作实践做基础，他们的评论也就不是什么好评论了。总之，作家不应该只写小说，仅做一个讲故事的人，最好也教教书，也开拓一下职业的领域。

何乐辉：书中的《我看贾平凹父女的"文二代门"》写于2021年2月，而贾浅浅前不久因申请加入中国作协再次成为热点。您对此有新的评论吗？我倒想从您这儿知道此事件发生的深层的社会根源。

齐一民：这个议题起始于"浅浅"却终止于"深深"。我还是坚持我在那篇文章中的观点，看她的诗的好坏一定要看整个诗集而不是个别的一两首"脏诗"。您记得吗？就连毛泽东在他的诗词《念奴娇·鸟儿问答》中也说过"不须放屁"，因此单单因使用过粗俗的词语不足以判断诗人的全部价值。很多人之所以对贾浅浅口诛笔伐其实除了恼怒于女因父贵之外（这很正常），还出于一种对低级错误嘲笑痛骂的快感的需要，是一种宣泄，这也是社会性心理需求，因为那几首诗的低劣是明摆着的，谁都可以通过鄙视和嘲讽展示自己的高大和正义，贾浅浅无非是为那种心理需求提供了一个活靶子，所以骂她和挤兑她的人应该感谢她才是。以上都属市井社会的正常，不正常和更令人担心的是眼下人们对诗歌本身的关注度并不高，没有几个人去看贾浅浅写的那些出色的诗，而这恰恰反映出我们的民族缺乏诗意和善意，我们的大众心理缺乏诗意的宽容和审美的眼光，已无法像我们的唐代人，哪怕是民国时期的，或者是毛泽东那一代人读书人那样，诗意、善意地审视日常生活的需求，而更倾向于在网上戾气腾腾的怒骂和短时宣泄。一句话，我们整个民族已经没有了写诗的氛围和土壤。

说到写诗，说到唐朝或其他朝代，凡是文人都写诗的传统已不可再现。其实，这种传统当今还是有的，2010年我在日本访学半年，我发现今天的日本还依然保留有日常读诗写诗的全民习惯。比如：发行量最大的报纸《朝日新闻》上每天都有新创作的和歌和俳句的欣赏栏目，女宇航员在太空也自编一首和歌表达心情。这正是中华传统读书人人人写诗的基因遗传。反观我们，除了全面网暴贾浅浅，用比她的诗更脏的语言喷她，似乎就没下文了。从脏处来回到脏处去，从屎尿来回到屎尿去。全面狂躁狂欢后几乎没人想和她比试比试写出更高雅的诗，诗坛氛围上也没有多大的诗意的升华。总之，贾浅浅写"脏诗"是个小问题，集体失去用诗歌、用美好语言表达心情的传统和社会语言的粗俗空洞化是个严重百倍的大问题。

演员最苦最累的话剧《长椅》

2022年10月7日，星期五，人艺小剧场

今天晚上在人艺小剧场看于震、辛月两口子整整打了两个小时的嘴仗，外加辛月对于震时不时的家暴性肢体动作，因此这个二人戏剧可以说是到目前为止我看过的所有话剧中最费力气的一个，就两个人么。整晚上他们夫妻二人都处于高度情绪激动之中，况且那种激动涉及男女私情，又要演得真实和投入，所以他们二人一分钟都没闲着，就在距离我们三四米的前方大闹男女之间的关系和矛盾。哦，想起来了，似乎人艺小剧场就是为了展示混乱男女关系专门设置的场所，上一场小剧场的剧目是丁志诚主演的《关系》，那个男女关系是四角而不是三角的，演的是男主同时和两个女人出轨的事情。那天丁志诚虽然同时和三个女演员（一个妻子、两个情人）"搞关系"挺费心的，但由于是大家轮流说话，不像今天晚上于震这样一对一"单打"辛苦，而且那天和丁志诚演对手戏的女主角之一不是他的妻子而是冯远征的妻子（梁丹妮），因此，就没有今晚上这般"有动于衷"和"假戏真演"——让人误以为是把家庭矛盾的余火烧到了舞台上。比如今晚辛月动不动就狠抽于震一个清脆的嘴巴，偶尔又亲下嘴，但因为于震就是她老公，而且于震看着脸皮颇厚，就显得比较能忍甚至无所谓，或者说一个愿打一个愿挨。倘若演《关系》那天梁丹妮动不动就扇丁志诚一个清脆的巴掌，或者相反，那么彼此的

家属肯定会对剧院领导表示不满：你让他（她）打谁呢？哦，忘了，新任的人艺院长就是梁丹妮的老公冯远征……嗨，反正这关系挺乱的。

《长椅》是苏联人编的剧，演起来挺累，看起来挺过瘾。男人和女人，男女关系——婚内的、婚外的，心理的、生理的，本来就是人类最说不明白也不想说明白的关系，因此无论怎么描述都难以破解，但有一点十分清晰，就是男人的思维方式和女人是不一样的，他们虽处于同一个世界，却有着不同的梦想，区分岂止是你来自这个星球、我来自那个星球那般大呢？

演员于震挺好玩的，最近连看了几个他的戏，有前不久话剧《日出》里的花花公子、电视剧《人世间》中的强奸犯，还有就是今天晚上的《长椅》，反正都是行为不检点的形象。网上还谣传他对妻子家暴过，那简直是瞎传，反正今天晚上我看到的是于震被家暴，我能证明，确实是女方先动的手！

高尔夫初体验

2022年10月13日，星期四

我这辈子几乎什么体育项目都"染指"过，就是没沾过高尔夫球的边，今天终于"破戒"了：在奥森公园附近的中护航奥园练习场我挥杆试了好一阵子，直到把手指磨破，把"六十肩"打到"八十肩"才罢休。

我是陪小学还没毕业的小麒麟同学一同去的，他和另外一个小学生小满是我教授滑冰和滑雪的"关门弟子"，但人家打高尔夫可是老运动员了，我们的区别——用麒麟的话说："我打球从来哪里都没打疼过，而年岁大的初学者由于不会用力，打完之后不是这里疼就是那里疼。"

在人们眼中高尔夫球曾经是个极端高大上的运动，我最早知道高尔夫是在20世纪80年代的日本，在东京三菱商事总部实习的时候和我一同上班的日本同事们就喜欢在办公室摆pose，摆弄挥高尔夫球杆的动作，比如时不时抢一下手臂、扭一下屁股，之后再原地模拟下目送白球落地的样子。当时打高尔夫是日本男人最热衷的时尚，由于日本地方狭小，东京地皮寸土寸金，因此能打高尔夫就说明你是成功人士，你特有钱。我当时特别的穷，每个月也就三万日元的津贴，所以对办公室同事们那种煞有介事和故作姿态极其不以为然，用阿Q精神认定那些天天下意识抢杆的人其实是故意显摆给大家看的，其实他们压根就没去过真球场，最多只是在练习场玩玩而已。

咱国穷志气可不能短。

后来去加拿大居住了，由于加拿大地广人稀草坪遍地，打高尔夫不再是一项从经济上遥不可及的运动，在居民区都有在草坪上打球的，白球偶尔会从你眼前飞过，即便去高尔夫球场打一次球也就四十多加元，和我去深山滑雪相差无几，而且玩高尔夫的大都是老年人，于是我将之定位为"老年人溜达球"，也就不太感兴趣了。

回北京后，北京的高尔夫场子也纷纷建起来了。北京人虽然对打高尔夫没东京人那么热衷，很少看人在你面前故意扭屁股或假模假式抡下球杆然后目送球落地，可是高尔夫至少在前些年还是一项政商界人士专门玩的"体育项目"，离我辈从小在自搭台子上打乒乓球长大的平民还很遥远。直到最近，当我知道我的两个小弟子——小学生麒麟和小满已经成为高尔夫球场的常客，这种原本高大上的体育运动已经成为小学生们的课外兴趣班课程之一，我才觉悟到是时候自己也玩玩这种曾经被我仰视，也曾被我鄙视成"老年人溜达球"的健身项目了。

第一次摸球杆是前不久去华彬生态园的儿童高尔夫球场，那是真正的高尔夫球场，是个原本需要练习好久才能进去打球的地方。初次走上绿色球场有些晕眩，被周边的绿色悠远和宁静震撼到了，高尔夫球场果然名不虚传，是个如诗如画的所在，绿色的草坪和水潭、白色的小球和沙坑、斯文移动的代步车、有模有样抡球杆和行走的打球人，那俨然是一个外星的无瑕世界，难怪那么多人会对这种运动热衷，也难怪它比其他的体育项目，比如打乒乓球，昂贵高端。

高尔夫绿茵场的确是个有禅意的地方。

　　补充一下：我以前从来不把高尔夫作为体育项目看待，除了它成本过高之外，我还嫌那种运动动作太严格、做作而且太缺乏野性，我打小认为凡是体育就都是无规则的，是能野着玩和自然玩会的，而无需那么煞有介事、那么斯文、那么前呼后拥、那么显摆给人看，其他球类比如篮球、足球、滑冰、滑雪，我一路都是那么毫无约束地自己琢磨着历练过来的，而且一玩就玩到了花甲之年。

　　今天在高尔夫练习场，当郑教练手把手教我怎么握球杆，并将球杆在空中划弧后奋力打击小白球的时候，我起初十分紧张和拘束，不过慢慢地随着球一个个飞起，我似乎找到了抡杆时的手感——是从打冰球挥杆那里借鉴过来，渐渐地，球开始不瞎跑，而是向远方飞去，但那只是一小段时间，随着抡杆次数增加，胳臂开始发酸，动作走样，白球又飞不起来了。

　　于是观摩别人怎么打。旁边的一个女青年动作极其标准，几乎每个环节都到位而且有姿有态，一打听，原来人家是专练体操的。

　　另外两个不知是教练还是球场老板，说东北幽默话的，也打得潇洒，他们击球稳准狠，好像对那小白球有着刻骨仇恨。

　　动作最完美的是郑教练，儒雅而稳健，真打出了这种运动的姿态美感。

　　边体验边和他们聊美国黑人球星老虎伍兹，他们说"老虎"最神的地方是无论怎么不可能进的球，他竟然都能进去。

　　老齐我也是个"老老虎"呀！回家后本老虎要认真"养伤"，我的"六十肩"变为了"八十肩"。

此《英雄》非彼《英雄》也

——听音乐会《气壮山河》

2022年10月14日，星期五，国家大剧院音乐厅

原本是奔着贝多芬的《英雄》去的，再仔细一看节目单，发现此《英雄》非彼《英雄》也，这个"第七交响曲"是叶小刚谱曲的，是为赞颂改革开放而作，也行，听下来不错，有激情澎湃也有似水柔情，音乐有中国味道，用中国味道的旋律赞颂我们这些为改革开放奉献过的人们，听起来很受用的。

过去的几十年无疑是最英雄辈出的年月，那美好的昨天不仅有鲜花更有眼泪，否则中国也不能发生如此大的变化。我听着这部"中国版英雄交响曲"，不由得想到了自己的过去，那么地大起大落，那么地可歌可泣，所有经历过那么多事情的国人都多少是个英雄人物——甭管你察觉没察觉、承认不承认。

另一首曲子是琵琶和西洋乐的协奏曲《草原英雄小姐妹》，很熟悉吧？那是我们童年时把耳朵听出茧子的旋律。琵琶大师江洋长得那么像刘德海——我心目中的琵琶大师，动作和表情也像，他那两只像大龙虾腿或像阳澄湖大闸蟹脚似的双手和十指在琵琶上上下下飞速地爬动时，留下的是一串串白居易《琵琶行》中应有的清脆嘈杂声音。整台几十种乐器就他怀中那个是东方的，琵琶唐朝就有了，说不定就是舞台上最"年长"的乐曲，而演奏家江洋的表情那么丰富和煽情，也仿佛是唐代来人，他那么敏

惑、陶醉，将怀中的"家伙"当作整个宇宙来把玩、侍奉，并且超级享受。

　　还没从昨天"少儿高尔夫兴趣班"的浑身酸痛中恢复过来，下午就去参加一位高中同学张罗的"老年艺术兴趣班"，到嘉德中心看"逞墨——万象纷呈的明代书法展""崇威耀德——清代武备展"，外加中国美术馆的"第十三届中国艺术节画展"，晚上去大剧院听李飚担任指挥的"中国英雄交响乐"，一天下来全被艺术塞满了，说充实也足够充实的吧。

老虎（本命）年回杭记

出 京

2022年10月19日，星期三

昨日又回到了西湖老家，坐着可能有去无回的高铁。

而今出京容易回京难，难于上青天。

抵达杭州东站，遇到史无前例的防疫阵容的接待，精神有些恍惚——今夕是何年？去年还好好的呢！

灵隐寺有一面墙，上书"咫尺西天"，"西天"可转换为"西湖""天堂"。从京城到杭州的时间，从那么长（一整夜）到那么短（四小时），再到又那么长——或许就再也回不去了。就好比风筝，你不是想飞吗？我让你飞，飞多高多远都行，但你回不到地面了，我把线割断了。

但那又如何？四小时后我已经抵杭，已经顺利通过"防疫关隘"，之后入住老家对面的老旅店，然后直奔西湖南山路，正赶上"雷峰夕照"的美轮美奂景色，拍几张馋人照气坏那些不敢离京的"圈"中朋友，然后呢，去劳动路老年专用食堂用餐（今年够格了），接着一路清河坊、鼓楼夜游，但见人影绰绰，灯火阑珊。

夜里醒来，想今年和往年来杭有所不同，除了抗疫形势越发紧绷之外，就是往年来了急匆匆心神不定，是因老父母还在，老父母也是一根风筝线，而今他们都去了，只需把老妻安顿好，就可从容出行。还有，从教近二十年，每次来杭都只能是寒暑假，不是太冷就是太热，花甲之后只上半年的课，这是头一次解放，因此是史无前例的金秋来杭城。

哦，忘了，临行前最不放心的就是把那几条我叫"四朵金花"的金鱼安顿好，可冷不丁小区进不去了，被一堵蓝色的隔离墙封死，那就看它们的命吧，吃点苔藓，不也能活一阵子？呼吸点吹泡机哗哗的氧气，不也能苟延残喘？

回首几年下来，国人和那个"新冠"小妖纠缠不清，虽拼命死缠烂打，可鱼死网没破，乱人心志，道不明是非真假，是病疫是心疫难说，本来就没理清，眼下又乱了，真怪哉痛哉！

一方西湖圣水，一抹青黛山峦，千古悠悠往事多，湖边人物轮流过，不过好在我又来了，冒着难以回去的风险，不过掉头想：这两城不都是家吗？不回那个，又能怎的？

那么有感觉的灵隐寺，那么急需膜拜的佛像

2022年10月19日，星期三晚

时隔两三年没去灵隐寺了，上次去是2019年，祈祷的是《雕刻不朽时光》能顺利出版，结果呢？那套书当年就出版了。

那次去是和徐杭生兄一同，记得春节刚过，雪把毛竹都压弯了。今天是先到青芝坞看由徐兄亲笔题字的"宋韵亭"，然后我

送徐兄上了公交车，自己去的灵隐寺。见到门口"咫尺西天"四字之后，我心说："到家了！"

灵隐寺，灵隐寺，不知为何，我今天来你这里，见到那些佛们，那般的有感觉。

大雄宝殿的佛像今天忽然和以往不一样了：你那般的笑容可掬、慈眉善目，你巨大无比、俯视苍生，你活脱脱地伫立着，你普度着所有像我一样需要你关照的芸芸众生，当下，你比以往任何时候都重要！

佛，天人，天堂，天国，无病无灾的时候你不会觉得它们多么重要，但是，当你遇到无法解决的问题，当你迷茫无助的时候，佛、天国、神秘的救世主就成了必要、必须、必不可少，就变成了你眼中的神！

面对它们，你顶礼膜拜，你那么谦卑，你那么无助，除了它们你不知道还可以指望谁。

我一一向释迦牟尼、弥勒佛、药师佛、济公祈祷，求它们不光救救我，还要降福我中华，还我百姓康泰生活，还我们原先的太太平平，还我们的无为自在，不折腾不胡闹不神经兮兮。一句话，还我们不需要佛，不需要被泥胎顾怜的那种平静安详日子。

我在运河尾
——游拱宸桥记

2022年10月20日，星期四

上午做完被要求做的第三次核酸（外埠人需连做三天、避免变为可怕的黄码），就打车去了久仰的大运河南端的拱宸桥。

一般外地人是无暇去这座桥的，都被西湖的美色迷得五迷三道了，哪能抽出空去这座坐落在杭城外围的桥呢，但它的名声和形象几乎所有人都知道，我也是久闻其名，连续二十几年来杭，今天才头一次去，但好歹我还是去了。

我终于站到了大运河南端这座桥边的石碑旁，从这里斜眼望去，心目中的桥和映入眼帘的桥状态一模一样，都那么古色古香，那么气定神闲，感觉它头朝下平躺着，努力把背部隆起，让蚂蚁状人类从它的脊背上一簇簇走过。

现在的桥是康熙五十三年重修的，明朝修的那座塌了。这么多年，人们一拨拨地从它背上过去，过去的人有中国人，还有日本人（这一带曾是日租界），包括郁达夫、丰子恺，当然也包括我。

中午坐在能看到古桥的一家日餐店的座椅上，我含了口清酒，慢悠悠地"品桥"，古迹像古人、古文、古书、老酒一样，是需要品的。

不一会儿，我就品出了自己越接近晚年就越喜欢看古董、逛古迹的原因：

其一是找寻比自己更老的东西，用以缓解老之将至的"恐惧"。大运河流淌了上千年，我才六十而已。

其二，是借别人阅历的丰富来冲淡现实的"小小"不如意。古运河流淌一千多年，啥没见过？和它比，你目前所经所历、所感所觉、所埋怨所失望甚至所痛心，又算得了什么？十年放在你这里是十分之一，放在千年之中呢？放在万年之中呢？十年后你或许都不在人世间了，但这座拱宸桥还在，十年于它的寿命连个瞬间都不算。十年后，眼前这三四个在爸妈、爷奶呵护下眺望古运河的娃娃就会长大，对于他们来说，过去的十年和未来的十年可以是什么又可以不是什么？眼下在中国大戏台乃至世界大舞台上表演的各种角色，于他们来说十年又算是什么呢？恐怕连姓名都无关紧要了，那时候他们自有他们的世界和他们的主角以及次角儿，而你我这些人的魂魄就会和桥上纷杂喧哗的过客们一样，成为铺垫在他们脚下的一段历史的桥砖……

我正这么想着，原来北语的学生连亮来了段留言，说："齐老师，您到杭州运河去玩了吧？"我说："是啊，我现在就在你家门口运河的另外一头。"他家住在通州，在大运河的北端。

学生在运河头，老师在运河尾。

走寂寞的苏堤，参观拱墅区首富的艺术藏馆

2022年10月22日，星期六

昨天上午去走访的苏堤。

　　昨天的苏堤是我近三十年无数次步行中最寂寞的一次：没有导游小喇叭中传出的《千年等一回》曲子，没有一条龙似的拖着长长尾巴的队伍和心不在焉只顾拍照不顾赏景的游客，有的只是苏堤和我。

　　或许那些人都在做着核酸，都在被天堂之路拒绝着。

　　不知此时的苏堤以及它的主人苏东坡是怎么想的，有没有无人践踏的无聊？

　　管它呢，且行且珍惜，珍惜着独自步行在天堂路上的孤寂。

　　也许天堂本来的模样，就应该如此冷清。

　　走到苏堤尽头，到从前二层楼现在改成一层的岳湖楼用餐。它是二层的时候，20世纪90年代时，坐在二楼就能看西湖，现在改一层了，窗子正对着那个出现在拙著《谁出卖的西湖》封面那个烟雨蒙蒙的亭子，那个亭子非常有名，但于我，它就是它，名不名的，似乎不那么重要。

　　岳湖楼对面就是岳王庙的大门，那是忠臣岳飞的家。都21世纪了，再说"忠臣"二字似乎不妥，是对历史进化的嘲弄，都没有皇帝和君了，要臣子干什么呢？哦，中国不要英国要，人家还有皇帝，有King呀！这两天那个上台才45天的女首席大臣（首相）特拉斯（不是"特斯拉"）不就要匆匆下台了吗？不知这是恶心了英国还是褒奖了英国，我以为兴许是后者，这也是及时纠偏止损嘛，臣子脸皮薄，用自残出局的方式忠君。

　　不说政治了，原本是来躲清闲。

　　下午同徐兄和他的战友钱先生去良渚参观瑶山书院艺术馆，这是一家民间艺术品收藏馆，主人据说是拱墅区首富，也姓徐。

拱墅区的那个"拱"字应该就取自前日去的"拱宸桥"吧。一个
区的首富,这种说法很南方、很浙江,对我这个从北京西城区来
的人来说很新奇,因为我在北京西城区居住了一个甲子还不知西
城区首富是哪方神圣,哦,从前有,男的是忽必烈、乾隆、爱新
觉罗·溥仪,女的是叶赫那拉·慈禧。不过,假如南宋古都杭州
把那时候的区首富拿出来和当时北京区首富比比也会占上风,呵
呵,随便说说而已。

　　刚才这一番话是为我和徐兄等一行人在参观完徐老板几层楼
之多,几乎能与省级博物馆匹敌的那么多价值不菲的藏品之后所
获得的内心震撼做个铺垫。那位徐老板的确够有钱的,说"富可
敌国"未免夸大,但至少在瞬间把徐兄和我们其他人都贬为"一
贫如洗",确实有实力。

　　比如人家馆藏中有一张桌子、一圈椅子,材料不用说是黑
色硬木,就连每把靠背上都雕刻着黑乎乎的龙,全张牙舞爪的。
看完后我先是吃惊,然后对其制作的年月私下狐疑:这要是在清
朝,倘若谁敢私下制作这种有八九条龙盘踞的家具,那可是灭九
族之罪。皇帝的椅子不是只有一个人能坐,大家为一张龙椅争得
苦哈哈悲切切恶狠狠,争得天堂地狱难解难分,焉能同时有十个
人同时坐龙椅?

　　馆藏中还有不计其数的汉朝古酒。我有一个搞民间古董收
藏的大学同学,曾拎起一罐古酒对着嗓子眼咕咚咚地灌,说那是
元代的酒;杭生兄也获赠过一盅百年陈酒但没敢喝,怕中毒;我
呢,在昨晚的筵席上微微尝了一口掺杂了几滴百年陈酒的白酒,
到写文章的这时候都过去十个小时了,没什么不良反应,不过,

妈呀，下次做核酸时不会变阳吧？

出京容易回京难，到拱墅区容易回西城区难啊！

难以抵抗的桂花香薰

2022年10月23日，星期日

已很多年没在秋季来过杭州，一下高铁，差点被一阵花香熏倒——那是桂花的香气。北京也有桂花，这不奇怪，奇怪的是，在杭城无论你走到哪里都能闻到桂花的香味，整个城市从南到北、从东到西都被这股雪花膏咖啡豆似的味道包裹着、浸泡着、袭击着，闻到花香的人们，整日半醉半醒、半睁眼半迷糊，都仿佛在做着香薰，而且，那小米粒般大小、黄金般颜色的花还能下雨，当你摇桂花树的时候，哗哗的，仿佛金粉飘洒，树下顿时一地的金黄，因此"满陇桂雨"绝不是虚构，是真实的。花的雨，香味的雨，漫山遍野的金色粉末的雨，如春天的柔柔雨丝，将人的心脾熏染、清洗、调味，使得人的心肺远离狼心狗肺的恶臭，变得有滋有味有品位有档次，因此我想，当全杭城这一千来万人经过了秋天桂花香的熏陶，吸吮了一个季节的桂花氧气之后，心肺功能就会变得更加健全，心灵中的污垢会就被削弱清洁，然后呢，他们就能口吐桂花，满腹芳香，就能怀揣着做完年度保养后更健康的内脏应付本不算严酷的冬寒，就能呼吸顺畅地在西湖边谈天说地、大声喧哗，就会更加心直口快有啥说啥。杭城秋天桂花树飘散下来的金色香雨从不瓢泼地下，它慢悠悠悄无声息地撒，撒遍了城市撒遍了街区，撒遍了天空撒遍了大地，它是人类无法抵抗的"超级生化武器"，本地人不知不觉习以为常，外地人，如我这般的，一走进这个熏香池子就会立即被迷魂香气撂倒，继而中邪般胡思乱想，信手涂鸦些个香臭难说的文字。

我们在南宋和当今街区摇摆穿行

2022年10月23日，星期日

昨日下午，我们在大马弄、南宋遗址博物馆、凤凰山的馒头山几处交错穿行，行走于千年、百年、十年之间，一会儿头上悬挂着晾晒内衣内裤的杆子；一会儿步入南宋街区残留的断壁残垣；一会儿蹚进菜市卖鱼人的血腥屠场；一会儿头上高悬"监院前"那个明显宋代特征的牌匾，梦回宋朝；一会儿又涉足新时代，徜徉于南方小市民的热闹烟火。从南宋至今，多少能人遭淘汰，多少辛酸在民间，多少条短裤迎风飘荡，多少条活鱼被破腹下锅，多少个冤案没昭雪，多少个英雄被埋没，多少条街区被拆除，多少块古墙砖被发现，多少个儿童排队而来，多少个老人蹒跚而去，多少座山峦被重新点缀，多少个理发店重新开张，多少个"绿码"变为"黄码"，又多少次核酸由阳转阴，多少个"秦始皇"被重新塑造，多少个岳云、张宪身首异处，多少个苏轼怀才不遇，多少个衙门被粉饰一新……

该去的会去，该来的会来。

柳浪闻莺读书，重访潘天寿纪念馆

2022年10月24日，星期一

昨天是党的二十大的闭幕日，是个划时代的大日子，人们还在兴奋着，我则在柳浪闻莺的西湖边蘸着下午时辰西湖的粼粼波光喝茶、读书。

之前去了中国美院边上的画家潘天寿纪念馆，约二十年前我就去过一次，昨天又去，才知道那些我第一次看时让我特别震惊和喜欢的画（震惊是因为它们的尺幅之大）居然都是赝品，是"印刷品"（看守者说的），潘天寿的亲笔信倒是真迹，其中有"向毛主席请罪"和"请求医疗假"两封。

在湖边读的是刚从潘天寿纪念馆旁边的南山书房买的三本书，分别是《潘天寿谈艺录》、白谦慎先生的《傅山的世界》（之后有幸见到了白先生本人并同游西溪湿地公园）、江弱水先生的《十三行小字中央》。第一本是在潘天寿家门口买的，有不同的意义。第二本写的是我喜欢的晚明书法家傅山。第三更好，有江弱水先生的亲笔签字和印章，他的书写得才华横溢，我基本都看过，想获得签名书不易，由于他是浙大的，因此偶然得来毫不费工夫。

晚上在接受英国记者小飞代表香港《南华早报》（SCMP）以"My Life"（我的一生）为主题的视频采访（由于《总统牌马桶》英文版的出版）时，他问："你真的能每天读一本书吗？"我说："是呀，刚才我还读完了一天中的第二、第三本书呢。早晨读的是赫胥黎的《美丽新世界》，说的是人造梦想乌托邦的故事。"

在一座从安徽搬移过来的老宅旁边，边喝茶边听着一旁杭州人用方言高调打老K的悦耳欢笑，伴随着不用"千年等一回"的西湖清波敲打堤岸的动静，鼻中还被强塞进随风而至的浓郁桂花香气，然后用的行将下班的金色霞光为瞧书照明，再用徐徐的熏风辅助翻合书页……这就是我常年盘桓在这一汪圣水边不舍离去的缘由，这种状态能够抵御地球的匆忙自转和人世间的一切更迭轮回，乃至身体的生老病死以及种种心灵阴霾的侵袭，这就是所谓的"活神仙"，是济公的生活状态，不是避世，胜在超凡。

临安行

2022年10月26日，星期三

昨天去了临安，一个杭州的卫星市，一个能见到白鹭的袖珍小城。

临安的名字起得好，"临时安居的场所"，长居不可，不妨临安。

地球在超速运转，时光荏苒，我等百年（理论上的）之卑微躯体在地球人世间寄存，一个朝代几百年，一个时期几十载，你我跟随主流、支流、分流，唯一能策划的就是自己这一亩三分地，那么好了，进则体验各种角色，退呢，只需一片清净的土地，一个像临安这样，能在穿城而过浅水小河的瀑布上看到白鹭展翅，能抬头看见天目山一角的葱绿，能脱口叫出对面来人姓名的袖珍的小地方，临时安身、避世、求快活、苟且偷生，不问外面究竟变为了哪个朝廷、皇帝是哪个老儿在当、用的是哪种钱币、正在和哪国叫板交战，以及啥时候地球被臭氧充斥、啥年月外星人要来攻击了、哪个星球要撞过来了又擦边过去了。一句话，哪怕是临时的安居安心安眠，也是一种态度、一种选择、一种情怀、一种抗争、一种大智、一种决绝、一种男子汉大丈夫顶天立地的姿态！

杭城的流水筵席

2022年10月27日，星期四

昨天中午沾徐兄的光又到省人大会堂旁边参加了一次丰盛的午宴，吃得好、喝得好、聊得好，既见了平日几乎没机会见的大人物，听了训示，长了见识，也熏了一身的香烟味道——他们不少是烟民。

杭城不愧是能寻尽开心的天堂，是个天天日夜大小欢宴轮转的所在，周末不用说，平日也不少，不知道每天多少人围绕着西子湖和湖边的山丘进行着规模大小不同的派对。有的简约，一壶茶、几块豆腐干；有的丰盛，美酒茅台，大碟小盘。大家的身份不同，有高知官员，有平民百姓；大家的语言不同，有的只说杭州话，有的普通话杭州话间杂。我呢，二十几年来从最初在楼外楼上衣冠楚楚地和徐兄边吃边谈门禁进口生意的小宴开始，到之后和银江公司员工们的聚餐，再到后来参加婚礼、做证婚人。从教后没生意谈了，只谈家长里短、书法诗歌，近几年来和杭生兄共赴那些各行各业、三教九流各界人物海阔天空大聊天的筵席。这么多年过后，如今的我早已不是什么跨国公司的代表了，徐兄也早已成为杭城名气不小的诗人和书法家，我们从商业的主流变成了各种宴会上当文化陪衬噱头的老龄清客，于是就更没了忌讳、没了目的、没了负担，上席就只顾吃喝，跟着打哈哈，说敲边鼓的话，吃喝得一肚子的饱，乐得一脸的笑意，熏陶得一身子的烟气，见识了一系列的奇葩人物，加了一堆热情微信好友，然后在别人"老先生们呐，你们能自己回去吧？"的关切询问中乐呵呵地从席间撤离，脑中留下的，是从桌上获得的值得回味几天的（在下一场宴会开始之前）丰盈的各路神仙故事和浓厚不等的人情友谊。

秋瑾墓前的冥思

2022年10月27日，星期四

二十几年来杭，每到白堤行走都会到秋瑾墓前缅怀，头一次是在1994年，回去后还写了一篇《孤山脚下祭秋瑾》（《妈妈的舌头》），后来每次路过都只是驻足，正如这些年匆匆前行的时代，每个人都行色匆忙无暇逗留，在活人面前是那样，在烈士面前也是如此。

今天中午我又踱步到秋瑾的雪白色雕像面前，只觉得秋天的小雨中秋瑾手扶利剑的雕塑仿佛一把锐利的、能刺破阴霾的白光，将我的视线从中间劈断，茵茵的草坪，孤独耸立的石雕，石雕女主人秀丽而凛然的面颊和上面那一对杀气与爱怜混合的秀目，一时间，被我这些年的匆忙忽略了的女豪杰又振奋威武了起来，增加了数倍"舍我其谁，救我中华"的尊威，引发了我前所未有的敬仰和感佩，感慨她大义凛然视死如归，钦佩她万人昏睡我独醒、敢于持剑杀敌顽的献身壮举。

秋雨中对着鉴湖女侠伟岸的身姿我肃然起敬，然后带着那份哀思告别中华女护佑神的立像和她被掩埋的遗骨，又重新踱步到秋雨朦胧的西湖画面中去，但我提醒自己不能忘记，如此如诗如画的景色和太平世界是秋瑾等那么多义士用利剑砍杀、用鲜血浸泡得来的。

购买回京高铁票受惊记

2022年10月28日，星期五

原本从哪里来回哪里去、坐高铁来乘高铁去是再稀松平常的事，在我们过去的那么许多年之中都是如此的，可偏偏在公元2022年这个极端不一般的年份，从杭州回北京就仿佛是要去北冰洋那么麻烦，麻烦在不能买票，麻烦在不知道为什么不能买票，麻烦在不能买票后不知道该怎么办。我几个朋友都分别被"困"在苏州、南京许久，至今还没能买票回去。我另外一个朋友在杭州也没能买票，说需要杭州连续七天没新增病例才可以，可我早晨一看，昨天杭州又新增了两例"无症状"，因此呀，我昨晚在12306高铁购票网上左摆弄右摆弄，本不擅长摆弄手机购票的我，好不容易预订了一张下周三去北京的高铁票，我赶紧交了钱，可左等右等就是等不来确认购票成功的短信，我急呀急，心想万一回不去我那"四朵金花"（金鱼）还不被活活饿死？本来来灵隐寺是拜佛的，却把四条生命给坑害死了，这是事与愿违呀！于是我直接打电话给12306客服问询。回答问题的是个女"小度"（人工智能），她问了我几个问题之后才终于把我的问题转给一个真正的人类，也是女子，是上海站的，我问她为什么付了钱却没有收到确认短信，她问我订车票的相关信息后说："你的票没问题，我们这里就是死活发不出短信！"呀，我买票成功了！我能回京喂鱼去了，我侥幸被排除在不能回京的出京勇士们的行列之外，万幸地能从京城轻轻地溜出来，又轻轻地潜回去，我保证我会像徐志摩那样，不带走一片云彩。如果下周三这事情真能圆满实现，那我将成为公元2022年这个必须被历史记载下来的"丰凡"年份中最幸运的北京人之一啦！

　　高铁票虽然购买成功了，但我有充分的自知之明：以上说的只是一种可能，究竟能不能返京要看下周三的运气。从现在起我要学会隐忍、低调、原地趴好、绕着病毒走路，买了票这种好消息也要不声不吭严格保密，要老老实实地到核酸检验处报到，别人三天一做我至少两天一做，表明我对核酸检验始终高度重视、足够敬畏，那样即便"新冠"的风儿从我身边吹过不会招惹上我。我这么下贱没出息是为了什么？绝不是想逃离永远待不够的西湖边，绝不是担心终生在南山路老家这里隔离，而是想回京去解救那四条小鱼的小命，让它们免于饿死、困死、抑郁死，免于被脏水浑水恶心死、呛死，救鱼一命，胜造七级浮屠，这才是"西湖人"的本质。

再去净慈寺祈祷

2022年10月29日，星期六

刚来的时候去灵隐寺祈祷天下太平，可是似乎不灵，一周以来魑魅魍魉大鬼小鬼细菌病毒大有方兴未艾的势头，就连能否回京都成了悬念，于是昨天索性再去净慈寺祈祷，多恳求几声菩萨，让天下太平、百姓安康，让自己也能出入平安。

这次去净慈寺还有一个缘由，就是想再走访一下济公的老窝。近来常听徐德亮先生播讲的评书《济公传》，得知济公当年就是从灵隐寺被驱逐，而后投奔净慈寺并在寺里面瞎闹腾的。

我总觉得自己和济公有点缘分，因为"济"字去掉三点水就是我的"齐"字，"济公""齐公"和"齐天大圣"以前应该沾亲带故，都喜欢折腾，可能折腾是老齐家的天性。

走着，就来到了阴天的净慈寺，听到一响"南屏晚钟"，那钟声穿透力很强，瓮声瓮气地从净寺发散，张扬到雷峰塔和西子湖。

净慈寺正在准备着壬寅年普利十方水陆胜会，这个"胜会"同那个"盛会"有什么异同？不知道。

寺内有一副对联，曰："西湖揽胜观山水声色婆娑境相不垢不净，南屏坐忘泰眼耳根尘世界诸有非色非空。"

好一个"声色婆娑""不垢不净""非色非空"！人世间原本就没有绝对的嘛。

看到几个僧人在排队，我不由自主地跟着排——我好奇，两个僧人谈笑风生，一个突然说出了"他妈的"三个俗字，还说他昨天在松鹤楼吃得不错，没有被拍到……我正纳闷他怎么还说脏话，那年轻和尚转头问我为什么跟着排队，我说不是大家都排着么，他说这是做核酸的队伍，是我们内部的。

哦，我赶紧脱队。

真乃"不垢不净"之地也！

塘栖古镇行，走广济桥

2022年10月31日，星期一

昨天受北语老同事赵方雪老师和她先生闵虹大哥的盛情邀请，同游杭北的塘栖古镇，并走上了同样是古桥的广济桥。

广济桥似曾听说，当我走上它皱巴巴的石板路时发觉它比拱宸桥还要老态龙钟，几乎没有修复的痕迹，正正经经地是个古桥，像个驼背老人，背驼得比拱宸桥还要高，它勤勤恳恳不声不吭，忍受或者享受着人们在它的脊背上一拨拨地行走、跑动。

大运河在轻微细雨的撩骚中静默着延伸向远方。

同两位朋友坐在能斜观古桥的茶楼上聊天，三个花甲老人说着六十岁之前各自的经历和趣事。

　　人在六十岁之后就开始像走在古桥上面那样踩着坑坑洼洼的石板悠闲前行，那桥就仿佛是自己的过去经历，是过去时态，是一步步复习和回忆。如果你的一生是八十岁，那么桥最高处的那个"拱"——中心点，就是四十岁，假如你的寿命最终是九十岁呢，那么桥中央就是四十五岁，以此类推。有一点是所有人共同的，就是谁都不知道自己前后半生的分界线、生命的最高点究竟在何处。谜一样的人生就是这样扑朔迷离难以预知，充其量你知道个大概，不过人生的乐趣也可能在此吧，每个人都在与不确定性的博弈中度日，都在企图驾驭、干涉、延长自己的生命曲线。

　　此理论还可推延到更广领域，除了人生的生命线，还可以用在城市的命运，国家的命运，世界的、地球的命运。比如，我们谁都不能预知我们眼下的地球是在它全部生命周期的哪个阶段。一个国家的命运周期也一样，任何国家的人都说不出今天究竟他们站在国家民族生命拱桥的哪个部位，是在上坡路上走着，还是在急速出溜着下坡。

　　曾国藩有三句话说得不错，是关于生命各个阶段的，他说："少年经不得顺境，中年经不得闲境，晚年经不得逆境。"

　　细琢磨下，这三句话挺深刻的。我反思下自己的少年、中年和刚刚进入的晚年，觉得自己的少年有顺境也有逆境，自己的中年肯定没有闲着，一直瞎折腾到五十多岁，今年起步入六十岁了，这个晚年的开头年算是顺吗？咦，好像不是，该有的一马平川、高枕无忧、自信满满没感受到，这不，楼下的核酸队伍又开始排长队，而且，后天周三我要去赶高铁，还不知道能不能让我上车。

赵方雪老师评语：

齐老师，太棒了，用百年古桥的沧桑比喻花甲之年，联想到人生，联想到城市、世界和地球，有见地，有哲理。文笔如行云流水，又如云卷云舒，挥洒齐式笔墨的流畅和张力。我和闵虹观赏美文并致谢了！

给手机换"眼球"记

2022年11月1日，星期二

我昨天的有惊无险起始于前天晚上在柳浪闻莺西湖边拍雷峰塔那边悬空的月牙时，不知什么原因突然不能拍近镜头了，想了各种法子还没解决，直至昨天上午，由于没法拍近镜头，我无法用支付宝扫描健康码，进不了旅馆，我于是开始慌乱起来：这意味着我不能坐出租车、不能回旅店、不能做核酸，那，那就肯定也不能按计划周三回北京了！

我脚步匆匆满西湖找华为店，找能帮我解决使用近镜头问题的地方，终于在湖滨看到了一家"华为体验店"，我激动极了！可走近一看店内陈列着一辆华为牌汽车，我要修手机，您咋卖汽车呀？进店一看才发现这家店也卖手机，一问，说是镜头坏了，必须去华为维修店，我于是又急行军沿着解放路奔走，此时已经日落西山。

终于找到了手机维修店！女店员说，可能是因为您买手机后没事总四处瞎拍照，最终把镜头拍得太疲劳，拍坏了，因此您需要花900元换镜头。我于是就想：这值当还是不值当呀？因为旁边就摆着昨天刚到的新款Mate50，但又一想只要能把近镜头修好、能扫核酸码、能进高铁站、后天能回京，别说900块……

"我修!"我坚强地说。

手机被送到一个有"no entry"标记的维修室，看似颇有点眼科手术室的意思。我边祈祷着能有配件，镜头能恢复，我手机不能近距离看东西的"老花眼症"能尽快治好，边不由自主地溜达到马路对面的新华书店。

这是杭州第二大新华书店，我进去后说：对不起，我的手机眼睛花了，正在不远的那家华为店做更换眼球的手术，我没法扫码，我能进去吗？

女店员说：用您老的身份证也能扫。于是就用她的手机扫了我的身份证，显示出我的健康绿码，这或许是杭州先进于北京的地方。

我走进基本没人的空旷书店，首先找找有没有自己的书，当然也没有，上次去庆春路那家就这样，电脑上能搜出一大排，却说书都在"省库"，但意外收获还是有的：一本是刚获得诺贝尔文学奖法国女作家安妮·埃尔诺所著《一个女孩的记忆》；另一本是孙述宇所著《金瓶梅的艺术——凡夫俗子的宝卷》，这本我连夜读完了。

我用现金支付完书款（好不习惯！）后回到华为维修中心，刚落座，那个女店员就喊我的名字，说：您手机的"眼球"（镜头）已经更换好了！我一看，果然像重新戴上老花镜那样能拍近处的东西了，我马上试着用手机扫了健康码，成功啦！

拿着重获光明的老手机我边走边拍心情起伏，我真是个时代的幸运老儿！第一，即便在临回京前的48小时我的老手机忽然得了老花眼病，但我本人还能心明眼亮地保持镇静，迅速想到去抢修手机并能及时找到华为的维修中心；第二，这家华为维修店碰巧还有新镜头的库存（女店员开始并不确信）；第三，我手机里幸好还有900元钱，能把换眼球的急诊手术费付清；第四，最重要的是，在我的手机突然得老眼昏花症时，我离下次做核酸的时间竟然还有超过24小时的冗余，否则即便手机修好能扫码了，第二天也会变为黄码，那意味着我要苦等杭州市连续七天没有一个病例才能出城、那不就等于被"扣"在西湖边当许仙了……妈呀，那后果简直不敢设想！

赵方雪老师评语：

手机镜头坏掉等于失去健康码通行证，作者却依然畅行一路，破解难题，环环过关，最终换来崭新镜头。本命年一路行虽然遭遇小挫折，但都喜剧一样的逢凶化吉。

回京前一日去富阳看《富春山居图》、参观郁达夫故居

2022年11月1日，星期二

今天上午从杭州一路向南，直奔黄公望《富春山居图》中的富春江。一到鹳山，富春江水的粼粼波光就映入眼帘，一幅秀丽画面顿时在面前展开，如同它的名字那般大气而富有诗意。

　　一路上，高速两边都是一幢幢以"富春江"为概念盖起的高楼，我寻思着"精神"和"物质"相互转换的事情：显然，《富春山居图》是一幅精神和艺术性的产品，然而那幅画、那古人笔下的线条和墨痕到了今天就变为一座以《富春山居图》为核心意象的城市和一个个街区，就变为了物质性极强的由钢筋水泥构筑的建筑和楼盘，就变为了生活于富阳这座美丽城市所有人理念和灵魂一部分，而理念和灵魂又是精神性的，如此这般，无形的艺术和有形的城市就这样彼此转换、彼此成就，最终二者合一。

　　寻找到郁达夫兄弟二人在富阳和富春江的生活足迹是今天的第二收获。登上鹳山后首先见到的是双烈亭，是为纪念郁达夫和他兄长郁华（字曼陀）建造的。郁达夫当然熟悉，他哥哥的事迹头一次听说。郁曼陀，一个多么佛系的名字，那么有才华，却死于敌人的暗杀。之后先去他们母亲为躲避日军避难的松筠别墅，然后一路沿着富春江岸边走，走到了郁达夫故居。只见一座郁达夫铜像端坐于他的老家门前，凝望着缓慢流淌的富春江水。

　　郁达夫被迫害牺牲于南洋，他死得那么孤立无援和凄惨，在生命的最后时刻他可曾想到这座富春江边的老宅和老宅中的那张婚床？他可曾预见多年后他的老宅被修成了纪念馆，他的名字被反复用作江边公园和街区的名称，他们兄弟早已成为富阳这座城市最受尊崇的英雄？

　　我想纪念馆门口端坐着沉思的郁达夫一定在继续用他依然坚毅的眼睛爱抚着故乡的江流，用他炽热不变的情感亲吻着故乡的土地，用他洒下的鲜血持续不断地滋润着故乡的山峦。

终于坐"返回舱"回到北京

2022年11月2日，星期三

由于今天一早就要乘坐"返回舱""返回地球"，昨晚没睡好觉，时睡时醒，还不时起来和蚊子战斗。一开始我以为这些蚊子是从北京一路追着我去杭城的，因为蚊子是我的天敌，它们总是对我围追堵截，不拼个你死我活不算完。起床后我问旅馆大堂那个睡得迷迷糊糊的男服务员：究竟为什么两个星期来我房间的蚊子总是络绎不绝？他说是我开窗把蚊子们放进屋的，因为酒店所有的房间都没有纱窗。

我终于被放进了杭州东站，眼看就要上车了，却因为是去北京的就被叫出队伍集中查验北京健康码，这吓了我一跳，因为但凡被单独归为一堆都不是好的兆头。好在没问题，我通过了。女员工将我们来自北京的一群人放进等着上车的地段之后，就把铁栅栏门锁了起来，一旁目睹着，我心里真有些没底。

高铁车终于沐浴着强烈的阳光像白蟒蛇似的开进站来了，轻轻巧巧，一点动静都没有。我上了第一车厢。为了稳妥我破例买了奢侈的一等座位。上车后找了半天发现没有2F座位，问女服务员，她说在最顶头那一小节。那节车厢是同别的座位区分开来的，是个单间。我进入单间之后不禁感叹，哇，这么大座椅，宽敞无比，好像是五星级会所的沙发。我想他们兴许搞错了，这是商务座位，是最贵的那种。

车开了，我窃喜，窃喜能平安无事地坐上回京的高铁，窃喜我买的一等座位却坐上商务舱座位。全列车就只有这四个商务舱座位，我们四个就坐在"白蟒蛇"的尾巴头尖上——因为列车是倒着开的。

过了一会儿，在第二站上来了一个光头，他痞子似的一上来就大声吆喝要女服务员倒茶。我正想跟着也叫杯茶喝，却发觉不太对劲，因为整个"太空舱"就四个座位，我坐在第二排，无法伸开腿躺着，而前面两个人呢，一男一女，男的就是那个光头，人家能全身平躺，像开刀动大手术那样把整个身子伸直，哦，原来他们坐的才是真正的商务座，我们后面两个尽管座椅的模样相差无几却只能端坐着，我们还是一等而不是特等，因此，那些倒茶呀、续杯呀、招手即来呀的服务呀，我们只有干看着的份儿。简单说就是，我们前后两排四个人属于不同的两个阶级，全车上千号乘客只有他们两个才是特权阶级……我越想越别扭，原本得了个大便宜的兴奋感荡然无存，心想与其在两个贵人后面贴身侍卫似的看他们二人享受当皇帝的舒服，还不如回到普罗大众中去自在呢！

五个半小时恶心巴拉的旅程终于结束了，我回到了阔别两周的"北京南"（南站）。刚下车就出了状况：一队穿制服的人把前面那节车厢的某人拦住了，原因是他（她）买的是到廊坊的车票，却没在廊坊站下高铁，想蒙混过关闯北京。他可能是因为健康码弹窗而被拒绝买北京的车票。受惊吓的其他人赶紧跑着离开现场，生怕被那人"密接"（密切接触）上。

我终于看到了自家那座楼，小区已经解封。我做的头一件事就是赶紧去做了一次核酸，以保证自己的那个"码"始终是绿色的。

进家门后我直奔"四朵金花"的住处，凑近鱼缸一看，真沮丧，只剩下"三朵金花"了。

2022年你为何如此诡异和艰难，就因为是我的本命年吗？

在以后的三天中我将依照防疫政策的规定自觉开始为期三天的禁闭修炼。

我想念杭城！

赵方雪老师评语：

感受到作者即将回京的忐忑不安和车驶出发的激动和庆幸。

庆幸还有"三朵金花"活着。

所有的困难和险阻，在齐老师笔下都呈现为幽默风趣，都轻松愉悦地化险为安。无论生活中碰到什么困难和险阻，齐老师都能豁达以对，在苦中找出乐来。

大圣评说卡塔尔世界杯

开幕式

2022年11月21日，星期一

昨晚卡塔尔世界杯开幕式的狂欢刚刚结束，今早我们这个楼就不能出门了，原因是"十混一"（就是在某处查出一个十个人混检的核酸管子是阳性的，那"十分之一"个人可能就在我们楼中），但依然要感谢老天爷，三年来才头一次真的被禁足楼中。我在楼上瞅着楼下长安街的汽车长龙发呆，回味着昨晚卡塔尔世界杯的开幕式，能自由地狂欢真好！能在绿茵场踢球真好！

卡塔尔花了2000亿美元生生买了一个全赛首秀，幻想能护卫主办国首场不败的魔咒，但一场球下来，那个魔咒就被自己的烂球打破了。卡塔尔的确不是厄瓜多尔的对手，亚洲显然不及南美，但只要能踢上首场，也就有了狂欢的资格，最起码他们没有"十混一"被禁足的苦恼。

我自己也踢球，一直踢到快六十岁，前两年每次去北语上课，课程开始之前都要到体育场搞个球在场边踢踢，然后带着满身汗水去教室上课，反正是上网课，教室空无一人。和我前一阵子体验了一把的高尔夫球比较，我才发觉踢足球的门槛真低，有脚有球了就行，不过我们小的时候是踢不上足球的，不是因为没有脚，而是因为球太贵买不起。

不过半个世纪过后的现在又不能踢了，至少今天和明天是踢不了了，只要不解封，即便楼下堆满了足球，我的脚也够不到——我家在八楼呢。

卡塔尔我没去过，但2015年去过阿联酋的迪拜和阿布扎比，见识过感觉很神秘的中东。中东的神秘之处有很多，其中之一是衣着，就是电视上面见过的那种白袍和与白袍完全相反的黑袍，我至今一看到穿白袍的男子就犯人脸识别障碍症，分不清张三和李四，总觉得他们长得都一模一样，或许他们见到东亚这边的人也是同样分不清我们是阿里还是侯赛因吧。分不清谁是谁当然不好，但好处也是有的，就是能彻底打破人的高低贵贱，甭管你是富可敌国的中东王子还是一贫如洗的老百姓，从相貌来看都差不多嘛！

昨晚开幕式上最后上来的那个本届世界杯的吉祥物就是戴着黑头圈的可爱的白袍，那既是中东男人的标准像，又有着"沙漠飞毯"翩翩起舞的自由自在感，真羡慕啊，祝福卡塔尔，一个面积比北京还小、人口只有三百万（其中有一百五十万白袍男子）的国家，你们花重金让世界快乐，哪怕只有短暂的二十八天，也了不起呀！

写完到楼下打探了一下，看负责前来提取"十混一"核酸样本的"大白"来还是没来。

两天比赛的草率梳理

2022年11月23日，星期三

夜里漆黑一片中睁眼，看表四点半，知道有法国队的比赛还在进行，赶紧打开电视，屏幕刚亮，就见唰的一下，一个法国人踢的球飞进对方（澳洲队）球网，刚镇定下来，又一个球嗖的一下也进了，于是立马我得出了"幸福"二字最新的两条诠释：

第一，你无意间起床，你本没计划熬夜，但你一睁眼打开电视，就进球了，那些玩命踢了大半夜的人似乎是在等着你老人家起床才敢进球，而且，之前的铺垫越长（老是不进），你的幸福感就越强烈。

第二，前提是，在撞上以上中了六合彩般的大运时，你所居住的楼门没被"大白"封着，你还能出去散散心，发散一下抑制不住的兴奋心情，哪怕是在凌晨四五点钟。

要知道昨天，我们楼还被封着的呢。

梅西没能赢第一场球我有些沮丧。阿根廷输赢没太大关系，只要是"球场老人"梅西输了，就容易联想到已经退休的自己，容易生出看一眼少一眼的悲哀。

看球的人也喜欢在球场上看熟人，一个熟面孔都没有的球队，比如那个平均身高一米九的丹麦队，无论他们怎么踢也让你没兴趣，不是因为他们原本应该去打篮球，而是那些人你都不认识，赢了都不知道在为谁而高兴，而梅西呢，你看他不仅仅是因为足球，他身上还有一串串的故事，你看着他从小踢到大，就仿佛看着自己慢慢变老。

能打败阿根廷，能让阿根廷哭泣一把的沙特无疑是好样的，是亚洲的骄傲，但沙特人和我们亚洲人从相貌上看，好像不完全一样。

特烦看朋友圈中那些本来不该和足球发生关系的男女同志们使劲晒看足球的图像，还特别亢奋地评论，没事跟着瞎激动啥？你们会踢球吗？踢球是小伙子、男爷们的专属节目，甭跟着干蹭热度不懂装懂，真有资格说三道四的是老齐我这样从中国大学球场踢到北美社区、北美大学球场的，是和各路玩家过过脚的，比如南北巴西的、北欧的、法国的，而且一路踢到六十岁，并在球场上屡次受过轻伤重伤的人。

1992年（那年我三十岁整），我在加拿大蒙特利尔麦吉尔大学球场踢球时和另外一个人高空争顶，把对方两颗像守门员一样的大门牙给顶飞了。我自己呢？脑门被踢漏了，哗哗地流血，但即便血染球衣我却毫不畏惧还在奔跑，直到被苦劝出球场，当时邱大夫（内人）就在场外看热闹，她听说有人踢得满身是血开始还没事人偷着乐呢，使劲一看竟然是她自己的老公！

在蒙市"犹太医院"急诊等了五个小时之后我终于得到了犹太医生的治疗，脑门被缝了五针，并被用绷带把头颅紧缠。可回家后不久脑壳就因感染肿起来了，再去医院打消炎针、吃消炎药，好久才最终愈合，至今我脑门上还留着一道足球疤痕。

我现在我还一直纳闷，那天是不是犹太人秉承勤俭节约的优良传统，在缝合伤口时把消炎药给省略了，我才会脑门发炎的。

说以上这些有些扯远了，我总的意思是提醒朋友们甭在家囤憋烦、没乐子就起哄看足球，就甭管懂不懂、踢没踢过球有没有因踢球受过伤都狠秀自己是老球迷，至少也要等行家老齐发表评论之后，你们才再跟着补充点言论。

日德大战=轴心国火并

2022年11月24日，星期四

昨晚日德大战，日本2∶1取胜。

百年来日德似乎从来没有交战过，这算是首次。

对于日本能战胜德国我没有感到特别奇怪，我不认为这算"爆冷"。2010年南非世界杯赛时我就在日本金泽大学国际会馆和日本学生一同看球，通过那届世界杯日本电视台的全程跟踪报道——对球队、对民间反应，你就会觉得日本体育的强胜并不是偶然，用网上看到的一段话说，就是"咱们的娃都在做题，人家的娃在搞体育锻炼"。有一次在金泽的一个小学校看小学生军事训练般高素质打棒球，我体会到日本青少年运动水平高于我国，尤其是纪律性和野性两个方面比我们强。

我们小时候玩的时候也特别野，但那只是停留在散漫的"野"，没有任何"野战"的味道。日本年轻人可不同，比如日本大学生在训练打网球时，一队女学生能连喊带叫地无休止地重复训练一个最最基本的动作半天，且没有停歇的意思，我观瞧着就觉得很震惊和很不可思议。本人业余玩了一辈子体育，从来没重复训练过一个动作，但日本人却可以用练习高尔夫球的精确和精致踢足球，这就难怪昨天晚上和德国人踢球时那个叫"浅野"的前锋能踢进那么高难度的几乎不可能踢进的球了。

日耳曼人在欧洲同样也以精确著称，因此昨晚的战斗是史无前例的，是精致对精致、认真对认真、野蛮对野蛮（比赛中出现过一次七八个人纷纷倒地的"血腥"混战）、轴心对轴心。

具体说就更有趣了。上半场德国人打的是德军最擅长的坦克战、阵地战、闪电战，日本人打的是他们最得意的偷袭战，就是等壮实"坦克"们都围上来狂轰滥炸时，派几个骑兵飞奔到对方的大门那里搞偷袭，然而几次尝试都未果。

下半场日军的势头起来了，也和德军战车对战车搞对攻，结果他们的更精准、更精致以及更野性起了作用，用单兵的绝技突破了古板的高大守军阵地，并最终战胜了另外一个轴心。

观斯诺克、高尔夫等单人赛事时，我们欣赏的是个人的人性和人品；观足球这种大场地、大兵团的作战时，我们看的不仅是个人性格更应关注团体性。观看世界杯这种代表国家出战的比赛，我们关注的就是不同特色"军团"的作战风格和一个十一人小团体后面显露的民族性。

"民族性"挺神奇的，世界上任何一个人独自溜达时你绝对看不出来，但一旦形成十人以上的一个"团伙"，再被举世瞩目地透视，它就会显露无遗。

一记史诗般的进球

2022年11月25日，星期五

现在是快到中午时分，但早晨五点钟左右看巴西队里沙利松倒钩踢进去的世纪绝好球的记忆还那么新鲜地伴随着我，能在长达十一个小时（从昨晚六时到今早五时）观看四场球赛后还那么兴致勃勃精神抖擞，还那么不失时机（一旦失去那么好的时机就再也没戏）地将那个无论怎么赞颂都言不能尽意的进球全程实时捕捉，俺不也是个夺冠热门吗？夺看球观众的冠军！

看球看的是什么？当然主要是看进球那个瞬间呀！

但在世界杯全程数以百计的进球之中你最该看什么？

当然是要看那个进得最漂亮的球呀！

你一旦错过了那个片刻之中的片刻，那世界杯不就大大失色了吗？

嘿嘿，俺万分小人得意。

现在可以将能实现马拉松观赛的小方略披露一下，大致包括以下内容：

一、有劳有逸，有松有紧，有认真有不认真。

二、在四场比赛之间穿插至少两三次小睡，而且要上好闹钟。

三、不要把劲一次使完。比如看瑞士什么的比赛，你就别太紧张，留着那紧张给韩国的孙兴慜、葡萄牙的C罗和巴西的内马尔，随着他们的依次亮相，你的紧张度依次跟着加强。

四、在十一个小时当中，你要不停补水，最好让老伴熬上一锅大约午夜才煮烂的杂米粥，里面要有至少十颗大红枣，而且要有保温功能，保证你随时饿了随时能喝上几口温乎的。

五、比如在球赛没开始之前到家附近的道观或寺庙（我去的白云观）去溜达一下，最好是有千年以上观龄或寺龄的，信教的不信教的大家都要身体健康不得"新冠"，才能好好看球啊！

今早，"倒踢紫金冠"（绝世倒钩）进球的里沙利松一进场我就感觉他不是凡人，瞧他那相貌：面目棱角分明，目光冷峻傲慢，真像圆明园刚刚回归的那尊历尽磨难的马首——从表情上看酷似。

一位网友把他写得更加恰当："他眼里的那种血性斗志、桀骜不驯，是那种养尊处优的队友怎么都学不会的。"

一查出身背景，原来他来自巴西的贫民窟，打小是个穷小子，少儿时要靠卖冰棍补贴家用，曾经在黑帮枪战时踩着死尸离家去练球。

难怪他的面目表情是那样的刚毅决绝，球踢得也干净决断，只用了一脚，就把整个世界杯的最佳进球给提早踢出来了。

气恼错过了梅西大师的第一粒进球

2022年11月27日，星期日

今天早晨四五点钟，当梅西踢进第一个进球（第二个是助攻）的那一刻，我碰巧闭上了眼睛，睁开眼时球已经进网了，只看到了网子被球击中的晃动，我愤慨不已：这说明这一天长达十一个小时的"观球战略"功亏一篑、没能看见这个至关重要的进球过程，哼！

都看到世界杯第一阶段第二轮的比赛了，我制定了严密的战略战术，目的是保持体力，避免观球时猝死。这可不是危言耸听，花甲之年干什么事情都要悠着点，熬夜最容易猝死，尤其是在看球时过分激动的时刻。

首先，我每场球只看半场，这当然会有损失：昨天法国对丹麦的那场，前半场他们就不争气，一个球都没进，见已经凌晨一点，我就睡了，可就在我睡着的时候，下半场他们招呼都没打就进了三个球。

今天三点钟，闹钟一响我就起床看阿根廷对丹麦的比赛，当然重点是看梅西。上半场梅西被管控得死死的，下半场睡意猛袭，一过四点人就容易困乏，于是我试验了一种新的法子——当场面平静的时候，估摸应该没什么猛烈有效的攻防，我就放松下把眼闭上，一旦电视中传来人呐喊的浪潮时，说明某一边在猛攻了，我就赶紧把眼睛张开。

开始效果还不错，一直没错过高潮，然而静默时我刚把眼睛合上，冷不丁听解说员说梅西进球了，我赶紧睁眼，就只看见球网在晃动了，我去！梅西进球了，我却没看见，整晚上就算白熬了！

不过这也说明梅西的球技的确是高，他是隔着老远抽脚冷射的，压根没给看台上观众进入兴奋助威的准备时间，现场看台上那么多人都没能预料到，何况远在万里之外黑咕隆咚中躺在沙发上的我呢。

好在正懊恼和悔恨中，不一会儿梅西又巧妙助攻了一个球，这第二个球我百分百看清过程了，我自然高兴无比！

大师终归是大师，梅西一个人就可以挽救一个球队甚至一个国家于危难。

见证梅西力挽狂澜之后，我终于能在天蒙蒙亮前上床合眼、边使劲入眠边回味苦等而来的那一瞬间巨星进球的爽快——像小时候回味巧克力糖香味那般。

这两天北京这座城市在静默中半睡着休眠，人们大白天不出门，并做着各种不知应该做还是不该做的灰色空洞的梦，唯有万里之外的卡塔尔世界杯竞技场，在深更半夜带给我等一丝光亮和美意。

文章发到楼群后一位邻居读后留言：我给全家读了您的文章，家里不时爆出欢笑声，文章里充满趣味、知识，您的幽默风趣也尽在其中。

礼赞80后老球星们

2022年11月30日，星期三

昨天凌晨的那两场球真把我看残了，早晨五点使劲入睡时只觉得耳朵"砰砰"地响，一定是血压升高了。这种半职业老球迷的"工作量"是十分了得的，有一搭无一搭的前两场不说，后两场由于有巴西队、有C罗、有苏亚雷斯（"苏牙"），哪个镜头都不容错过，因此我要从午夜一直熬到凌晨五点。这可是真的熬呀，一边被煎熬，一边在享受，好在世界杯四年一赛，好在再有几场球，C罗、苏亚雷斯这批80后球星马上就退役了。

挑两位老球星说说。

苏亚雷斯的门牙：乌拉圭的苏亚雷斯前几天在电视上一露面，我就紧盯着他嘴里的门牙。这次这匹总喜欢在比赛时咬人的"战狼"的牙口还好吗？赛前刷牙了吗？赛前没饿着吧？还有，除了喜欢咬人，他的相貌特征也能让人联想到"狼犬"和"坏小子"，满脸苦相，从表情上就能看出攻击人的野蛮冲动和进球的强烈动机——人家是前锋嘛。

早年踢球时，"高大"（一米八○）的我是天生的后卫，专门负责阻挡野蛮冲撞"来犯之敌"——对方的前锋。

一般像我这样的人在球队中可有可无，只要胆子大、不要命就行，而前锋则不，好的前锋不可多得，是天才。前锋有个子大的也有个子小的。我尤其佩服那些身材不太起眼但很会"投机取巧"的前锋，他们能风驰电掣般地冲出重围把球给灌进去——用最小的力量和巧劲。昨天巴西队的那个黑人小前锋维尼修斯就属于这种，他跑起来像一道黑色的闪电，令人目眩头晕。

而"苏牙"苏亚雷斯不太一样，他是身体强壮且在球门前特有灵感的那种，昨天他虽然是后半场替补上场，但刚一亮相就险些进球，已经三十五岁的他竟然能瞬间把身子甩出去攻击，那可真是前锋的天赋！

我一直想目睹临近职业尾声的"苏牙"能在"咬人事业"上也画上"夕阳红"的一笔，遗憾的是直到最后一刻他都没有下嘴，难道是来伊斯兰国家卡塔尔食欲不旺盛了？还是怕把牙咬掉了换牙太贵？或者是人至将老其牙也笨？想想也是，虽然他以前就专喜欢狠咬对手的膀子，咬完还现场咀嚼回味一下，但三十多岁的苏大叔怎么能下嘴啃十几岁侄子辈对手的肩膀呢？

C罗的头发：那个B-费（布鲁诺·费尔南德斯，有趣的中文译名）传过来的球究竟C罗顶（擦）着了吗？这是这两天全世界球迷议论的话题。有各种好玩的说法，比如法国人说，那个球和马拉多纳的"上帝之手"一样，是"上帝之发"；意大利解说员最浪漫和富有诗意，说C罗用头发把球"温柔地爱抚"进了球门。哈哈，语言美丽之花随体育竞赛盛开！

还有一个"上帝之肩"大家可能没注意到，那就是C罗的肩膀。我看到他竟然用肩膀朝禁区使劲扛了一个助攻球，而我长这么大从来不知道足球除了用脑袋顶还能用肩膀扛，学习啦！被"六十肩"困扰的老夫我很是羡慕他能拥有这样的技能。

总之，这些从服役年龄上相当于已经马上要办理退休手续年龄的"大叔们"在球场上留给世人的不仅是哀叹和沧桑，更多的是成熟镇定和聪慧，是大聪明，是不需用洪荒千钧之力就能把事情完成的巧实力，是男性接近完善和完美的表现，是集勇敢和睿智于一身的大风景！

不眠夜，见证球神梅西的第一千场球

2022年12月4日，星期日

今天凌晨的这场球是梅西职业生涯的第一千场，虽然我睡眼惺忪疲惫不堪，但还是从美国和荷兰队比赛结束后的凌晨一点就一直睁着眼等，三点钟球赛开始，到五点钟球赛收场哨响后我却兴奋得睡不着了，迷迷糊糊到七点钟醒来时，天已然大亮。妈呀！一场球赛的观赏过程竟然是大半个不眠夜，这是长久性消耗战，是海浪般的涨落交错，是血压升高手脚冰凉外加耳鼓咚咚……然而整日回味反刍凌晨那场由梅西主演的第一千场足球盛宴，我对自己轻声地说："值了！"

这场球是至今为止我看过的最高水准的球赛，而梅西正是那令人叹为观止的大师，他的确应该封神，不，他就是神！

梅西不仅仅是个踢足球的，他还创造了除了足球以外的一切。在绿茵场上他是故事情节的创造者而不仅仅是表演者，而其他的所有球星都不是，他们只是某个故事、某个片段或片刻的技巧或高或低的杂技演员，就连C罗似乎也只能达到梅西的局部。还有，其他所有球员的进球都和"偶然性"沾边，是忽然、突然和偶然，而梅西不是，他是总策划师和总执行者，他脚下踢出的不是旋转不定的圆球而是"必然"二字，必然的进球，必然的不进球，对，哪怕是必然的不进球，但那个球的形成过程本身自带着"必然"的因素。而我们看球的时候，就不再是看那个球进网还是没进，我们看到是那个过程，那个工序，那个"为什么是这样而不是那样"和那一盘大棋的整体。没错，梅西是用一个硕大举世瞩目的场地，在下着军旗、象棋或跳棋，他在游动和"散步"中调动着全场的每一个棋子，他在布局挖坑或者破掉敌方的局，填平敌方的坑。因此，哪怕你睡眼惺忪、神不守舍，哪怕你稀里糊涂、头重脚轻，哪怕你半睁着眼只有一半神智，只要解说员大喊一声"梅西"就能把你从迷迷瞪瞪中唤醒，你的神经就会立马鲤鱼打挺进入亢奋和激昂。

梅西不仅是足球先生，梅西是人品的品牌，是善意的代言，总之，梅西是全部的全部，理解梅西是个系统工程，你至少要具备系统性思维、系统的大局观、系统的审美眼光，系统的反省能力……

算了，不瞎涂写了，补觉去。

身体亮黄牌了也要坚持看四分之一决赛

2022年12月10日，星期六

世界杯恐怕是近几年中最后一次的全球狂欢，下一次要等到巴黎夏奥会了，然而狂欢中也有不幸，北京这些天忽然开放之后就冬"阳"高照，这个"阳"既是太阳的"阳"也是"新冠"的"阳"，我们似乎随时随地都被"小绵羊"重重包围着，我们每个人都前途未卜，尤其是我这个医生家属。老伴在医院前线冒着风险出诊，我呢，可能因为前些天黑白颠倒，生活规律被打破，内分泌开始失调，从老妈遗传来的糖尿病指标陡然上升，于是，在老伴的"威逼"之下不得不调整观球战略，基本不再出击，转为以防守和把好大门为主，坚决守住健康的底线。

调整后的"观球战略"是这样的：

1.尽量不看全场，只看半场。

2.在年轻球星和60后球星之间，选择看后者。前者如巴西的内马尔，后者当然是梅西和C罗。因为四年后内马尔还能看见，但两位60后就会从世界杯球场消失。

3.即使看60后的比赛也只看后半场而不看前半场，因为后半场如果踢输了，梅西和C罗就将举行"诀别演出"——包括悲伤的表情和依依不舍，当然，那种"演出"是不自觉做出的。上次"苏牙"苏亚雷斯输球后的最后一个身姿就没能看到，原还以为乌拉圭能继续晋级呢，真后悔不已。

踢到淘汰赛后加时是常规，因此每场球都可能要踢120分钟，外加点球大战，因此看球时甭死心眼，也甭两场从头看到尾，要保持实力，留得青山在才能活着看四年后的比赛。这可不是危言耸听，眼下我们随时随地都有可能变成"阳人"，变阳后都不知究竟是多少分之一的死亡可能性，本月18日（决赛日）能不能不发烧好好活着都没人能打包票。我们和远隔崇山峻岭、炎炎沙漠几万里之外的卡塔尔球迷同步狂欢，他们是发自内心、毫无顾忌的，我们是有内心恐惧的，不能预测明天自己是否会染病，就仿佛谁都不知道最终哪支球队能得冠军那样。

我们是苦中作乐。

今天凌晨结束的这两场球赛我忠实执行了以上战略战术，结果巴西被克罗地亚点球赢了，我只看了上半场，没见到内马尔加时赛进的那个"神仙球"，也没能目睹他输球离开的悲伤，而梅西对荷兰那场比赛是四点闹钟响后看的下半场，比赛结束前的倒数几秒钟，他往荷兰人人墙里塞的堪称一绝的进球我幸运地捕捉到了，当然，也看到了梅西赢点球大战笑到最后挺进四强的灿烂笑容。

早晨补觉起床后，老伴邱大夫"恶狠狠"地让我扎针测血糖，还是高，她说就是因为夜里看球看的，还说我设置的四点的闹钟响后还接着响，我人跑了，她却被后续闹钟的执着反复惊扰。

今早测血糖时，她扎我手指头比平时都疼。哼，小心眼子！

C罗痛哭着离场，一个英雄时代的结束

2022年12月11日，星期日

凌晨一时许，葡萄牙被摩洛哥淘汰，我紧盯屏幕，想最后看一下C罗。只见C罗走进镜头，他小孩儿般痛哭着，匆忙地离开球场，电视上最后一个镜头，是他孤身走进更衣室的背影。此时，解说员动情了，说了一大串黄健翔那般激情的话，"这个星球上……伟大……时代结束了"等等，于是我也跟着无比感伤，但还要抓紧时间休息，看第二场的"英法大战"，法国赢了，三十六岁的吉鲁顶进去了一粒金球，他比C罗小一岁，二人一个哭着离开，一个幸福狂奔变为当日法兰西民族英雄，对此，我只能说这就是足球，不，这就是人生，这就是命运。

哪怕吉鲁输球告别了赛场，不远的将来，至少还会有两三个同样或类似吉鲁的球员出现，但C罗和梅西是今生今世不会再有的球王；吉鲁是棋子，他相当于象棋里能直来直去的"车"，而C罗和梅西是"局"，是一盘棋本身，棋局没了，也就失去了游戏的灵魂。

　　似乎没人像我这样用记者"就怕没好戏看、没好照片拍"那种猎奇的心态看世界杯，因为我特别需要"文学性极强的故事"来填塞自己的体育评论文章，我专门守候着C罗和梅西谢幕人生舞台的那个时刻，假如葡萄牙阿根廷夺冠的话，那就是高光时刻，但那只有八分之一的概率，因此，我也做好了倒数最后这几场球踢完后梅西和C罗哭着走下足坛的心理准备，我会用笔记录下他们怀着古希腊、古罗马角斗士的千古悲壮暗淡消失于世界杯的画面，这次是永远的离开，C罗痛哭着孤独离场的背影会永远留在球迷心中，也会永远留在我的书中，这是C罗时代的落幕。

终于，我带着"新"病毒继续看世界杯

2022年12月14日，星期三

　　今天凌晨这场阿根廷对克罗地亚的半决赛我是带着"新冠"病毒看的。我三天前开始发低烧，昨天做抗原检测是"两道杠"，于是，我也加入了"小阳人"的大军。

　　一转眼，一瞬间，一不小心，一个意外，我和许多朋友就纷纷由阴转阳。天苍苍野茫茫，风吹草低见牛羊，一窝羊、两窝羊、三窝羊……不经意间就你阳我也阳了。

　　但即使是羊也要吃草，即便是羊也有乐趣，世界杯的观战绝不能中断。梅西不也阳了吗？卡塔尔狂欢的人们不都阳过了吗？我忽然感觉自己一下子拉近了和"人类命运共同体"的距离，不再被电视屏幕冷漠地隔绝在外，于是体温慢慢恢复正常。我精心

制定既不让血糖再次升高，又不让体温再次升高的"最科学"
攒觉熬夜看球方案，无论如何也不能因为一个微不足道的"小新
冠"就认怂服输，就错过"煤老板"（梅西绰号，意思是他很有
钱）这倒数第二场全球真人秀。

凌晨两点半醒来，郁闷地看完一大堆沈腾为"Boss直聘"做
的烦人广告之后，阿根廷对克罗地亚的大战在三点准时拉开，过
程不细表了，梅西当然酷毙了，只是解说员上半场老说梅西的左
腿根部不舒服，不知说了多少次，整得我的左腿都不舒服了，其
实梅西左腿压根没问题，你看他下半场那次个人突破和助攻就知
道，不过，当时解说员借着亢奋劲的那几句临场发挥十分可圈可
点可存档，他是这么说的：

"球就粘在他的脚下……在刚才的这次进攻中，梅西就像足
球的主人一样，足球就像他养的小宠物一样，甚至都不用呼喊它
的名字，这个小宠物就会乖乖地跟在脚边……"

解说员的这次超常发挥和梅西在那个进球上的表现简直异曲
同工，都如有神助，都很写意，都令人惊叹。

看球长夜，终于熬到了尽头

2022年12月15日，星期四

早晨五点，当法国对摩洛哥比赛以2∶0的比分结束，球场上
三色旗飘扬的时候，我才拖着疲惫的身子结束了连夜的观赛，说
"连夜"是因为三点钟比赛之前无论怎么使劲也睡不太着，退烧

之后还不断咳嗽，咳嗽是睡眠的障碍，然而即便球赛开始时我已经熬得没什么气力了，还是坚持着把比赛全程完。好在黑人小将姆巴佩最后那次从一大堆人中蹚出去的助攻数于今世难见、来世难求的奇观，光那一个球，就算没辜负我用尽洪荒之力熬夜看他们比赛。

终于可以睡觉了。躺下去后一声"熬夜终于结束了"的叹息发自自己心中，因为最后两场比赛都是晚上十一点开始，以后再也不需要加班熬夜看比赛，由此，本人本届世界杯的熬夜行为到哨声吹响时戛然而止，我感觉如释重负。

熬夜对于睡眠好的人来说是可调节的，而我在这方面不是擅长者，年老体弱外加"可爱的新冠"再加上整夜不睡，一旦纰漏出现非同小可，毕竟已不是开得起玩笑的年龄了。好在结束了，下届世界杯举办地是美国加拿大和墨西哥，是在地球的背面，从时间上掐算应该不需要熬夜，这么说来最起码未来的八年不会再熬夜看球。等再下届世界杯本人都快七十岁了，那时候有可能已经轻微老年痴呆，人都痴呆了，谁进球、谁捧杯我还会在乎吗？

正是对今夜极有可能是今生最后一次熬夜看球有着清醒的认识和理性的分析，我才能把这最后一夜坚持下来。

熬夜之苦仿佛是乘坐二十个小时以上的远程飞机，人从里到外难受得不得了，身体各器官都不断发出着不良信号，哭诉着：老大，俺们可要崩盘了啊！

熬夜有风险，模仿需谨慎。

但问题来了——这值当吗？

因人而异吧。假如你不会对梅西、姆巴佩那些巨星瞬间爆发的精彩绝伦球技狂喜陶醉的话，你就无须受熬夜看球的活罪。付出身心代价看球是因为你真心喜欢而且能看出个所以然。

在庆祝这段时间艰苦熬夜取得伟大胜利的同时，我还细想了一下这届卡塔尔世界杯和往年世界杯的不同。2010年南非世界杯时我在日本的金泽大学访学，也写了一系列的观赛文章（见《雕刻不朽时光》第五部），其中有很多篇和球王马拉多纳有关，因为那次他是个热门人物。

眼下老马已经返回外星。

本届世界杯开赛的时候，我还和"阳"没半毛钱关系，那时北京全城百姓和"阳性"二字发生瓜葛的只是个位数，而在本届世界杯就要结束的时候，北京城区很大比例的兄弟姐妹们，都唰的一下子变成洁白的"羊群"，都前赴后继的嗓子疼、发烧了。

卡塔尔世界杯开赛，我们从电视屏幕上看到外面的地球人普遍不戴口罩了。

于是，就改变了"清零"防疫措施，加快了放开的步伐。

于是，就忽然放开了。

于是，在家端坐看世界杯球赛的我，不知受了哪股"阳流"的影响，稀里糊涂就变成了"小阳人"。

真不可思议。

故乡北京，你眼下正处在最难熬长夜的半途。

祈愿上天保佑我大北京！

祝你永远健康！

这是天意安排的大结局

2022年12月19日，星期一

　　卡塔尔世界杯在今天凌晨三时以阿根廷和梅西的胜利而告终。三十五岁梅西和二十四岁姆巴佩的"叔侄竞争"终以大叔"将大力神杯像抱着自己的小孩儿一样"（最近解说员总有回光返照似的超常发挥）走向自己的团队而告终。

　　一觉醒来，回想六个小时前的那一幕幕，感觉还意犹未尽，比赛悬念百出，波澜起伏，似乎有人在故意操纵，操纵着节奏、操纵着过程、操纵着结果。比如上半场法国队就像是压根不会踢球的一群散兵，但就那么让阿根廷以2∶0赢了似乎对不起那些"倾家荡产"到现场看球的观众，于是那个"它"就在下半场，在比赛快要结束时，在不到一分钟的时间里让姆巴佩火速踢进两个球，将比分改写为2∶2，给比赛打了针兴奋剂；又比如加时赛，梅西进球后人们觉得比赛就这么结束得了，皆大欢喜，那个"它"竟然又让法国队得了个点球，再次把比分拉平为3∶3，这大大增加了点球的刺激性和悬念；最后进入点球大战之后，那个"它"又故意让两个法国队员踢不进，于是小姆巴佩就输了，梅西叔叔就赢了。

　　我想那个"它"其实就是足球比赛本身，就是足球比赛的意志，为了能让"看足球不仅仅是看比赛，而是让人们看完比赛之后，第二天早起打开房门时觉得未来生活无比美好"（解说员大意），如果是那样的话，昨天比赛结局的安排就合情合理顺乎天意和天下民心了。今天是我和"新冠"对抗的第八天，眺望着车流还稀稀拉拉没人敢于上街的京城，心情就不那么悲观了，因为毕竟"好人"梅西赢球了，也算心想事成，不仅是我，世界上除了法国球迷之外绝大多数球迷的心情应该都和我一样。

如果结局相反的话，那将是另外一幅惨景：

一边是还未婚配的姆巴佩"像抱着自己的孩子那样抱着大力神杯"。

另外一边是光荣一世、失足一时的梅西沮丧地拎着只有一只的"金靴奖"，神情恍惚地对着全世界的崇拜者带着哭腔问着："另外一只呢？另外一只呢？"然后，带着功亏一篑的巨大遗憾永别球场。

这难道可以是英雄最后的大结局吗？这难道是足球这个人类最伟大运动的本色和本意吗？

当然不是，也绝不可能是！

因此我说，卡塔尔世界杯最后一场盛宴的大结局是天意，是足球魂灵和意愿的体现。

罗隽老师的读后留言：

哈哈作为多年伪球迷的我这次由于各种原因，竟然没有实时看过一场球（幸亏没看，否则也要成为被老师鄙视的伪球迷之一了），想当年也有过请假看球的"黑历史"，但看齐老师的评球看得欲罢不能啊！太有趣了啊！

ps.同爱阿根廷和煤老板。

面对这个世界，我们依然不知所措

——关于随笔小说集《四十而大惑》和何乐辉老师的对话

2022年12月7日

何乐辉：齐先生，您好！今天我们来聊聊《四十而大惑》。《四十而大惑》是一本关于生命的书，您把人的生命分为上半场和下半场，四十岁就是分水岭，是人生的交界。人过四十天过午，您当时的这种人生感觉好像特别明显，有种紧迫感、危机感，给人以淡淡的忧伤，在我看来您当时还是蛮清醒的，是不惑的，惑与不惑有时与年龄无关。今年是您的本命年（六十岁），回望过去，是不是又觉得四十岁是多好的年华啊？！其实人生的各个阶段各有各的美好与糟糕，不是吗？

齐一民：何老师好！是呀，我是过了许久之后才重温那部书。我写作三十年成就了三十本著作，应该说每一部书都是我在写书那年的心声的如实记录，现在我已经六十岁了，再回首二十年前的自己，就仿佛回访自己在"幼稚年月"的痕迹，说没有感慨是不真实的。四十岁真年轻啊，这两天我的糖尿病又因熬夜看世界杯加重了，不得不狼狈戒掉每天夜里先"隔岸观火"然后再写卡塔尔世界杯点评的"繁重工作"。如今都悲催到对着电视过球瘾的资格都没有了，想想四十岁时我还能在球场上激情四射地踢球呢，真沮丧！

　　将人生分为上下半场，以四十岁为中场，正契合了如火如茶的卡塔尔世界杯比赛，球赛的中场是四十五分钟，可谁又能保证人生能活到九十岁呢，至少有多种疾病基因的我是不那么乐观的，能有尊严的苟活到八十岁就已经知足了。

何乐辉： 谈到人生和生命，当然要谈到死亡，您在《四十而大惑》中理所当然要涉及这个主题。人是向死而生的。有人说，死与生具有同样伟大的意义。我倒觉得生的意义更大些，要不人们怎么会渴望生而惧怕死呢。又有人说，人固有一死，或轻于鸿毛，或重于泰山。时隔二十年，与《四十而大惑》中的认知与心态相比，您现在的生死观有什么变化吗？

齐一民： 人当然活着好，至少活着的时候我们这么想，无论多么伟大的人物，哪怕最后你的悼词后面是长长的一大串头衔，你的丰功伟绩能够永垂千古，最终你也会化为盒中的白骨一堆。这些年我陆续送别了自己的父母，对生死问题就更加知晓和敏感，我们前面是一个个先走的前辈和亲人，当他们都被你送别之后，你忽然觉得你十分孤单，因为下一个走的或许就是你自己了。

其实人这一辈子都在追寻我为什么会生、我何时会死的答案，轻于鸿毛怎样？重于泰山又怎样？究竟是泰山重还是鸿毛重，谁又能说得清楚？

说到六十之后的生死观，我想有以下几点：第一，必死无疑。第二，怎么个死法？第三，死后留下什么？第四，留下了怎样不留下又怎样？第五，留下了有什么意义？第六，对谁有意义？意义又是什么？等等。

我在另外一本《四个不朽》一书中将文章和文字作为能留下的唯一有意思的东西，至少到今天为止我还保留这个初衷，因为对我来说除了留下点自己喜欢也希望别的极少数人可能喜欢的文章文字之外，我认为其他的毫无价值和意义。当然，这也因为我没什么别的本事，不能像苏东坡、白居易一样留下一段政绩和苏堤、白堤之类的。

何乐辉：谈到人生和生命，自然而然会进入哲学的层面去思考。您在《四十而大惑》中多次提到康德，他是您喜欢的哲学家吗？您受到他哪些影响？

齐一民：欧洲古典哲学是我上大学时候的最爱，而且最爱的是黑格尔的体系，正因为我受过打造体系的扎实训练，我写的很多随笔式小说都能在散漫中最终形成一个贯穿全书的体系，并让体系无限放大成为一种方法论。例如《我爱北京公交车》就是通过零散的关于各种交通工具的描写最后形成借助交通工具思考人生的体系和观念。

至于康德，虽说我读过很多他的著作，但并不是最爱。《四十而大惑》中说到过，康德的《纯粹理性批判》出版了很久之后都没人看懂，更别说有什么知音，那是我借着康德的境遇比喻自己的书没人理解。不过无所谓啦，现在看来，我的书的读者并不比康德在世的时候少。

何乐辉：如前所述，《四十而大惑》是部带有哲学思考的文学作品，文学与哲学的关系似乎早有定论，刘震云说：哲学是文学的底色。您如何描述这两者之间的关系？我个人以为，您最富哲学意味的文学作品是《我与母老虎的对话》。

齐一民：究竟文学和哲学如何互为表里，我自己也难以给个确切的说法，因人而异吧。我自己是不太读只有故事没有内在哲理的小说的，但我也同样不喜欢只有哲理没有故事感的所谓"纯哲学"，比如罗素的那种数理哲学。其实哲学著作是能当小说读的，不信您读一下黑格尔的大部头《美学》，那就仿佛是雨果的《悲惨世界》，将美的概念像码砖头那样一块块码下去，从建筑美到最高的抽象美——音乐，就如同小说最后的大结局和谜底似的。

在我自己的著作中，无疑《我与母老虎的对话》是直接的哲学著作，因为它探讨的都是诸如时间、生死、未来等必答问题，但也不限于这本书，《四十而大惑》回答的同样是人生的最基本问题——生命究竟有多长？怎么应对各个阶段？等等。

其实被"新冠"困扰三年之后，我们所有人都有了哲学家的初级模样，至少我们都曾经或者正在自觉不自觉地对自己提出过"我能躲过这波疫情吗？我会因得了"新冠"死去吗？"这样的疑问，尤其是眼下，抗疫办法改变了，我们或许将长期与奥密克戎病毒共存，您到外面看看，大部分北京人民都在家猫着，都在做"生存还是死亡"的哲学式思考，都不由自主地提出"我生命的总长度会是多少？上半场结束会在哪一年？"这样的疑问。

因此说文学是哲学，生命本身也是哲学，哲学是关乎不得不回答和不得不面对的最基本问题的学问。

何乐辉：上面我们谈了那么多重大而熟悉的主题，在《四十而大惑》中都有全新的诠释和展示，这就决定了《四十而大惑》是一本应该慢读的书，需要伴随思考来阅读，这种思考是发散式的，导致无限联想，不断向外延伸扩展，是一种创作性的阅读，读者开始参与创作，成了作者，在完成《四十而大惑》另外的、只有读者本人能看见的那一部分内容，这种阅读体验是我以前很少遇到的。

齐一民：写《四十而大惑》时我正值盛年，而且正在经历弃商从教的人生转折点或者说人生危机，也可以说是人生的低谷和挫折期，那一段时间都是在胡思乱想和追问中艰难度日，也会憋出很多现在读着有些像鬼斧神工神来之笔的精彩文字。

我一贯以为好文学或者好文章是由人生不幸之乳液喂养哺育而成的，写作者要有狼孩儿喝母狼奶的狠劲，《四十而大惑》现在读着就是这种感觉。它也是我自认为最有文采和张力的著作之一，文字简练而浓缩，仿佛是一块肯德基鸡蛋汤的固体汤料，你可以随意往里面兑水，然后泡制成一碗适合于自己浓淡的汤。整本书构建起一个"大惑"的氛围，你可以融入其中和作者一同思考、一同提问，一同在思索的苦痛里狂欢，一同升华，一同进入困顿哲人的境界。

何乐辉：谈到行文，《四十而大惑》给我的第一感觉是民国风，也是您作品中最接近鲁迅文风的作品之一。最近在读木心的作品，陈丹青说木心是民国式人物，但无论人还是作品，您与木心迥然不同。看来，民国风也是多样性的。但这不妨碍民国风的核心本质。陈丹青与木心也是迥然不同的，无论人还是作品，但他们在核心本质上是高度契合的，所以他们有心灵的默契与认同。

齐一民：是吗？我的确喜欢民国的文字，我觉得自己的精神还在民国。至于民国、民国风、民国精神究竟是什么，我也不太能表达清楚，或者是孙中山先生所提倡的那些主张？但至少其中要有纯粹的中华传统文化，要有部分纯粹的儒家精神以及原汁原味的外域文化吧。

我也喜欢木心，尤其喜欢陈丹青，他们师徒二人的书我都常读。最喜欢的是木心的《文学回忆录》，我还到木心老家乌镇去拜谒过。木心身上就有我上面说的那些民国因素，当然我绝不是否定我们这个时代的精神，我认为所有我们继承的一切都是中华文化的积淀，都缺一不可，而且我认为一个人身上从各路精神传承的东西越多、越杂，也就越好，我们的生命也才越加丰富。

何乐辉：我算是读过您作品最多的读者之一吧，我发现您作品中很少有景物的描写，这次在《四十而大惑》中有大段的景物细部写生，集中体现在关于北京天坛和北京紫竹院的描述中，后来我们在连载时用《我与天坛》和《我与紫竹院》的标题将这些文字分别集中起来，虽然疑似是在对标史铁生的《我与地坛》，但单独拿出来也是两篇很有分量的散文。景物描写是文学作品的惯用手法，随处可见。您是有意回避这一老套手法，但这次却不小心失手了吗？

齐一民：我写紫竹院和天坛是因为我家就在两个公园边上，

您不提醒我还没注意到，我是不大爱写景致，但不是不能写，这恐怕与我多写讽刺挖苦式文章有关吧。谁会讽刺一个自然景色呢？那一定是疯了，不过以后可以试试，比如说："今天的风啊，你如此邪恶、你如此歹毒、你如此不识相，你何必狠刮老子？"（笑）

我也以能写出《我与天坛》为荣，那个题目就是模仿史铁生《我与地坛》的。

《我与××》是一个通用的题目，我们谁都可以写出无数个《我与××》，比如家住颐和园附近的您就可以写一系列《我与颐和园》的文章。

细想其实"我与××"也是一种哲学命题，那个被"与"的对象肯定是你我生命中关联最密切的对象之一，我们的一生就在和我与亲人、我与故乡、我与母校、我与文学等不穷的被"与"的对象，或者和谐共生，或者火并斗争，或者相亲相爱，或者相爱相杀中不断前行。

何乐辉：隐喻是文学创作手法之一，有些隐喻是点状的，如福克纳的《烧马棚》；有些隐喻是块状的，是一个环境，如海明威的《了却一段情》。而《四十而大惑》中的隐喻两者兼而有之，而且这些隐喻潜藏于许许多多的明喻之中，真假莫辨，需要读者仔细去琢磨，只有这样才能发现《四十而大惑》的真正价值。在世界文学史上，这一表现手法，有些作家是有意而为之，有些则是作家下意识的行为，后来才被读者或评论家所发现，您是属于哪一种？我说这些只是想提醒读者，有些作家的作品需要思考性阅读，需要读者努力去发现文字背后的东西，因为它们不是通俗小说，不是用来娱乐的。

齐一民：其实《四十而大惑》里面最大的隐喻就是那个"惑"字，就是迷惑，就是困惑，就是担心后面的日子没有高兴的事了，就是：我们究竟还能活多久？就这么简单，只不过，我用众多的小故事、小隐喻、小象征将这个大隐喻给遮蔽，或者说半遮蔽了。

这个问题至今仍然困扰着我，因为我已经六十岁了，都快踢到球赛的尾声了，不仅一个漂亮球还没进——文章没被世人普遍认同，还因为熬夜看球把血糖看高了，不得不在卡塔尔世界杯决赛正进行得如火如荼时骤然停止熬夜观赛的"恶习"，不得不在保护生命和酷爱二者中做投降式的不心甘情愿的抉择，呀，这已经不需要再隐喻，而变为赤裸裸的明喻，正如战争片、谍战剧中，被逼急了不再用暗码而改用明码直接呼叫对方。（笑）

何乐辉：在《四十而大惑》中，您用了四篇文章论述了"幽默"，您说：真幽默是生命层次上的，伪幽默是生活层次上的。想用生活代替生命，在真幽默看来，本身就极为滑稽。部分国人还是能区分幽默和滑稽的不同。我代读者问一个滑稽的问题：幽默和滑稽与笑的关系分别是什么？生命与生活是有交集的，那么幽默和滑稽有交集吗？哪怕一点点。呃，我问了两个问题。

齐一民：妈呀，您的问题把我也搞糊涂了，我真在书中那么说过吗？（笑）

的确，幽默和滑稽不同，至于什么是幽默什么是滑稽，幽默和滑稽还有没有档次上的分类，我至今还在探索，不过"幽默"这个词本身就是从西语翻译过来的，本身就有不同的界定，在没有更好的表达方法之前姑且先用这个，我觉得幽默还是关乎生命的，当然生命是由生活组成的，没有生活的生命是空洞的，按照这个推理，二者都不可缺少。

幽默应该是一种达观的态度吧，应该是一种超然的感觉吧，应该是一种博爱和包容吧，这些构成了具体生活中处理方式的基调。我们每个人都要柴米油盐，都要应对生老病死，都要五谷杂粮谋划生存，在大疫到来的时候都要保命，都怕死，这就是生活，但这些细节的总体是生命，那么就接近结论了——用总体达观的生命态度应对具象的人生细节，恐怕就是我想在《四十而大惑》里所表达的幽默的最佳状态吧。

最理想的状态，可能就是将"宏观生命"和"微观生活"都同时幽默化、艺术化、理想化，让二者互为表里，让二者天衣无缝、潜移默化地自然融合。

何乐辉：《四十而大惑》能聊的东西太多了，还是给读者留些思考的空间吧，毕竟旅游必须身临其境才有真切的感受，看短视频如同喝碳酸饮料，越喝越渴还没营养。最后请齐先生站在六十岁的年纪给四十岁的读者们说两句，谢谢！

齐一民：哈哈，如果只说两句话，那么，我想想，要不就借用先贤们的话来说吧：

第一，克己复礼——孔子说的。

第二，明哲保身——《诗经》里面的。

祝大家安度疫情，茁壮成长！

记"阳康"之后的首次上冰

2022年12月30日，星期五

有人问某人为什么非要登山，回答说："因为那座山在那里！"于我来说呢，若问我为什么要"阳康"（得了"新冠"后抗原检测从阴转阳）后冒风险死活非要去滑冰，我想了一下，或许答案也是"因为冰场开了，冰就在那里"。或许滑冰和打冰球会对生命有些许未知的威胁，但对见了冰不上去滑就比死了还难受的我来说，既然两者都和"死"字沾边，这种选择就没有正误，就是能对冲的。我唯一需要做的就是"战略上藐视敌人，战术上重视敌人"，于是从一周前开始我就每隔一天围着一个湖走一圈半圈，努力让身体恢复充足的体能，而今天上冰的时候呢，我也在约莫和平日走路消耗的体能等同的情形下果断收兵，我心里打着鼓去，我平心静气地回。

然而，即便如此谨慎，今天没滑一会儿就感觉体力不支，是因为由室内"花样"到室外"球刀"的"系统性改变"消耗了过多体力，还是因为"新冠"对人体基本面进行了攻击和摧残？这不得而知。好在我估摸差不多就草草从紫竹院冰场收兵，我得确保自己不会再次和"新冠"有染，即便还没适应球刀的玩法，即便走在冰上还踉踉跄跄，即便心说："你咋就不会走路了呢？"我还是毅然决然从"战场"上成功地以失败而撤退。我顶着太阳来、扛着太阳去，我蹚着告别2022年最后一场冰（也是这个季节的第一场）的小碎步，裹着老伴昨天在王府井东方新天地阿迪达斯店五折买的蓬松度极高的新羽绒服和运动裤，我像个大狗熊似的扛着冰球杆，猫回家中继续调养"阳转阴"两周的病躯。

公元2022年，我终于把你睡了过去

——跨年感想

2023年1月1日，星期日早晨5时

前两年的跨年夜都是在国家大剧院中聆听着中芭交响乐团跨年音乐会的悦耳钟声愉快地过去的，回到家时都已经是凌晨一点多钟。昨晚大剧院也有一台虽不是跨年的欢庆晚会，但我犹豫再三还是没敢去听，我一想到几百位刚刚"阳"过的观众，看台上也都应该是刚"阳"过的艺术家们表演，届时不知会有多少阴险的毒株在剧场的空气中游荡，就有些瘆得慌，有些踟蹰却步。

妈呀，那多像是个"大羊群"的聚会，而且是防疫政策调整为完全放开之后的京城首次。

世界本来应该阴阳平衡，就如同太极图似的，都阴了还不可怕，可怕的是一下子阴的那半边都突然变成阳的了。想象一下，假如哪天某国国旗上面的太极图一下子黑色那半边没了，变成了一个惨白（白肺？）的圆圈，那会有多么怪诞。

不能去剧院兴奋地跨年，也无心在家苦等十二点的钟声敲响，于是我使用躺平和睡眠战略等待新年的到来：晚上十点来钟我就匆忙洗洗睡了，这样仅用了一小觉我就神不知鬼不觉地把2022年给平安地睡了过去。余秀华曾在诗中说要跨过大半个中国去睡男人，我呢，只用片刻的小觉来睡灾年。睁眼后我一看墙上的时钟已然是2023年的0点30分，顿时大喜，心说："2022年啊，我惺惺松松地就把你这鬼年给跨过去了！"

　　我并没有像很多人那样用憎恨的口气对2022年说："你滚吧！"我只是先洗洗，再躺平，然后让自己失去知觉，让2022年尾声的那一两个钟头，在激烈且并不美妙的梦境中流逝，然后再睁开眼，看看新年是怎样的一种样子。

　　2022年我们真的很不容易，不，是自从2020年之后，我们就一年比一年艰难。在《小民神聊录》一书中我曾写过《2020，我们能否把你跳过？》（*Can we skip you 2020？*），意思是说俺们能不能豁出去了不要生命中的这一年，把倒霉的2020年从生命中删除，没想到那之后的2021年、2022年都不好过，我们总不能把三年都跳过、都删除呀，因此还是要硬着头皮死乞白赖地过着、活着，尤其是刚刚逝去的2022年，就好比是热播电视剧《破晓东方》里解放军攻占上海市区高楼时，敌人的重武器对着你狠打，而又不能使用炮轰，于是你就只能用棉被和门板当防弹衣匍匐着向前冲锋，那后果可想而知。眼下"敌人"的"重武器"就是远小于细菌的病毒，它们无孔不入，它们随风飘散，而我们人类惨烈牺牲的战士们大都是没爬几步就精疲力竭了的老人，这场景真惨不忍睹啊！这多像是好莱坞的灾难大片呀！数亿人在这么短的时间里中了奥密克戎的招儿，集体体温升高，集体头疼"刀片嗓"……千古奇葩的病毒，仅一朝就让国人尽体验。

　　以往的三年就好像是三个盲盒，打开后里面没有一次是好东西，仔细一看，原来三个盲盒统统是"潘多拉"牌的。

　　公元2020年，那时我们真想把你"跳"过去。

　　公元2022年，眼下我们真想把你匍匐着爬过去，昏睡过去。

让你滚，你也不会，于是呢，我们滚，得了吧！

世学表哥评语：

开年第一篇，写得好！把这场灾难（病毒）描述得淋漓尽致，真实地表达了疫情传播危害程度，以及人们面对疫情的困惑与无奈……

2023年的开年大戏

——接连两场《雷雨》的风暴

2023年1月7日，星期六午夜

地点：保利剧院；时间：下午两点三十分《雷雨》，晚七点三十分《雷雨·后》。

原本担心到处都是"阳康"，在家里闷着不敢去剧场看戏，这几天从朋友那里得知北京剧场已经逐渐开始恢复元气，正在家中跃跃欲试，碰巧徐德亮老师盛情邀请我去保利剧院看他演的《雷雨》（他饰演鲁贵），说这是法国导演历时三个月帮忙打造的新版，于是我就毫不犹豫地去了。

好呀，还是连台戏！从下午到接近午夜，一前一后两次大雷雨从上到下浇个浑身湿湿漉漉，好不痛快！

解封不久就能如往日那样端坐在剧场看戏，说是梦不是梦，说不是梦也是梦，正如《雷雨》里那些熟悉却每次看都像做噩梦一样的情节，你说是真的，它们却是杜撰，你说是杜撰，却又像是真的，感觉雷电滚滚而过，猛然电击人的心灵深处，不想入戏也得入戏；又如同一个深渊，你坐在观众席上，舞台上一幕幕生生死死奇奇怪怪乌七八糟，宛若一个黑洞，随着演员们的表演和他们的台词，你会被深深裹挟进那个无底的黑洞里去。

我想经典剧目就有这种魔力吧，观戏时你会不自觉地忘我，忘掉你近来的遭际，你能把奥密克戎病毒和数不清的生死离别画面暂时忘掉，你落入周家、鲁家两代人离奇不可思议的遭际（其实是两组乱伦关系）中难以自拔，当周萍自杀的枪声响起、当悲剧结束、当演员们瞬时"变脸"兴高采烈地返回舞台谢幕的那一时刻到来时，你才醒悟到这原来是戏，台上的明星们（知名的有刘恺威、徐德亮）还都活得好好的，你才意识到剧作家曹禺的超级伟大——他能用一句废话没有的台词、用极其密集错综交织的逻辑把一个几乎绝不可能发生的恶性故事（两组乱伦）给严丝合缝、毫无漏洞地表达演绎出来，而那故事你竟然相信了，竟然被深刻触动神经了，而且你每看一次都那么感觉一次，每次看都还能感到陌生和惊奇，总之，你落入伟大经典的魔法之中，你不能自拔。

上面说的是老爸曹禺的《雷雨》，是我今天经历的第一次精神瓢泼大雨。第二场万方写的《曹禺·后》，就没有她老爸的笔那么灵光了。和《雷雨》相比，看《雷雨·后》就好比是读论文时看后面的注释，感觉字那么小，那么稀稀拉拉、零零碎碎，而且注释彼此之间几乎没有逻辑关系，总之，你可读，也可不读，读了有点启发，不读也没耽误什么。总之，万方和曹禺比，不在一个层次上面。这么说万方不会生气吧？不过说她老爸更棒也该高兴呀！《雷雨》中的每句台词都是为剧情和故事服务的，但《雷雨·后》那些台词就是台词本身，可多可少，可有可无，少了不太好，多了更不好，有话痨之嫌，而话剧最容易犯的毛病就是空洞无聊的废话太多。

也说说表演吧，除了英俊知名的刘恺威（饰演周萍）之外，我最关心的当然是作为朋友的徐德亮老师。今晚他饰演的鲁贵是我看过他演的话剧中演得最好的，把鲁贵小市民和势利小人的形象演绎得惟妙惟肖。

如果台上的表演者是你熟知的朋友，衡量他的表演成功与否的标准就是你的朋友一上舞台，一"钻进"他扮演的那个人物里去，瞬时间你就把他是你朋友的事给遗忘了，他就是那个人物，你似乎都不认识他了，如果那样的话，他的表演也就成功了。我在台下看徐老师的感觉就是那样，他变成了陌生的"鲁贵"，他本人则被高超的演技给"陌生化"了。

舞台上扮演侍萍的演员程愫以前我在电视剧《与狼共舞》中看她演过一个女军统特务，今天那个"女特务"变成一个极其善良的不幸女性，在演出结束后我还看见了她本人，这真有趣。

演出结束后我还被邀请和《雷雨》剧组演员们一起吃吃喝喝唱唱闹闹，还见到了香港著名影星胡慧中，据说她是在息影多年后才被邀请来京和许晴一起演话剧的。

总之，托徐德亮先生的福，2023年刚开年，全国刚刚解封开放，本人刚刚"阳康"不久，就能在本命年尾巴上接受两场暴风骤雨的热情"浇注"，就能亲临现场和众多令人瞩目的影视明星近距离接触，真是心中乐陶陶喜洋洋，让人不得不相信疫情妖魔终归会覆灭，坚信首都剧场的明天会更好！

国家大剧院开年大戏

——米勒、何冰的《代价》

2023年1月11日，星期三晚，国家大剧院·戏剧场

演出地点：国家大剧院·戏剧场，时间：晚七点三十分。

今夕是何年？步入国家大剧院，竟有一种"回光返照"的幻觉。是因为跨了年？还是因为跨越生死坎？目前的开放还只能说是暂时的，不知下次另一个疫情高峰到来时"复阳"后自己还在不在人世间。反正据我猜测，许多2022年曾经来过国家大剧院观戏的人，而今已经不能再步入这个曾令他们心旷神怡的殿堂了。

戏剧场今晚座无虚席，仿佛前不久在电视上看到过的维也纳金色大厅，观众的头黑压压的。这么密集的人，如此频繁的呼与吸，即便没人咳嗽，也有些吓人。不知这些人中间还有没有"阴"着的，倘若有，他就是京城最勇敢的人，正所谓"与羊群共舞"也。

不仅是观众，台上的演员也应该都是"阳康"。开始时，他们说话的声音就连坐在池座第三排的我都听不太清，说明人家嗓子还哑着呢。

《代价》（*The Price*）的作者阿瑟·米勒，就是写《推销员之死》的那位。《推销员之死》我曾在首都剧场看过，细节已经忘了，没忘的，是后来我自己也当了若干年北美上市公司亚洲市场的推销员，只不过我现在都还没死，当时的业绩还不错哩。

主演何冰，今晚他的台词真没治了，属于跨世纪的水平，不但没有了电视剧上惯有的听着有些痞子味道的京腔，还字正腔圆，思维敏捷，连珠炮似的，把米勒原本就精辟无比的台词连篇累牍地在台上"突突"出来，听起来竟然有听英文原文的错觉，说明这台戏里身着西装的何冰并不土，说西洋台词时有人家台词的干脆和劲道，使我联想到2000年在人艺小剧场看他和冯远征、吴刚演《三人麻将》时他的台词风格和水平。

米勒的《代价》，剧情和梁晓声的《人世间》有异曲同工之处，都是说留守照顾父母的老二和远走高飞的老大的人生差距和结局，当警察的老二经济状况当然不好，和当医生挣大钱的哥哥有天壤之别，于是老二伺候父亲二十八年后想在最后分家具时向哥哥讨要个说法，可哥哥（由何冰饰演）不但不给，还振振有词地说："我选择离开这个家投奔自由是我的选择，你当初不是也可以像我一样那么选择吗？谁让你偏选择在家伺候他（老爸）的呢？你既然那么选择了，你就要付出代价(pay the price)！"老二先是听蒙了，然后回答说："我留在家里，就是不忍心看他最后瘫坐在草坪上没人管啊！"

听得台下的我心里拔凉拔凉的，因为那个老二说的也是我，不，不光是我，也包括像我这样有兄弟姐妹选择回（留）家给父母养老送终的全天下所有孝子（女）们，由此能够解释因何米勒这台长达一百五十分钟、仅有四人出场、情节环环相扣的戏能如此打动人心，它讲的是个普天下家庭都可能发生的故事和情理。

是呀，那代价值得付出吗？如果值得，为什么偏得由我（我们）而不是他们（离家出走的）付呢？

此千古无解之谜题也!

观人艺开年大戏《正红旗下》

2023年1月18日，星期三晚，首都剧场

地点：首都剧场，时间：晚七点三十分。

刚走进王府井步行街就看到了硕大的《正红旗下》（"正"读三声）演出的电子广告，这说明它真是2023年的人艺开年大戏。

看这台"满族味"和历史感十足的大戏时感觉香甜苦辣兼具，时而悲壮，时而欢笑，时而哀伤，人艺不愧是人艺。此番改编老舍的"未完成"小说，人艺算是把所有拿手好戏和看家本领都和盘托出，光明星阵容就无比强大——濮存昕、杨立新、王茜华、梁丹妮，外加导演和新任院长冯远征（我还是头一回看冯远征和梁丹妮夫妻同上舞台），除他们以外，似乎每个登台的演员都挺面熟。总之，演员没有短板，剧情也没有短板，时而荡气回肠，时而惊心动魄，时而柔情缠绵，其中最令我感动的是作为作家的老舍（濮存昕饰演）和他两岁时就因抗击八国联军守城牺牲的父亲舒永寿（杨立新饰演）竟然同台。舒永寿抱着他的老儿子，老舍戴着斯文的眼镜在边上叙述往事，而他们二人分明只有两年短暂的人生交集呀！其实老舍和他父亲都死于非命，一个为保卫京城战死，是勇士和民族英雄；一个跳湖而死，死于同胞残酷的迫害。假如舒永寿能预知他最稀罕的老儿子的最终结局，他怀抱他的时候该是怎样难受的心情。我边看剧边任由思绪朝不着

边际的悲伤处溢出。

杨立新饰演好人舒永寿真是个上佳选择，因为杨立新本来就特别面善。哦，想起来老舍也面善，也是个大好人，但凡能用幽默笔触写东西的人很少有面目可憎的，这，当然也包括我。

从这部大戏中所还原的历史来看，洋教、洋人在中国曾经真是个万分邪恶的存在。今晚到达首都剧场之前，我正巧从王府井天主教堂前走过，还顺手拍了几张夜色下教堂灯火辉煌的倩影，不过，随着《正红旗下》的大幕徐徐拉开，教堂、牧师、信众的形象立马狰狞了起来。

看来世间所有事物都有阴阳正反两面，在某个一百年中一个事物或许是对的，在另一个百年它就变成了劫难的根源，而一个城市、一个国度，可能就随着那个事物的变异而发生命运的顺转或者逆转。

在首都剧场演出描写北京近代史的《正红旗下》最恰当不过。北京既让人深爱又令人怜悯，它在中国历史上屡次成为全国的核心之地，它的辉煌高光时刻自然不少，同时，它所经受的磨难也最为深刻和惨烈，而且悲喜两方面都无与伦比。喜事不说，单从磨难来说，掐指一算就至少是一个甲子或一百年一次，而且程度是其他城市不能比拟的。就比如老舍父亲舒永寿所经历的庚子之变，洋人围城进城，作祟的老佛爷慈禧和小皇帝逃之夭夭，全体无辜百姓只能自我保全性命，当时那个惨烈的程度呀，尸横遍野，连王公贵族都要去运送死人。与这类似的情景，此都城不是每隔一百年或几十年就会见证一回吗？

读原著《正红旗下》时感觉文字热乎乎的，虽然是老舍的晚年之作（写于1961年，5年后他就死于非命），然而宝刀不老，写作手法纯熟老道，充满了足足的"老舍风味"，人物刻画传神细腻，对亲人们和旧北京满族旗人生活充满了眷恋。老舍的《正红旗下》原本是他的未完成之作，不过，随着今晚这台冯远征用哽咽的话说"三年来观众终于达到百分之百"的话剧的首场成功演出，老舍这本书算是终于完成写作了。

挥别本命年（虎年）

——大年三十杂感

2023年1月21日，星期六，大年三十

再过十二个小时癸卯兔年就会到来，也就是说我们属虎这拨人的本命年终于就要告一个段落，山大王要把"轮值主席"的位子让给弱小温顺习惯躲躲藏藏的兔子。虽然北京人老管兔子叫"爷爷"（兔爷），但随便哪只兔子见了老虎也要闻风丧胆，这是兔子们都心知肚明的事。我甚至窃想当初给十二生肖排座次的先人是经过精心盘算的，他们故意没把动物中的"二强"（老虎和龙）连接着编排，那样容易发生争斗也不会显出哪个更有优势。哦，忘了，龙压根儿就不是什么大自然中的动物，而是人工合成的"三体动物"（眼下电视剧《三体》正在热播中），因此，十二种动物中唯有我们老虎才是真正的王者。听说在越南，人家把兔年的兔子换成了猫，但即使是猫也不是老虎的对手。传说猫给老虎当过老师，但青出于蓝肯定会胜过于蓝，老虎怎么说都是老大。还有，我冷不丁想到，十二生肖中似乎没有海里的动物（龙算一个吗？），比如鲸鱼、鲨鱼、热带鱼、锦鲤、泥鳅什么的，今后或许也可以给海里的动物们整个十二生肖，比如说属乌贼、河豚、三文鱼、乌龟之类的，那似乎更能表述人类性格和特征之丰富性吧。

以上胡说了这些无非是想感叹"大老虎尾巴长不了了，小兔子的头就要露出来了"。属虎的，尤其是俺们这拨1962年出生的老虎们，再过十二个小时就将黯然退场，我们"艰难的本命年"（其实为什么本命年会难过和非要百般提防不测，我也不完全知道）终结的钟声将随着春晚《难忘今宵》的歌声隆重敲响，我们将不再需要做那些为本命年辟邪的不正常举动，比如穿红色袜子、红色内裤之类的，我们未来的十二年将可以为所欲为甚至胡作非为，直到下一个本命年的"大难临头"。

说到壬寅年的"难"（四声），真是一难接着一难，战争风云、核武威胁、冰冷静默封城。虎年尾巴这一个来月，仅我认识的因"新冠"过世的人就有五位，最年轻的是我哥的发小。十二个月前小心翼翼开启本命年的我们这些老虎们对这些完全没有心理准备。劫后余生的我甚至想：莫非是老天爷担心我们这些人的本命年过得太平淡？但有必要拉着那些不属虎的人一起垫背吗？应该不会的吧！虽然十二年一个轮回的本命年对我等来说是应该有点"里程碑"式的纪念物，但拉着全国人民无辜地陪伴我们这些老虎一同经历发烧、咳嗽、"刀片嗓子"、头剧痛、嗅觉味觉消失，一同共度生死关口，可不是俺们老虎的歹毒心思。去年我画过一幅老虎图并在图上题字"寅之初、性本善"，属虎的人绝大多数心地善良，我们非必要，是不吃人的。

2022这个壬寅年是所有十二生肖共同的"本命年"。

人活七十古来稀，经过壬寅这道"大坎"之后，我们这群1962年的老虎就真的老了，就要再接再厉、陆陆续续、跌跌撞撞奔向下一个轮回，经过兔年、蛇年、狗年、猪年等一系列必须仰视我们老虎的小动物们的年份，朝下一个本命年——七十二（虚岁七十三）挺进，而2022这个虎年留给我等的印象就是"活着真不容易"。未来的十二年，宇宙有可能会为我们闪烁（《三体》剧情），可同时呢，宇宙也完全可能随时为你终结（以你的死亡为时日），因此说，2022这个本命年的年尾特别值得写几行字纪念，用我尚有点生气的笔触。

自从2020年虚岁快到六十开始，我陆续完成了《六十才终于耳顺》《似水牛年的挣扎》《本命年冰雪大回转》和这部《寅虎卯兔集》四本编年体文集，总计约八十万字，我把"活到六十岁""度过甲子本命年"两个主题涂鸦得详详细细、完完整整，从虚岁将到六十写到实岁已到六十，再写到六十岁过后的虎年本命年经历，行文过程中我还特意顺手记录了这三年中自己和周边人们在三年抗疫岁月中不屈不挠、永远难忘的点点滴滴和边边角角。这是上帝在借用本人的手记载民间非凡罕见历史吗？还是在暗示着它是我一生中最后一次记载本命年经历的唯一契机和可能？

天晓得，管它呢，先胡乱写下再说。

下部

兔 年

没大事

从冰刀师傅的"好玩艺儿"彻悟的

2023年1月22日，星期日，癸卯年大年初一

"阳康"之后的第五次上冰，还是在紫竹院大湖冰场。

生命真在于运动。身体如同一把宝剑，你越磨它就越锋利。从头一次上冰时的晃晃悠悠、软软绵绵到脚下一步步变得踏实，再到兔年大年初一如兔子般在冰上飞奔，我一次次试探，我一次次挑战，挑战"新冠"的造孽边界，也探求身体恢复的外围边缘。

今天这场冰滑下来——两三个钟头，觉得自己已经彻底复原了，于是，我开始思考肉体和精神的关系：肉体是物质，胆识和信念是魂灵，它们二者的博弈孰胜孰负，取决于大脑的意念。当我逐次取得"作战"的胜利，我感觉舒心，我觉得兴奋。当你如旋风般在冰上飘荡的时候，你的肉体就是一架飞机，你在驾驶着它，你在操纵着它，世界随着冰鞋、冰刀、冰球和身体四者的关系多维度变化，你眼里、心中的世界在颠覆着，在疯狂着，在绽放着，这种感觉，是你到六十岁依然不放弃冰上驰骋的时候，才会有的终极感觉。

体育是交际，爱好体育的人是天然的盟友，在冰场和在冬泳时一样，所有在场的人和严酷的大自然（冰以及冰水）构成了"敌我"关系，那个"敌"就是冰，就是冰窟窿，就是刺肤的冰水，而那个"友"，就是你周边的同好们。这个冰季我见识了

几个奇人。第一位是一个后脑雪白小辫飘逸的"老弟",我一开始以为他比我小,一打听,他已经七十二岁了,是属兔子的,于是我管他叫"大白兔"。他体轻如燕,他身手不凡,他能把球刀当花刀滑。总之,他太棒了!第二位,是今天碰到的那个向我借冰球杆和冰球玩的老哥,他已经六十六岁了,但他滑得比我熟练不知多少倍,而且人家还踢足球呢,还到海南岛去参加老人足球赛,牛!

从以上两位的年纪我看到了自己的未来,至少我看到了未来的十二年,那时候,我也一定要像那位"大白兔"似的在冰上撒欢,连跳带蹦的那种!

另外还有一对少年,一女一男,看他们的行头就知道他们是半专业的,没想到那个女孩儿竟然是北京冰球队的前锋,真格的专业女冰球星,而那个男孩儿是她弟弟,弟弟的技术是给姐姐当陪练练出来的。那个女球星冰球打得那个好,简直就是冰上飞驰的花木兰,只见她手起球杆落,真叹为观止,真赏心悦目。我还是头一回目睹职业运动员在野冰上戏耍,就如同武大靖(冬奥短道冠军)在什刹海冰场低调现身,一上冰,一个姿势,就能把周边的人和冰场震碎。

除了"大白兔""六六顺"(六十六岁老健将)和"冰上花木兰",最该表的是今天为我磨刀的那位师傅,他1967年生人,夏天在马甸那边开校车,冬季磨刀,磨刀不费开车功!他那么认真,将我这双几年没磨过、已经像西瓜皮般光滑的冰刀煞费苦心磨了半个时辰,将刀体彻底整顿,将刀锋打磨出菜刀的锋芒。我不耐烦地苦等,等啊等,他终于磨好了,我正要付钱,他说不行，还不符合他认为的"好玩艺儿"的标准，于是又重上机器，重新经过砂轮的打磨，只见钢星子四溅，只见他全神贯注。终于磨好了，终于达到他认为的"好玩艺儿"的标准——几年之内再不用磨了。我不禁肃然起敬，我多付了他三十元，他迟疑地收下后给我拜年，之后，我穿着那双终于有了抓地感，能在冰上收放自如的已经伴随我三十载的"老伙计"，边在冰上奔走，边想着那位师傅所说的"好玩艺儿"的意思。

在京剧界"玩艺儿"是行话，你看田汉话剧《名优之死》时会听到许多个"玩艺儿"，大意是好东西、真本事、真功夫，而那位磨刀老弟可能是老北京人，他把"玩艺儿"用到了好刃，用到了冰刀上，磨刀一定要磨到他满意的水准，一定要拿出"好玩艺儿"，哪怕是多花费一倍的时间，哪怕是"好玩艺儿"出来后经久耐用，再无回头客。

我越想越佩服他，也越觉得北京话和北京文化的厚重，那时刻，紫竹院硕大湖面上的冰就俨然一面顶天立地、明光闪闪的大镜子，照出了我的浅薄，也照出了磨刀师傅的深厚。

我还想，写作也是相同的道理，作家就一定要写出"好玩艺儿"。

电影《满江红》观后

2023年1月24日，星期二，大年初三

今天的最高温度是零下五度，是北京今冬最冷的一天，刚看完张艺谋电影《满江红》。

说不清楚的感觉：前半场在血腥暴力和现代艺术效果的强烈冲击中昏昏欲睡，那些"笑点"令我旁边的那位举止粗俗的老弟一阵一阵爆笑，反而让我想哭；后半场倒是真想哭了——被岳飞的《满江红》点燃的，但还有些被硬拉拽着入戏的不适。

商业大片追求的是分分钟的刺激，让你感到精神上刺痒不止和疲劳过度，反而是一种伪快乐和伪崇高。大幕一落下走出影院就顿感空空。

观程派京剧《锁麟囊》

2023年1月25日，星期三，大年初四

演出地点：国家大剧院戏剧场，时间：晚七点三十分。

带着昨天看电影《满江红》的阴霾，我今晚去看传统程派京剧《锁麟囊》。

今晚正剧开始前，大剧院大厅中的小乐队演出（由几位年轻乐手进行的）又恢复了，而此前享受这番情景是远在2019年年末，似乎说明三年几起几落的疫情终于有了个了结。

我是在做了一番功课后才去看这个戏的，功课就是复读《锁麟囊》编剧所著《翁偶虹编剧生涯》。这是一部我从"孔网"上淘来的旧书，1986年出版，总共才印制了一千余册，而恰恰是这部可以说是世间罕存、才情并茂的"编剧笔记"，成为我不忍卒读的"宝书"，成为我视为珍宝的一个"囊"——一个口袋，一个如同《锁麟囊》戏中的那个上面绣有麒麟图案的红色锦囊，里面塞满了夜明珠和各种珠宝，而那些"宝贝"其实就是翁偶虹先生编剧的，包括《锁麟囊》在内的许多名剧，名剧中甚至包括革命现代京剧《红灯记》，这谁都没听说过吧！1939年专门为程砚秋量身定制《锁麟囊》的编剧翁偶虹先生后来竟然在江青的指派下参与了《红灯记》的创作，我们熟悉的许多词句，比如李铁梅唱的那段"我家的表叔……"就出自翁偶虹的笔下。

正因为事先了解了《锁麟囊》诞生的过程，我今晚感觉自己是带着"翁偶虹、程砚秋的眼光"去看迟小秋、沙霏表演的薛湘灵的，她们舞台上的一举一动、一招一式、一唱一哭一笑，都是翁偶虹根据原本只有一个故事轮廓的《剧说》生生想象和编写出来的，那几乎是无中生有，几乎是没地基起高楼，而现在舞台上呈现的《锁麟囊》竟然百分之百地合情合理，竟然完美无缺地经得起推敲，全剧精心雕琢，真乃戏曲中的极品也！

我旁边坐的观众是两位年轻的美国男女青年，开始我还纳闷：你们来干嘛？这么古色古香的戏剧你们能受用吗？剧开演后我才发觉我大错特错了，他们不仅会中文，而且所有剧中的细节微妙之处的"机关"和寓意他们都能get到，从他们二人不时发出的有几分夸张的叫好和感叹中你会知道他们懂得。八十多年前绞尽脑汁"生编"出这出戏的翁先生如若知道他在八十年后竟然会有两位美国"粉丝"，在那个世界里该感到高兴和欣慰吧！

《锁麟囊》的情节我无须细表，我只是想说这台戏1939年在上海首演时之所以引起轰动，又作为程派的代表作一代代长久不衰地演出传承下去，这绝非偶然，因为这部戏里面的大道理——在别人拮据时你用宝囊相救，之后你遇难时又被曾经的被接济者感恩回报，表述的是人类无须共同语言就能完全理解的情理和价值观，它能被地球上所有人类毫不费力地接受和赞美，因此它不仅是戏，也是精神境界。

从"拜把子兄弟"到"发誓的兄弟"

——观京剧《忠义千秋关云长》

2023年1月27日，星期五，大年初六

演出地点：国家大剧院戏剧场，演出时间：1月26日晚七点三十分。

好久没隔夜写剧评了。老伴说我的血糖升高都是因为看戏回来后连夜写剧评，每天早上拎着针头追着我测血糖，为了免挨一针，索性就一大早写吧。

细想，昨晚我看的那台由李孟嘉扮演关公的《忠义千秋关云长》（封金·挑袍·古城会训弟）和前天晚上看的那场《锁麟囊》都有一个共同的"梗"，就是"拜把子"。《锁麟囊》中最后一贫一富两个姐妹结成了金兰姊妹，而《关云长》里桃园三兄弟就更不用说。昨晚观众席上有个国外来的黑人年轻看客，也看得极投入，散场后他还对剧场服务员说："真牛逼！"于是，就勾起了我的好奇和深思。其实，"拜把子"是中华文化特有的一种现象，不，应该说是举世唯一的，一种能提升到信仰层面的人伦关系，这在西方文化中真没有。我在北美生活了近十年，压根儿就没听说过谁跟谁是Sworn brothers/sisters（拜把子的兄弟姐妹）。Sworn是"发誓"的意思，每个美国总统上任时都要手抚着圣经发誓"Swear on the bible"。我觉察到眼下已经不再流行千百年之间作为"统治性信仰"的"桃园三结义"式生死与共的朋友之交。情义其实是一种具备宗教情结和信仰的精神性东西，是绝对形而上和超出日常生活伦理的，只不过在中国人这边被宣誓的对象从《圣经》里的上帝变成了上天。曹操上马献金、下马献银，三日一小宴、五日一大宴，外加十个美女相赠，而关羽完全无动于衷，执意千里迢迢去找还没啥子起色的两个拜把子兄弟，就是因为精神上受"桃园合约"的严格束缚。也可能关羽等人自身并不那么深信，但是后人借着他们哥仨儿的故事，将对"忠""义"精神性拜物教的情结灌注进了《三国演义》，将三兄弟塑造成忠实践行"拜把子精神"的楷模，于是后世的故事和戏剧（包括《锁麟囊》）就照方抓药，以三兄弟为榜样继承发扬，让"金兰之交"的信仰和灵魂合体，这种精神一直在传统中国的人际关系中被延续着，变为骨肉亲情之外的一种plus关系，直到1949年"唯物主义"大革命之后，它才逐渐消失和绝迹。

我敢说老外看不懂中国戏剧里面深藏的"猫腻"，就比如这两台戏中的两对组拜把子关系——一对女，三个男，连我都感到陌生不可思议，就甭说他们了。

从京剧《龙凤呈祥》说到剧场的叫好

2023年1月28日，星期六，年初七

　　演出地点：大剧院戏剧场，演出时间：1月27日晚七点三十分。

　　昨晚看的是《龙凤呈祥》，我终于史无前例地连续看完了第三场京剧。

　　是因为自己老了吗？原以为只有老人才喜欢京剧，少时家里电视一放京剧就知道是老爸在看。三场下来我才终于明白了一个道理：不仅活到老学到老，而且很多事物不到一定年岁你是搞不明白的。就拿京剧来说，第一，假如你不连看三场，而且是挨近舞台看（我后两场都坐在池座第三排），你就看不清京剧有多么美妙。第二，你不连续地看两场剧情仿佛是连续剧的戏，比如第二、第三场都是以《三国演义》为故事情节的《忠义千秋关云长》和《龙凤呈祥》，你就不能理解晚清和民国时期的那些票友们因何会终日出没于乌烟瘴气的戏园子，而且是一场连一场地瞧戏：那分明是被巨大的"瘾"牵引着，追着剧情一集一集看热播电视连续剧的感觉啊！

　　或许是经过长年打磨的缘故吧，眼下演出的每一出京剧中现代戏剧所有成分应有尽有，有插科打诨抖包袱（喜剧元素），有飙男女高音，有角儿们的惊艳亮相，更有别的剧种压根儿不会有的武戏演员的真功夫，比如《关云长》里面的那个功夫了得的"马童"（李伟扮演）。看京剧时，观众的反应与其他剧种不同，得在该叫好的时候狠命来一嗓子："好！"

　　说到叫好，我的一位资深戏迷朋友小王知道我春节期间要去看京剧，就留言劝我不要去国家大剧院看，真想看的话要去长安大戏院，理由是："您要是在京剧的主场长安大戏院里听更有气氛。那台下的大部分观众都是行家、票友、戏迷，但凡出点差错，观众不仅敢把台上演员哄下去，就是台下来个外行的观众叫好叫得不是地方都会遭耻笑嫌弃……在北京所有表演类的节目中只有京剧的观众最成熟、最懂行，欣赏水平最高。"

　　小王的话没错，我以前去长安大剧院看戏的感觉就是那样，感觉自己一坐在椅子上立马就穿越到了晚清和民国乌烟瘴气的戏园子，你呢，就是一个花钱瞧戏捧角儿的"爷"，你就是除了舞台之外的"第二中心"，你必备的是除了看戏的一对好眼睛还要有一副永远喊不哑的"亮嗓"，只要锣鼓胡琴声音一起你就开始撒欢可劲地喊："好！"你尽可以胡乱地喊毫无顾忌，因为你的邻座比你嗓子更亮或者更……

　　您甭说，前天晚上在国家大剧院戏剧场演《关云长》的时候现场还真来了一两个长安大剧院范儿的观众，那两个哥们身处欧式包厢沙龙感的暗红色高雅剧场完全不见外，只要角儿一亮相，他们就扯着嗓子用闷骚京音儿大叫一声："好——！"那个"好"带着拐了三道弯的那种痞子味儿，显然那声音和"高大上"剧场的氛围极不协调，别的观众没见过那阵势啊，有的回头去找是谁在这里撒野大声喧哗，有明白的内行，比如本人就跟着他们也尽兴地扯着嗓子痛快地大吼了几声："好！"

　　嘻嘻。

女钢琴家陈萨独奏会以及两个卤蛋的归宿

2023年2月2日，星期四

演出地点：国家大剧院音乐厅，演出时间：晚七点三十分。

翻阅了一下以前写的书《四个不朽——生活、隽文、音乐和书法》，在其中"音乐不朽"部分记录了我头一次看陈萨演出的时间是2012年5月10日，那天她和其他两位乐师一道演出。关于她我记载得比较草率，云："陈萨是女钢琴师，年纪轻轻，但范儿足足的。"转眼这么多年过去，今晚她的国际大师范儿似乎更足了。今晚演出结束后和乐迷们见面时，等她给光盘签字的人跟长蛇似的足足有几百米，她说她上次演奏肖邦二十四首前奏曲是十年前了。

陈萨个子高挑，典型的重庆女孩儿性格，人开朗而热情，可能正因为她人热情而不忧郁，所以手指下流出的音符也仿佛淙淙山泉，是那么地清冽和纯正，不过那是我的半个猜想，因为我坐的位子看不见她舞动的手指，它们被遮挡住了。

说到看台位置就得顺便说说我的邻座：那个后生整晚抱着本乐谱，他上半场没看，当下半场肖邦的乐声奏响以后，他就把那乐谱摊开了，呀，那谱子不仅是五线的，而且还就是肖邦的专辑。谱子打开后，小伙子就对着乐谱，听着陈萨的演奏，一组音符一组音符地比照起来，这一下就把他邻座的大爷我给映衬得无知和外行起来，本大爷从小净跟着大人们玩"革命游戏"胡闹了，自小从没机会学习五线谱，但即便是个乐盲，本大爷依然摇头晃脑、煞有介事、不懂装懂地在他身旁假装音乐行家范儿！

我再朝四周看，一看更心说不好，音乐厅中很多都是随父母来的小朋友，而那些小朋友们都是考过各种乐器级别的专家。于是，我忽然醒悟过来一个道理：看京剧，尤其是看革命样板戏时，我们这辈人还可以尽情地嘚瑟，但看西方音乐会，尤其是看某种单个乐器的独奏会时，我们这帮"文化大革命"时期的乐盲大爷大妈们可一定要把狂妄劲头彻底收敛，因为我们一走进音乐大厅就立马落入考级小音乐家群里，你四周很多都是能上台演出的小专家！

再聊聊今晚的曲目。肖邦不说了，他是个用音符作为材料的造梦者，而陈萨等后辈演奏大师们呢，就是把他近两百年前独自编织的梦用灵巧的双手再现于音乐厅，将屏住呼吸端坐着的人们用美丽的音乐彩带一道一道地缠绕，直到把我们缠绕得窒息、忘我和陶醉。

上半场的作曲家是斯克里亚宾，不熟悉，赶紧查。哦，原来也是俄国作曲家，而且是和柴可夫斯基、拉赫玛尼诺夫齐名的大师。这倒是个重大发现。于是，当陈萨双手开始跳舞时我就仔细地听，的确是俄罗斯的味道，似介乎于"老柴"和拉赫玛尼诺夫之间，琴声中有美妙悠远的旋律，更有压抑不住的冲动和激情。至于为什么斯克里亚宾的谱子中有俄罗斯味道而波兰人肖邦的没有，这很难用语言说清，这只能凭我对俄罗斯文化的经验和感觉捕捉了。

最后说一个好玩的花絮：过安检时那个女工作人员说X光照

出我的小书包中暗藏了两个盐焗鸡蛋，并让我快去存上，我问是存书包还是存卤蛋，她说是存卤蛋，我心说：卤蛋那么小可怎么存？丢了又浪费，我灵机一动，就索性把它们一口一个像鳄鱼那样硬吞了。那个小姑娘见我嘴还在玩命吞咽着，就没再让我的包过X光机，就放我进去了。

你甭说，经X光照过的卤蛋颜色显得更加通透，而且味道真是好极了！

在细雪飞舞中去人艺看《我可怜的马拉特》

2023年2月10日，星期五

演出地点：首都剧场人艺实验剧场，时间：2月9日晚七点三十分。

昨晚在细雪飘扬中穿过王府井大街去人艺看了一场计划外的话剧——《我可怜的马拉特》。苏联的剧，编剧和以前看的《老式喜剧》（李幼斌夫妇出演）是同一个人——阿尔布卓夫。

首先，我敢说在这个时代关口上演苏联戏剧只有在中国才会发生，这可能是全世界独一份，或许就连而今的俄罗斯都不再演出了。从这层意义上说，昨天晚上看的那场"三人转"——仅有三个演员出演的剧，是一场"话剧化石"的观赏，哦，也许该说是"红色化石"吧。

三位演员都应该赞许——王佳骏、陈红旭、石云鹏，尤其是王家骏，长的还真像俄罗斯人。导演是林丛，林兆华之女。

林丛在接受采访时说，发生在1942年彼得格勒（圣彼得堡）的那种灾难，在被围困中躲藏、随时面对生死、供应短缺……现在的演员很难切实体验。不过我怎么感觉似曾相识呢？我们前三年，尤其是刚刚过去的2022年末疫情大暴发不就是那种滋味？区别是1942年彼得格勒天空掉下来的是纳粹的炸弹，而2022年末到2023年初我们这里从天而降的是奥密克戎病毒，我们一样随时会听闻或面对亲朋好友的死亡，我们同样被困在家中不敢外出（我自己就在小屋内自闭整一个星期），我们也为没有发烧药可用而发愁，同样，我们也相互帮助，千里送医药品给远方的亲朋（我寄口罩给在美国的女儿、寄布洛芬退烧药给杭州的朋友），由此说来《我可怜的马拉特》似乎特别遥远但并非和当下没有关联，它就仿佛是昨天新鲜记忆的复盘。还有，剧里俄罗斯人的悲剧色调也没变，只不过当年在被侵略战争中痛苦求生的圣彼得堡人在今天变成了对乌克兰"特别军事行动"的责任者，同一种悲剧在整整八十年后被重演。

剧中有一句话"即使在临死前一天也不能放弃努力"，从前听着可能不会引起共鸣，但过去这两三年可不同，"我明天会死吗？"这样的问题几乎每个国人都问过一次自己，如果你没问过，那我要恭喜你了。

剧中说到的彼得格勒的"白夜"我是见过的。2016年，我在圣彼得堡郊外住过几天，记得午夜十一二点天还是亮的，不点灯也能获得光明。"白夜"在俄罗斯文学中是一种神秘而给人幻觉的存在，想象一下，天似乎永远不会变黑，连光明都无需渴求，也就是说光明是没有代价的，那多么地奢侈。

《我可怜的马拉特》的哲学深度是通过你一言我一语表现的，这和《老式喜剧》风格相同。名剧就是名剧，同样是表现男女关系的戏，阿尔布卓夫的《马拉特》要比万方的《关系》底蕴深厚得多，它不追求国内目前已经不能缺少的每隔几分钟就来一下的包袱，而是在貌似平铺直叙中在细节里埋藏闪光的思想，说"思想"未免有些俗，您自己咂摸就行了。整个剧看完之后你获得的就是身处微妙"三角关系"（一女和两男）中地球人通用的应对宝典，那种对特殊时代、特殊关系的诠释是放之四海皆可理解甚至可模仿的，由此成就了这出戏小戏变大戏的品格。而反观万方的《关系》（一男三女），开始从涉事人数上就是个取巧，就是个想猎奇和猎艳的架势，由于那种关系本身不太具备可再现性，因此观剧的最高效果就是看着热热闹闹却只是停留在演员和观众两三个小时之内的过瘾和愉悦层面上，表面光滑而不具备深层的含义。由此说只有能写出普遍性情节中不凡表现的编剧才是伟大的编剧，而绝不能用意外的剧情凑热闹打掩护。用这个标准衡量，以前许多男女关系剧，比如《长恨歌》（一女多男）都只图新奇而缺乏能让人经久回味的人文底蕴。

从《狂飙》的绝望中逃到《一生所爱》
——坐在"C位"恭听大剧院合唱团音乐会

2023年2月11日，星期六

演出地点：国家大剧院小剧场，演出时间：晚上七点三十分。

我是从全国人民都在热追的电视剧《狂飙》的缝隙中逃离，去听国家大剧院合唱团"经典爱情歌曲音乐会"的。这台演出的英文表达是Love in a Life Time，这是刚看节目单方才发现的，难怪今晚从歌唱演员到女指挥（焦淼）表演时脸上的表情从始至终都那么含情脉脉、似水柔情呢！

看《狂飙》容易使人陷入疯狂或深度抑郁，怎么社会上好人稀稀拉拉的？从开头到结尾好的人似乎只有剧中的警察安欣一人，而坏人呢，从下到上一嘟噜一嘟噜地，而且都极其地坏。天哪，我们的社会这是咋啦？

正是带着这种阴森森的焦虑我走进了大剧院小剧场，破天荒地我竟然坐在了"C位"上——1排第7号座位。说是"C位"，是因为假如你坐在1排1号的话，那么指挥焦淼的背部就正对着你，你反而一点都看不见她的神态和风采了。

演出开始，一排排女歌唱家走出来了，身着雪白的演出服，仿佛是天使；一排排男歌唱家走出来了，身着黑色的演出服，像一个个绅士。白加黑，光明与黑暗、阴和阳在我的眼前分四五层展开着，看起来那么高冷却舒服。

　　我发现今晚的他们一个个笑盈盈的，而且那笑是发自内心的，大约很长时间因疫情不能演出，现在终于解放了，哇哈哈，于是，今晚这台音乐会他们都那么地投入、释放、纵情，加上唱的都是爱情歌曲，加上他们中间或许你喜欢我、我喜欢她，于是唱得就更动情了，就有点"假戏真唱"了。那一声声从胸腔中发出的绝佳音色音质的天籁之音就从离我三米之外的近处阵阵传来，坐在"C位"的我简直感觉自己像是一只趴在沙滩上的海龟，而他们的声音就像是海水一浪一浪涌来；我又像是一头林中伫立的狗熊，而他们的声音像是林涛的飒飒振动；我还像是一尾大瀑布下纹丝不动的鲤鱼，而他们的歌声就像是从天而降的激流炸裂。总之，这是我头一遭坐在剧院的"C位"上听歌队合唱，似乎像是只身面对着一支几年来状态最佳、情绪最饱满、感情最真挚的全中国顶级歌唱队，只身和三十几位歌唱家们面对面地听他们在为我一个人，用我都能听得懂的语言——法语、英语、普通话、粤语"开小灶"地大声歌唱着《一生所爱》。这种享受于我是以前压根就没想到过的，因此我受宠若惊，我洗干净耳朵使劲听。妈呀！由于坐得如此之近，我竟然能听清他们每个人的歌唱，有的低沉，有的高昂，有的特别完美，但也有个别的嘴巴没怎么发声。总之，我能将一只近四十人的合唱团给听成四十个人分别独唱，而如此优秀的合唱团与其他合唱团的不同恰恰就是他们每一个人都具备独唱演员的实力和水平。就这样，我整晚上在把一个个美妙的歌喉拆分再合成的陶醉中度过，当演出结束走出大剧院时，我已然把《狂飙》里那一团团本该下地狱却老是不下的坏家伙们全给遗忘在脑袋瓜后面了。

昨日去潭柘寺还愿

2023年2月16日，星期四

抚摸着昨天从潭柘寺"请回"的崖柏香木"佛手"——一个圆乎乎上面刻有"潭柘寺"字样的把玩件，我记录昨天去潭柘寺还愿的经历。起先我懒得记来着，但又一想这年头谁知道明年还能否再去潭柘寺敬香——全球兵荒马乱的而且瘟疫不断，近日自己又莫名其妙地头老是针扎似的疼，于是就不妨写这么几笔，免得过后脑子出毛病记不得了。

去年去潭柘寺是春暖花开后，今年早些，只有蜡梅透露了一点秀色。今年去潭柘寺是为了还去年老年卡在潭柘寺开光的愿。读了寺里的佛教常识普及才知道共有三种"愿法"，一是许愿，二是还愿，三是发愿，至于三者有什么区别，尤其是发愿怎么发，没太说清楚。

领取老年卡对于我来说是六十年一遇的大事件，因此就特别地亢奋，于是，我就将那个首次使用权奉献给了潭柘寺，"先有潭柘寺，后有北京城"嘛，一定要选一个历史最悠久的地方给花甲年之后的岁月开光，因此我就去了——伙同两个朋友。

今年我已经朝六十一岁迈进了，六十岁的新鲜感早已不在，因此再次来潭柘寺时就没有了去年老年卡首秀时的幸福和刺激感，当然，人家潭柘寺看门人也没咋把我当回事，见了我脖子上悬挂的"敬老卡"后，一个侧身，说："您老从这边进！"这就把我打发了？

哼！

我带着几分被忽视的恼怒走进寺内的一家佛品店，劈头问其中的一个女店员："你说我这个敬老卡值多少钱？"她不愧是天天和被开光的圣物们同屋而处的人，毫不迟疑地用很佛性很智慧的方法回答了我的问题："这要看它被挂在谁的脖子上，挂在您脖子上它值钱，挂在别人脖子上它就不值钱了！"

我听后大叫不好，心说碰上高人了，她既把我的"老"给点破了，我听了还不能回她什么，在又和她用"嘴炮"比拼了几次智力没得到什么战果之后，我甘拜下风，逃之夭夭。

出门后，我发现这个佛品店门口有个大红底色的告示，上面用鎏金大字写道："犯太岁"，并罗列了五大生肖，分别是"兔、鼠、马、鸡、龙"，这些都是排在我的"虎"之后的属相呀。哦，难怪店员说我今年不用再请佛品了呢，要再请，也要等到下一轮，也就是十二年之后，我快到七十三岁的那年，那好遥远呀！于是联想到去年诺奖得主法国女作家安娜·埃尔诺的名著《悠悠岁月》（*Les Annees*）。其实，我每年出炉至少一部的这些编年体的文集不也是中国悠悠岁月的铭记吗？只不过过去的这几年每一年都比另外一年更加忽忽悠悠的罢了。

我头一次自驾来潭柘寺是2021年，那次在半山腰有幸见到了寺内的"永久居民"——一只长得很性感的狐狸，今天她没出没，问工作人员，工作人员说眼下已经有几只狐狸了——悠悠岁月，对狐狸精也是同样。

在"流杯亭"旁边第二家"法物流通处"，我一眼见到了上面言及的那个摸着肉乎乎、软绵绵，有些像"大人物"（Big Brother）的胖手的崖柏"佛手"，并毫不犹豫地花五十元将其纳入囊中。同去的朋友也想挑，很遗憾，再也挑不出比我第一眼相中就毫不犹豫将其"请"了的这只佛手更有"法意"的第二只佛手，害得那位自称"居士"、满脸法意的女店员又特意补了一大堆让朋友挑拣，只可惜，再无能与我的那个匹配的第二个了。

于是我心中大喜，心说这趟"老年卡还愿之旅"还是有很大意义的：我与佛门有缘，能进行神灵似的"手拉手"超级感应。

我在大殿前烧了三炷香，还在地藏佛殿给逝去的父母鞠了躬，我和同去的朋友不同的是人家一见佛就齐齐下跪，而我从来不跪，即便我每年都拜谒许多寺庙——特别是在杭州，但对任何神物我只是敬重却绝不跪拜。

这说明我不虔诚？或许吧。

杨玉环复活了

——看史依弘演《大唐贵妃》

2023年2月19日，星期日

地点：国家大剧院·歌剧院，时间：2月19日晚七点。

老实说，直到演出开始前我还不知道从上海来的史依弘是那么大的角儿——她是代表海派的梅派大青衣。当演出快要开始的时候我还搜出她曾是电影演员李成儒之妻。正当我将相貌出众的她和相貌不出众的李成儒有些不搭地联想到一块的时候，"杨贵妃"史依弘出场了，一亮相，哎呀，莫非杨玉环复活了！

在歌剧院中上演京剧，用电影般的宏大背景烘托气氛，用整个交响乐团给舞台伴奏——当然是中西合璧的，上海京剧团的这台大戏真真的把上海那座城市的华丽摩登给尽显出来了，从气势上就占了京派纯京剧"小家子气"的上风。舞台效果那么地美轮美奂，身临其境般，将盛唐的恢宏瑰丽、男女主人公"金童玉女"般的浪漫风姿——尽管"贵妃"史依弘已经年到五旬，给烘托得那么地魔幻凄美。可以说，这台《大唐贵妃》是我观剧生涯中目睹的艺术品位最高、最醉人迷人的一场戏。不仅是我，在场其他男女老少们也都被这台戏的艳丽迷倒了，也都赞不绝口，剧终后史依弘等演员返场谢幕五次观众都不肯放人，据说甚至有连看三场都没看够的超级粉。由于太好看了，演出过程中违规用手机偷拍的人屡禁不绝，就连那么克制的我也按捺不住掏出手机偷拍，还被管理员用手电的小红灯警告了两次，前面比我年岁大的那个白发老头压根不管那套，边被警告还边拍边大声骂道："没事老照我干嘛？气死我啦！"

史依弘真是国宝级的艺术家，她能歌善舞、端庄贵气，她能在一个旋转中的鼓面上像敦煌飞天似的优雅翩翩起舞（"翠盘舞"），即便想象不出杨玉环的容姿，但从史依弘身上似乎能看到她的倩影，我想年到五旬的史依弘此时已处在她艺术人生中的巅峰，能在此时听她清唱一曲《梨花颂》（在返场谢幕时），我不也是唐明皇般的幸运？

李隆基、杨玉环这对生死冤家的传奇故事中有着太多中华独有的历史"扣子"需要解开，这是个携带着诸多百思不得其解问题的千古谜团，比如皇帝和妻子、妃子之间是否真的有爱？一旦爱恋超过了朝政该如何应对？还有，当一对男女的波澜纠结感情决定天下、江山、国家和百姓的命运，那将是怎样的窘境？还有更深刻的问题——为什么一个国家的命运非由一个号称"陛下"的男人和他的女人的关系来决定呢？

由此说来，《大唐贵妃》这部集观众万宠于一身的惊艳美剧，同时也是中国人从古至今难破难解的"困局"。

做脑部核磁检查被吓得灵魂出窍记

2023年2月21日，星期二

在复兴医院做脑部核磁检查，被吓得几乎灵魂出窍，回家后我方才定下神来，有朋友说请我把过程写写，我说还是等两天后结果出来再说吧，不过还是没有挣扎过做记录的欲望，于是就草草写了。

我写这个过程完全是出于善意，我是想给那些以后有可能会做核磁检查的朋友一个善意的提醒：做核磁没风险，但过程的确吓人，我就是在完全没有心理准备也没被任何人告知你甭害怕的情况下主动把脑袋塞进那个大圆圈机器的，脑袋进去后才知道上当了：此处不宜久留。装修似的"哐哐"声、《三体》里外星人用电子枪朝你点射的"哒哒"声、航天英雄杨利伟坐返回舱回到大气层时舱外"神秘人"使劲用硬东西敲砸外壁的"咚咚"声，还有最恶劣的最后那两三分钟，简直就是群魔乱舞，简直就是众声喧哗，简直就是大鬼小鬼齐上阵，扯着嗓子狂喊乱叫，仿佛是要索你的老命。整整两三分钟呀！你想躲躲不掉，想逃逃不出，想叫没人听，想动弹被箍得紧紧的，想睁开眼瞧又不敢，怕核辐射弄瞎你本来就开始白内障化的老眼，于是呢，你只能忍呀忍，忍受你的命运一次次被贝多芬《命运交响曲》开头似的大声"登、登、登"地叩问。直到十分钟后，当万分漫长的难熬长夜渐渐变白，你被推送出那个看似非常高端优雅其实比烤鸭炉还要恐怖的"电磁炉"，你终于能动弹了，你终于能睁眼了，你迫不及待地问那貌似温柔的女大夫："刚才咋这么可怕呀？简直吓死我了！我都没敢睁眼看，如果我睁眼了会看见什么呢？"

女大夫温柔地回答："是呀，就是非常可怕，你睁眼看的话也没什么，就是能看到圆圆的一堵墙，因为那个核磁设备是圆状的，但有空间幽闭恐惧症的人一见那堵白墙就会被吓得半死！"

这话我听了咋那么地瘆人！

现在俺终于从"核武器的威慑"中解脱回家了，至于检查结果如何，我的头疼是因为高血压还是因为里面长了个瘤子什么的我已经无所谓了，我有所谓的是赶紧把做核磁令人窒息恐惧的难熬过程记录下来和大家分享，并劝你们：

第一，非必要千万甭做脑部核磁检查。

第二，即便非要做，也要先看看作家齐天大写的过程描述，好做点心理准备，因为这些一定没人告诉过你。

你以为做核磁就像电视、电影上面看的那般被优雅地推进去，在里面静静地小睡一会儿，然后再被优雅地推出来吗？你完全搞错了。

在漆黑一片中你纹丝不能动弹，然后，你将听到如下巨响：咚咚、哐哐、哒哒、嗡嗡、登登、咣咣咣咣咣咣咣咣咣登登登登登登哐哐哐哐哐哐哒哒哒咚咚咚咚——

整整十分钟啊！

早春二月观莎士比亚《仲夏夜之梦》

2023年3月5日，星期日

剧场：国家大剧院·小剧场，时间：晚七点三十分。

总结起来那个威廉·莎士比亚还真是够能搞笑也够能折腾的，把我前后座位上的两个小朋友（都是幼儿园的吧）搞得嘎嘎地笑个不停，把我两旁两个笑点极其低的女青年胳肢得一阵一阵地哈哈，于是，似乎我不笑也不行了，要不就显得很不合群，尤其是场子里坐的都是年轻人，老爷爷辈的就我一个人。

莎剧还真是年轻人专属的戏，即便写剧本的他已经四百多岁了。

我还发现这部"四大喜剧"之一的剧写得超级聪明，情节套情节，逻辑套逻辑，是用很多种元素精心组装而成的故事，故事组装得那么地巧妙，仿佛是织毛衣时先起了多个线头，然后再准确无误地把那么多繁杂的线头天衣无缝地对接起来，变成一件多层次的漂亮衣裳，而这，是绝对需要超级大脑的，不像有人写戏脑子是那么地笨拙，也就表面的一层故事。由此，与其说世人尊崇莎翁词语的滔滔不绝和情节的大开大合，不如说世人是臣服他罕见的聪慧和机智。哦，对了，机智是不会过时的，机智就是青春，机智就是新鲜，机智就是难以超越，机智就是戏剧，尤其是喜剧的必要元素，而莎士比亚的那种机智绝不仅是小聪明，而是饱含大爱的大家之气。

　　一晚上下来除了笑破了肚子，我还被朱生豪（译者）那些精美辞藻劈头盖脸地浇灌了两个钟点，那可是不会再生的民国语言啊，是大概念大思想，需张大嘴说，需扯着嗓门喊，而那说和喊是那么地动听，都是有韵脚的美文啊！

　　我想英文原著虽然也应该不错，但朱生豪一定用他的美言美语给莎翁的台词做了美颜，使其变成中文后那么地悦耳、舒服。

　　《仲夏夜之梦》无疑是一部年轻剧，所有演员都那般的年轻，满舞台青春能量和荷尔蒙四溢，演员有使不完的劲儿，演得那么happy和投入，像是在用少壮的体态和蓬勃的激情转动着万花筒，那万花筒飞转着，滚动出一个个千奇百怪应接不暇的神段子和包袱。你说它是成人喜剧吧，它又像是童话剧；你说它是童话剧吧，它又像是神话寓言剧。总之，整晚上下来，演员和观剧者都抖落了精神上的阴霾（今天北京霾贼重），都汇拢到威廉·莎士比亚那如神之笔的麾下，在迷蒙的早春二月，做着快乐的夏梦，回想着自己的童年。

头一回看独角戏

——观《每一件美妙的小事》

2023年3月8日，星期三

　　剧场：国家大剧院·小剧场，时间：晚七点三十分。

　　今天是"三八节"，现在也叫作"女神节"，因此今晚在大剧院看见两位身披"全国三八红旗手"大红绶带的女神在接受采访。

　　演出前我们楼的"楼群"中有人说真武庙那边的核酸亭子又开张了，让我感到轻微的抑郁，演出过程中有个人不停地使劲咳嗽，更加深了我的抑郁。

　　今晚这台戏就是说抑郁病的，是一个人演出的单人喜剧，是台真正的独角戏。我于是欣喜："唱独角戏"这个说法使用了一辈子，都六十出头了，我才头一次看一场长达两个小时完全由一个人（贺坪·上海话剧艺术中心）演的真格的独角戏嘞！

　　贺坪真是个全才，一个人在台上闹腾了一整个晚上，最后把自己也演成抑郁症了，就仿佛得了法国思想家福柯所说的"疯癫"，他那般一会儿哭一会儿笑，台下的人也和他一样心里七上八下，也都在正常人和疯人两种状态下左右徘徊。散场时，我竟然看见一个女孩儿趴在门上号啕大哭，我想兴许是因为剧太逼真，让她联想到某个亲人吧。

　　由于亲友中就有抑郁症患者，我对这个主题还是挺熟悉的，而且我还知道：除了个人受巨大压力会抑郁和疯癫，一些社会和一些国家在条件具备的情形下也会表露出癫状，也会时不时出现整体的深度郁闷和抑郁，不是吗？

今晚这台由英国人用超强的想象力构建起框架，再由中国编剧塞进去许多陕西民俗（饮食、方言）和抗疫必备的黄桃罐头的《每一件美丽的小事》（*Every Brilliant Thing*）其实并不是什么喜剧，而应该是一出悲剧；不应该叫什么"单人喜剧"，而该被称为"单人悲喜交加剧"，否则就不好解释因何那个女孩儿在散场后备受刺激而号啕大哭了，反正我本人从来没遇见过看完喜剧后有人哭得撕心裂肺的。

喜欢苏州评弹需要理由吗

——听苏州评弹《雷雨》

2023年3月11日，星期六

剧场：国家大剧院·音乐厅，时间：晚七点三十分。

演出开始前，坐在我边上的一个管我叫"老爷子"其实比我更像"老爷子"的老哥（老弟？）一再追问我为什么会喜欢听苏州评弹，我说就是喜欢听呗，还需要理由吗？他又问我听得懂听不懂苏州话，我说能凑合着听吧。我反问他："你能听得懂上海话吗？"只要能听得懂上海话苏州话就不在话下。他说虽然他爹是崇明岛人但他也不懂上海话。我说："上海话有那么难懂吗？我怎么一听就懂呢？"他立马说："您肯定有语言天赋。"我说这下你猜对了。

演出开始。字幕打在一个印有国画的屏风上，我用望远镜边看字幕边对着演员们的唱词听，基本都能对得上。我发现苏州话其实和上海话真的差不太多，区别是上海话发音更浑厚些，苏州话发音更清爽些，但许多说法都是一样的，比如"清清楚楚"苏州话说"清清爽爽"。我还发现唱评弹的语音还和唱越剧的语音相似，假如你能听懂越剧的话，听评弹的唱词是不需要字幕提示的，但用苏州话说时语速要快些，我有些跟不上，要对着字幕听。

今天最著名的演员是盛小云，看评论说她的吴侬软语被评为

"中国最美的声音"，我看没言过其实。她的嗓子一亮就比别的演员更清脆，更有穿透力，而且台风气度也不凡，人家可是全国政协委员！评弹女演员的身姿都是笔挺的，和怀中笔直的琵琶浑然一体，从姿态上就显得高挑，身着一身靓丽旗袍，从那被秀服包裹的窈窕身体中吐出一波波如同琵琶声的清脆动听苏州方言，听着看着怎不是一种超级享受？因此那位老兄（老弟？）所提出的问题——你咋就会喜欢听评弹呢，怎的不算是多余？

动听的苏州方言本身就如同琵琶的弹奏，因此苏州评弹选用琵琶作为主要伴奏乐器是人声和琴声的天然匹配，是不二的选择，这就如同京剧惯用二胡，那胡琴声音正和北方方言的浑厚音色相得益彰。

说说今晚的评弹故事《雷雨》吧。还是头一次听人用一种原以为只能演折子戏的曲艺形式演绎整个故事，而且还轮换了三波演员，其中既有说又有唱，既有方言又有普通话，还有插科打诨的谐谑包袱，作为观众真真的挺过瘾，既悦目又悦耳嘛。

《雷雨》故事最近看得太多，已经没什么新鲜感了，感觉新鲜的是看着看着自己脑海中竟然冒出一个离奇的"剧情发挥"——这本是一台乱伦的诡异剧，但假如你再往邪乎处编排，比如让繁漪（后妈）和周萍（后儿子）的感情产出爱的结晶的话，那么，那个孩子对于周冲（周萍的弟弟）来说算是什么呢？妈呀，简直不敢想了，然而，这种情节按照那部戏的原始剧情来推演，并不是没有可能的呀！

听"深空"合唱，遁入元宇宙人生

2023年3月12日，星期日

剧场：北京音乐厅，时间：晚七点三十分。

今晚在北京音乐厅听"深空少年合唱团"的专场音乐会《春天的日记》。这是第二次听，头一次是2021年11月28日。哇，转眼又一年多了，一年说长不长，说短不短，但放在这三年，因疫情残酷，度过它的难度，相当于十年八年吧。

"深空"在这短短一年多的进步是大大的，多多的，正如它的英文名字——Deep Space Choir，和头一次听它时相比，它又向更深的星空，向更deeper、deepest的太空大跨步行走了多步。是呀，他们所选的歌穿透力都那么强，每首都带着莫大的神秘感，听来都催眠般的幽深。坐在剧场中，那一浪浪的歌声仿佛阵阵宗教性极强的咒语，先将你的神经麻醉，再抚平你来时的焦虑，令你忘却了世事的忧烦，让你的大脑被那纯真的音色和细碎的琴声治愈，渐渐地，你忘却身在何处、何时，你被诱导着朝真正的Space神游。一首歌终止后，把你的思绪拉回来，再一首歌响起时，你神游又一次开始。就这样，长安街边上的这座"北京人的音乐厅"被从京娃们尚未受污染的肺腑中排放出来的青春声浪所溢满，歌声仿佛是汩汩浓重醉人的氧气，为台上台下所有人的心肺去污、吸尘。然后呢，你走出音乐厅，走上夜晚美丽的长安街，聆听着电报大楼十点钟准时敲响的钟声，你沿着幼时行走的那条街走回家，你温习着童年的记忆。对呀，来北京音乐厅听音乐对于北京土著来说既是艺术熏陶之旅，又是复习人生之行，我们的一生就是从电报大楼报时那个永远不变的《东方红》的叮咚声里一小步一小步走过来的，从幼年走到小学，再从小学走到中学，好比今晚按年龄顺序一队队走上台献歌的那些北京娃们，即便我们这些已经是老爷爷、老奶奶了，但我们的声音也曾经从童声到男孩变过嗓，对了，今晚就有上次没有的新唱法"三部合唱"，是这支合唱团教父级导师和指挥孟大鹏老师特意为变声期男孩儿们设计的唱法，是为了让他们的歌唱生涯不停顿。

听着深深的"宇宙之声"，我还回想起带女儿参加合唱团的往事。她上课时我就在路边随便找一个地喝咖啡看书，在京城，哪个父母不曾送娃上合唱团，但哪个娃知道父母在外边等候的无聊呢？

今晚的歌选得都好，都肥肥的（精神脂肪的厚度），都能让人想入非非，那么多种语言，除了传统的英语德语，今年还加上了海地方言和希伯来语，反正超出了我懂的范围，那些语言就仿佛是翅膀，带着孩子们口中的音符飞啊飞，飞到地球的背面，飞到远古的高原，飞向元宇宙，飞向永恒。

我深度忧郁

——因为春花又开放了

2023年3月16日，星期四

或许六十岁真是人生的一道"秦岭"——分割两种气候的，刚过六十岁并迎来春暖花开的本人今年感觉特别的不自在，真想臭骂那些纷至沓来、争奇斗艳的蜡梅花、迎春花、山桃花和玉兰花几句：你们别那么猴急猴急的，也别开放得那么地臭美，开什么开，赶紧给老子缩回去！

昨天在紫竹院湖边蹓步时，我忽然意识到这季节的变化也太仓促了，从冬天有冰滑的日子到满湖琼浆玉液一样的春水荡漾，再到百花一种接着一种粉墨登台，把湖岸小丘染色打扮。哦，往年也是一样，不一样的是而今俺已年过花甲，大自然这种你方唱罢我登场的折子戏是看一场少一场了，不信你掐算下：假如你活到七十岁，那么这种季节的走马灯和花开花落的大戏你也就能再看十场；活八十岁的话你能看二十场，即便你能活到九十岁，那时候你很可能眼睛半瞎，目光半呆滞。你你，总之你就数吧，你眼前这般的景物变化最多也就能再凑齐手指头、脚指头都用上数一遍的次数。

因此我很痛恨，无奈无助地痛恨，我痛恨公园里这些迫不及待亮相，巴不得赶紧上场的破花、臭花和它们那嬉皮笑脸、婆婆风骚勾引人的模样和姿态，这些家伙们不但一簇簇地开，而且它们还相互搭配着、组合着，你绿吧（柳树）我就黄（迎春、连翘），你雪白吧（兰花）我就粉红（很多品种），它们错落地高低横竖地布局，相互映衬着，虽然都傻愣着不能动弹（幸亏，妈呀，哪天它们都能开步走了，那俺们人就更没戏了），也不会说话（哪天树和花也叽叽喳喳能说话了，那会很有趣），但都似乎在彼此配合着演戏，红红绿绿，黄黄紫紫，连缀出一幅巨大的青春的涂鸦，再配上山丘的起伏和河湖的浪荡，将我这个年过六旬的老汉包裹在其中，想跑跑不掉，想闭眼又忍不住睁开，于是我越看越气恼，越气恼越想骂大街！

除非你是乌龟王八，我们动物的青春和花期只有一回，最多能看一百场大自然的四季轮回，观一百次百花的开放凋谢，而百花的青春期可以有百回、千次。我们青春的花蕊一到三十岁就基本谢了，而银杏树、玉兰花的呢（就比如慈禧紫竹行宫门前的这几棵银杏和玉兰），它们（那两棵四五百年的银杏）把慈禧的青春给熬磨过去了，令慈禧的美貌凋谢，最后寿终正寝了，但它们（那银杏）还没事人似的每年秋天一次次地满身披挂黄金甲（金黄的叶子）。那玉兰花树，它们一年一次地雪白鸽子（今年是癸卯，所以更像小白兔）落满枝头，它们将老齐我的满头黑发弄成了银丝，让我的躯干一年年变得苍老，而人家呢，冬天抖落一身树叶，两个月后，一开春就满树挂满雪白的银锭子，迎来另一个青春期！

人比人气死人，人和树比呢？更闹心。

真是气死人啊！气死人！

看话剧《第七天》

2023年3月20日，星期一

剧场：保利剧院，时间：3月19日下午两点三十分，主演：陈明昊、梅婷。

昨天没在看完戏后当天写评论，是由于看完戏后有点头疼，正如每次去八宝山，闻过从那个隆隆作响的焚烧炉中冒出的难闻味道后会头疼一样。

的确，昨天的保利剧院舞台真好似就是八宝山，不，比我看见的八宝山还要八宝山，连烧人的炉子都似乎是按照真实的尺寸复制到舞台上了。八宝山我已经门清了，但就是那个电炉我从没敢看过，而陈明昊饰演的杨飞就好像一个刚从火化炉里逃出来的疯子，在舞台上被原本就喜欢"疯闹"的导演孟京辉指导着尽情地撒欢地疯魔地耍。你甭说，这台戏竟然是我看到过的孟导导得最好的戏，因为他的"先锋"风格正好和原作者余华的"先锋"风格匹配，余华瞎写，他瞎导，瞎上加瞎，负负为正。那原本荒诞不经被强行拼凑起来的七个"死鬼"的故事，经这么一打磨加工，反而意外地变得崇高了起来：原本没什么主题，似乎也有主题了；原本没什么值得玩味的，似乎也有得玩味的了；原本没什么值得动情之处，似乎也格外感人了；原本没什么令人反思的，似乎也不反思不行了。

是呀，死人可不是小事，甭管是自己死还是他人死、死前和死后以及因为什么死的、能不能不死，都必须深思熟虑，尤其是"死"这个词语像鬼影子似的前所未有地游荡在自己脑海和周边的这寅虎卯兔年交接的特殊时辰。

《第七天》出炉于2013年，十年前我看这小说的时候不以为然：装神弄鬼，猎奇，为魔幻而魔幻，为先锋而先锋；十年后再观看舞台上的《第七天》，竟然喜欢了起来，喜欢它的超前，余华竟然超前十年将我们刚刚经历的发生在八宝山和北京其他几个火葬场的那场噩梦给写成了小说，这就已经不再是魔幻和胡闹，就已经不再是先锋派的胡编，它就发生在周边亲朋好友的家里，它就在你我的眼前。

原本一部荒诞的书和几个闹腾的故事被搬上舞台后，竟然感觉不荒诞不闹腾不离奇，竟然感觉距离自己这么近，这本身就让人感到诡异和不堪。当然，十年过后自己又真实地变老了十岁，距离那个整日旋转忙碌得热火朝天，被千万人已经提前"享用"的可怕的电炉又接近了整整十步。

妈呀，那个电炉子，你是多么灼热，你是多么可恨！

再说剧中一人饰演两个角色的梅婷，昨天是第三次看梅婷演出，头一次是二十多年前在人艺小剧场，进门时我被她狠狠地瞪过一眼，经过《父母爱情》中的漫长婚姻，幸福的她还是老样子，还那么亭亭玉立。

小感慨
——为三年来写作小高峰而发

2023年3月22日，星期三

昨天责编朱颖老师告知《似水牛年的挣扎》样书已经发出，《本命年冰雪大回转》一书也已经在加工中后十分激动，夜不能寐并发出以下感慨："国家不幸诗家幸"，从2020年疫情暴发至今的三年期间，因有太多郁闷要排遣，因有太多离奇古怪之事想记录，本人竟然码出来了一百四十余万字，着实是个写作生涯里的小高峰，已经出版了五本书，还有三部在加工中。但愿这种高潮不会再有，但愿以后的日子能将笔高悬，再无悲欢离合、魑魅魍魉可书。

看陕西人艺的话剧《主角》

2023年3月22日，星期三

剧场：首都剧场，时间：晚七点。

演出结束后，当饰演忆秦娥的刘李优优走下舞台，把鲜花献给小说原著《主角》作者陈彦的时候，剧场气氛进入了最高潮，人们纷纷围过去拍靓丽演员和著名作家，其中当然也有本人。

伟大的陕西作家，能创作精彩故事的人，很值得尊敬。

《主角》从晚七点开始一直演了三小时四十五分钟，看得我很累，不是因为时间长，而是因为情节跌宕起伏，你会被深深拽入戏中。

饰演主角秦腔皇后的刘李优优演技精湛，一晚上，她就是舞台上的绝对主角。因为她始终是焦点，而其他很多非主角演员们一群群上来又一群群下去，有的爬着，有的贴地坐着，都是衬托女主的"背景"，我是想说能体验"主角"意义的人也就是这台戏的主演一人，戏中那个忆秦娥风光无限，但同样也受尽了多重磨难，用台词说法那本来就是应该受的，谁让你是主角呢？

生活中不也是如此吗？要想出人头地，你就要受数倍于他人的苦难，因为天下没有白得的便宜。

用陕西话的秦腔演整台戏，听起来轻轻柔柔的，也有几分滑稽和好笑，比如陕西话把"下"的音发成"哈"，把"傻"说成"瓜"。和京腔味道的戏相比，大秦来的戏多了几分狠劲，剧作家敢写，演员也敢演，他们把人性演得击穿常规的底线，但由于是用方言表述，讲的是秦岭中或秦岭周边的故事，因此那个底线比通常的还要低，比如女主忆秦娥的不知道是第几个追求者，一个想入非非的画家大吼着声称要到秦岭去裸奔，这种人，似乎咱们北京地区没有，可能是因为北京周边的山没秦岭那么险峻和茂密，因此从没听说谁要去香山或八达岭裸奔，哪怕是再狂妄的艺术家也没说过这种话。总之，陕西、西京（西安）的剧比北京剧似乎更富有魔幻狂野浪荡不羁的色调，大秦文化似乎比北京文化更带有古老中华的特征。

陕西人艺的作品看起来和听着虽然有几分土里土气，携带着兵马俑的泥巴香气，但那是来自比北京更古老的中心文化，秦都和长安城是中华大地更早的文化核心和主角，因此对陕西戏剧你不得不敬畏，也不得不叹服。

刘静《尉官正年轻》夜读记

2023年3月25日，星期六

　　喜欢电视剧《父母爱情》，叹息原作者刘静英年早逝，她是母亲的烟台同乡，剧中人物也特像老家亲戚。从"孔网"上花"重金"淘来一本仅存的有刘静签名的《尉官正年轻》并连夜读完。之后再仔细琢磨被刘静赠书的这位"黄厂长"是何许人，原以为是哪个灯泡厂、咸菜厂的，再看刘静工作的八一电影制片厂才大悟，这个"厂长"应该是大人物，是八一厂的军级厂长！再搜搜八一厂的历任厂长，听着《中国人民解放军进行曲》，我一一搜索，从王心刚到王晓棠，再到……哎呀，莫非这个被刘静要求"斧正作品"的黄厂长是小品演员黄宏？我去年在保利剧院还看过他演的话剧《弗兰肯斯坦》嘞！

　　毕大姐留言：

　　看书快，写书也快；思路快，说话也快。能力太强！

观杨丽萍跳《孔雀》舞

2023年3月26日，星期日

剧场：保利剧院，时间：下午两点三十分。

真没想到今天真的能看上杨丽萍真人跳的《孔雀》，所谓"真人不露相"，能见她露面就已经挺荣幸了。以前曾见过两次，都是她给舞蹈演员颁奖，而今天是看她真的在舞台上精美绝伦叹为观止地翩翩起舞，须知她已经六十四岁了，已经是"祖母级"的演员，"爷爷级观众"的我看"奶奶级舞后"跳舞，再过十年必将是一笔贵重的谈资。

伟大的艺术家就是伟大的时间抗拒者，而今天这台戏想表现的主旨正是"时间"。扮演时间的范景玥身披一个白蘑菇似的袍子幽灵般连续不停地在舞台角落转呀转，转出了观众的焦虑，也转出了这台整体气氛有些阴森（山林深处）的舞剧的精髓。她难道不累吗？我们都是时间的奴仆，六十四岁的杨丽萍尚能如孔雀般艳舞，但七十四岁、八十四岁时的她呢？那时候，她只能在时间的轮转中凋谢、枯萎。正如开篇所言"因为有我们人类的存在，时间才有意义"（大意），这是就人类而言，但对于个体的生命来说，时间因你我而存在，也会因你我的死亡而消失，而变得毫无意义。

在《孔雀》分为"春、夏、秋、冬"的四折之中，最后的"冬"表演的就是死亡主题，而这或许就是"天外仙人"杨丽萍自身艺术生命的暗示，再过不久，她注定会再不能舞动，她那无与伦比，前无古人后无完全达标来者的舞姿就将成为影像中的记忆，于是在谢幕时最后一次返场的时候，杨丽萍出乎意外地动情和尽情地在台上表演起了"孔雀开屏"，她像一只能将整个台上所有阴暗角落覆盖的洁白巨鸟，大幅度地上下翻滚着转啊转，似乎能轻松转过时间（饰演"时间女孩儿"的演员就在她身旁），那是对年轻的挑战，那是不甘心变老，那真令人万分动容，然而，当大幕徐徐落下的时候，她那大自然女神般的高贵身影再依依不舍也不得不黯淡离去……

因为她毕竟还是人类，因为时间比人类不知道要年轻多少，人生极短，而时间的长度和弹性极大，你越想和它拼命，它就越不让你容身。

时隔三年多再次看马林斯基剧院的演出

2023年3月29日，星期三

剧场：国家大剧院音乐厅，时间：晚七点三十分。

这几天京城似乎到处都能感到俄罗斯马林斯基剧院交响乐团来京演出的气氛，如何证明？比如有老同学用微信问我："大剧院有马林斯基乐团的演出，你咋没去呀？"

因此我一定去，因此我必须去，于是我花高价买了一张能斜着遥望著名指挥捷杰耶夫（北京人称他"姐夫"）的票——我从高空看他指挥。

"姐夫"曾是国家大剧院的常客，熟悉到我几乎真把他当姐夫的程度。从前他每年都来，但那时大剧院的国际明星指挥太多，他并没引起我的格外注意，直到2014年索契冬奥会的开幕式上捷杰耶夫在莫斯科红场指挥马林斯基剧院交响乐团演奏的时候，被全球瞩目的他才在我心中正式高大了起来，我才知道"姐夫"在俄罗斯和世界乐坛那么举足轻重。

转眼已是2023年，索契冬奥会之后又过了十年，这是十年之后我再次观看"姐夫"的指挥。"姐夫"指挥不用指挥棒，而是用一根"指挥针"，所有手指头都能像兰花指那样纤细地高频颤动，看着他那丰富的面部表情，我不由得感慨万千：我感慨于世事的沧海桑田变迁，我感慨于国际局势和三年前迥异，我更感慨"新冠"之后能再次看马林斯基剧院艺术家的演出。疫情前我最后一次在大剧院看外国艺术团体演出是2019年的11月28日，看的就是马林斯基剧院芭蕾舞团的演出，那之后的三年里所有芭蕾和交响乐都是"国产团体"演出的，因此，这三天"姐夫"捷杰耶夫和他的乐团在京城演出的轰动是因为这是三年与世隔绝之后的开局大戏，它标志着疫情的真正终结和首都剧场又回到世界各国艺术团纷至沓来的以往吗？

但愿如此吧。

哦不，理应如此！

我还是觉得很不舒服

——话剧《春风十里不如你》观后

2023年4月9日，星期日

剧场：保利剧院，时间：下午两点三十分，原著：冯唐，主演：雷佳、朱珠。

冯唐的所有作品中都有一股"妖气"，这个"妖"可不完全是贬义的，一个人能够成妖是需要经久修炼的，而冯唐本人就有股妖风，他的文章也是。

冯唐我最不感冒的是他说的那句话，话的意思是他当年就是为了观看妇女的身体才报考协和医大当大夫的，而且还真就细看了几年。今晚这台戏的台词也有那句话，令人十分不悦，因为这足以说明制作人对"尊重人"理解得还远没到文明的程度。假如这句话在很多别的国家讲，我想"Me Too"妇女运动者是绝不会饶恕他的，而且，当年让冯唐"用目光抚摸"（今天台词中也有相同意思的表述）的那些女患者们又该作何想——无非是让一个臭流氓医生给亵渎了。

冯唐的那类心思他心中尽管可以任意那么想，但他的职业不允许他那么说，正是因为这个，《春风十里不如你》的结局缺乏道德因素的支撑，结局是一个叫"秋风"的妇科男大夫最终弃医从文了，因为有那句亵渎的话在先，这从伦理层面上没有什么崇高的动机，哪怕剧情有点匪夷所思：三角恋的一方、女主柳青

（由朱珠扮演）因病夭折后那个秋风就不再干医生了。

弃医从文的文人中还有鲁迅，鲁迅就从未放肆地言说他当年学医是为了观看妇女的身体。

国人崇尚强者通吃原则，作为成功人士的冯唐在功成名就方面可谓令人倾慕，而且他的确也是文人中能用妖艳的言语驾驭故事的天才，这一点从今天的台词中也体现得淋漓尽致，然而，从医德方面我绝对觉得他十分恶心，我庆幸他及早离开了仁和医院（协和医院）那个神圣的院落。

我之所以如此偏激，是因为我作为协和家属，作为一个医生的配偶，比冯唐要早十年在那个院落中与今天舞台上展现的那些刚刚毕业的实习大夫们厮混。几十年间我与协和许多科室如今已经是医界权威泰斗的内人的发小、同事、同学们亲密接触，亲眼见证20世纪80年代，在那个"中国第一医院"年轻医生集体宿舍里，他们虽少年青涩却意气风发，虽忍辱负重却少有抱怨，刻苦钻研业务，全心关爱患者。我从没从哪个医生嘴里听过哪怕是一句冯唐那般对女患者猥亵的公开言论，它猥亵的不仅是医者职业的神圣，更是当年曾被他医治的那些患者的尊严。

写文章可以玩世不恭，做人也可以风流倜傥，但公开言论不能只图自己爽快，更不能瞎说病人的隐私。

正因为如此，哪怕这台由女神级别的朱珠主演的《春风十月不如你》不乏表演的成熟惊艳、语言的万分高妙、情节的真挚感人，我还是不买冯唐的账，因为那个秋水大夫离开医生的神圣岗位，我认为是必然和十分应该的。

愿世界被浓情淹没

——"齐爷爷中小学生作文课"（癸卯年）
优秀作文展示

2023年4月12日，星期三晚课后

鉴于近来ChatGPT软件开始咄咄逼人地和人类PK写作能力，今年我给小朋友们讲授作文课的主题是"如何和AI竞争，写出有个性的作文"。

以下是三篇小同学的优秀文章和我的评语。

双面之秋

杨益元

秋，是一个有着两张面孔的家伙。

秋是温热的，秋是寒冷的，

他们的分界线是一场秋风。

秋是成长之时，秋是凋零之始，

他们的中间是一场秋雨。

秋爱穿短袖，秋也爱穿大衣，

他们的边界是一场寒流。

秋是夏，秋也是冬，他是个双面人。

我的评语：杨益元同学的这首小诗完全符合闻一多先生提出的"诗学三美"（音乐美、绘画美、建筑美）的要求，它既是一篇首尾呼应、中间安排合理、逻辑关系清晰、层次分明的小文，也是一首从所有角度考量都十分对仗妥帖的好诗，它如同一阵秋风哗哗呼啸刮来，又悄无声息地迅速离去。

空气的颜色

许腾元

"万物生于有，有生于无。"而无有可能就包含了万物。就像白光看起来是无色的，但是只要放上一面三棱镜，它就会变得五彩斑斓。同样的道理，无色的空气也会随着心情变色。

在高兴的氛围中，空气就会变成红色，这个颜色代表了人们的心情非常热烈奔放。例如我们在赢得了一场比赛之后，胜利者们聚在一起，共同庆祝胜利，热烈的氛围极为高涨，会把空气烫成红色。

在紧张的氛围中，空气就会变成白色。在这种环境里，人们全都一言不发。在考试之前，人们全都默默地复习，空气也变得煞白，毫无色彩。

在温馨的氛围中，空气会变成粉色。人们互相关照，体贴。当一家人在一起时，互相交流、讨论，就润物细无声，把空气也染成了温暖的粉色。

空气其实有很多颜色，这些颜色汇集成了一个完整的调色盘。画家有一个完整的调色盘就能画出缤纷的画作，而在人的生活中，这些颜色汇聚在一起就成了人的心情。

我的评语：青岛基隆路小学六年级的许腾元在提交作文时写道："齐老师，听了您的课以后我很有收获。我认为一些在客观上看似错误又在主观上存在某种可能的事物，人有可能写得比AI要好。"

我想说的是："小许同学，你在文章中切实落实了你的上述预想和主张，而且你这篇文章的确AI难以企及！"

给可可·香奈儿的一封信

屈子琪

亲爱的可可·香奈儿（Coco Chanel）：

好久不见，我真的好想你啊！你最近过得怎么样？那个新的商业合作伙伴和你签合同了吗？你的Chanel帽子店经营得怎么样了？生意好不好？我打赌你最近是不是忙得不可开交，这么长时间都没给我回信。

谢谢你上次给我设计的一套衣服、一件粗花呢外套和一条带细金链的褐色七分裤，很有你的风格，自由、优雅、与众不同。太合身了，面料也很舒服，第一次感受到没有裙子的束缚是多么畅快！我穿出去了之后我的同事说："这是Chanel设计的服装吧，太大胆了，竟然给女性设计裤子！"连我男朋友都说："没想到你们女的还有腿呢！"不管外人怎么评论，你给我量身定做的衣服是天衣无缝的。

不过我要对你给我设计的服装提几点建议：那个裤子可以设计成九分裤，穿出去更显得大气一点，还有那件粗花呢外套上面再点缀几颗珍珠就更好了。

对了，忘了跟你说了，前天你带我去的那个上层名媛晚宴简直是太酷了！而且你竟然穿着自己设计的衣服去，来推销Chanel品牌，这个点子太棒了。晚宴上跟你跳舞的那位公爵现在还和你来往吗？他是不是有点喜欢你啊？香奈儿，你可别像上次那样那么高冷，都不给人家回信。这么好的机会你不抓住，真是太可惜了。

好想跟你一起再参加一次晚宴，你可以在那些上流公爵的衣服中找找灵感，设计出更加与众不同的衣服。

哦，对了，还有一件事。我真的好期待Chanel的春秋季高定服装秀啊！听说乔治公爵也要去呢，他可是法国大名鼎鼎的人物，如果他去的话，说不定还能给你提升一点知名度呢。我建议你可以多观察观察大自然，多去大自然里找找灵感，别老是"痴迷于"工作。

你上次给我寄来的香水NO.5我用了，很好闻，有一种薰衣草香，但是仔细闻，又有一种东方茉莉花的气息，有点像男士香水的味道。我的朋友们都说，自从我跟你在一起后我就越来越会打扮了，这可是你的功劳呀！你的那个瓶子设计得真好，可谓是当今瓶身设计的一股清流。

　　那就服装秀的时候再见了，期待你的回信，再见！

　　祝你事业进步，心想事成！（别对工作太投入，会伤身体的）

永远爱你的朋友

　　我的评语：据屈子琪小同学说，她从来没买过"香奈儿"的东西，只是为了完成这封写给香奈儿的信才搜集了一些关于香奈儿品牌的信息，于是我说："你可真不得了，竟然能在没真实情感可发的情形下写成这篇浸透了浓郁爱意、令人既赏心悦目又深为感动的抒情好文，那么，假如哪天你真的写篇文章给让你深情触动的对象，那时我们要抱着怎样心潮澎湃的心情去阅读呢？"

　　愿世界被浓情淹没。

续章 2023，

我们的文学伊甸园

北京语言大学高翻学院2022级硕士留学生
创作集锦

教学时间：2023年上半学期
课程名称："主题汉语讨论"
指导教师：齐一民

恐　惧

（小说）

［哈萨克斯坦］潘璇

"每个人有他自己的……"

"拿比较轻的包，其他我自己送过去！"母亲快速、清晰、大声说道。整个家看上去像蜂房似的，忙得不得了，大家都嗡嗡嗡的，从一间房间到另一间房间，飞来飞去。

避暑季节早早来临，我们才开始做搬家的准备。母亲收拾需要的东西，即使时间有点紧，但她的动作十分熟练，她先把毛巾、牙刷、香皂放在一块，然后准备全羊毛袜子和加绒加厚外套。四月份的晚上仍然很冷。

所有的东西都被装到汽车的后备厢里了。艾琳按照自己的习惯一回家便直接去厨房里。那边她的姥姥把口水吐在食指上，数着已缴纳的水电费的小票，同时低声念着一首诗歌。这首歌虽然很旧，但似乎我自己曾经也念过，只是现在忘记了而已。

> 亲爱的童年，你为什么飞快地跑过去呢？
>
> 你在哪儿找到最舒适的地方呢？
>
> 亲爱的童年，恐怕我来不及赛跑，
>
> 只能悲伤地记得你罢了……

姥姥所唱的歌就这么结束。现在她准备拿起一箱一箱名字叫

"公牛之心"的西红柿秧，姥姥小小心心地将西红柿秧摆在厨房的门前，以便自由走来走去。

"这太具有象征意义了！" 艾琳稍微逗她了一阵。姥姥两颊上显出小小的笑窝，眼角挤出像阳光一样的深深的皱纹，这些皱纹是她美丽的点缀。

"你知道什么是我想听到的，亲爱的！"她轻轻地拍了拍艾琳的脑袋，然后接着选择花种子。

每个邻居、每个朋友，甚至每条狗都知道姥姥亲手种的西红柿又大又甜，好吃极了。于是艾琳经常以"公牛之心"来形容姥姥的魅力。

避暑季节时人人都计划出走整个夏天，哪一家人都不例外，除非有急事。小满是他们家的腊肠狗，橙色的毛，褐色的眼睛，是一条很聪明的狗，它懒懒地躺在矮矮的沙发上，眼睛半开半合的假装在睡觉。艾琳和全家人都知道，这条狗虽然老了却很精神，尤其是在准备去别墅的时候…… 这次也一样。

艾琳装了最后一样东西后发现小满正陪着她的姥姥走出来，姥姥一只手抱着花瓶，另一只手摸摸小满的头说："这个呀，是给丁香花准备的。"边说边把花瓶再抱紧一些。

她们很快就到别墅了。汽车广播不停地放着 Eruption -One way ticket，艾琳打开了窗户，艾蒿特殊的味道与尘土混杂在一起，一下子被风吹过来。

妈妈开始唱歌，声音越来越响。

Choo choo train

嘟嘟响的火车

Tuckin' down the track

沿着轨道

Gotta travel on it

踏上旅程

Never coming back

Ooh

不会再回来

Got a one way ticket to the blues

去布鲁斯的单程票

姥姥微笑着，母亲在汽车方向盘上拍打歌曲的节奏，艾琳只是作为一个观察人欣赏着这个画面。

父亲耐心等待她们的到来。女士们来了之后，他伸开了双臂拥抱着她们。

"天啊！"看着大包小包的东西父亲吃了一惊，"原来这全都在家里藏着呀？！"他忽然又惊悚起来。姥姥尝试让他冷静下来，说了一句："不，不，不，我们带的东西不多，别担心，别担……"突然母亲的话打断了姥姥："亲——爱——的！这里还有两个大箱子，快过来帮帮我啊！"父亲的脸一下子变苍白了，一点血色也没有。艾琳偷偷笑着，也不知手里拿着西红柿秧的父亲和脸上充满得意的两个女人哪一个更可笑些。这个场面有个可形容的词语——哭笑不得。

艾琳家因为出发晚了，太阳已经渐渐开始落下，一刹那，时间便停止了。暖和的微风玩着艾琳的卷头发，并穿过着梅树园。梅树小小的浅粉红色的叶子在天空中随风飘来，轻轻地落在草地上形成一条路。金黄的夕阳穿透了树叶，就像万花筒一样，一个美丽的马赛克装饰出现在草坪上。远处，艾琳能够看到父亲与母亲在热烈地争论，但不久父亲就放弃了，或许是因为他无法忍受母亲的女性魅力，后来他们俩就发狂地笑起来了。同时姥姥走出来放音乐，从厨房一盘一盘地拿过来美味佳肴，把它们放在桌上，有煮的大块土豆散、酸的黄瓜和一扎俄罗斯的克瓦斯。

艾琳被这个场景陶醉，她自言自语地说："世界上是否有一个适合的词能够表达我现在的感受呢？是不是'幸福'？还是'美满'？"但这一切离她想表达的确实太远了，因为这一刻比幸福更加幸福，比美满更加美满。但这叫什么呢？很遗憾地说，艾琳找不到答案。艾琳越想头越疼。

于是让头疼消失的唯一办法就是骑自行车。正好小满来到她的身边，嘴上衔着一个巨大的骨头。通常在这种情况下它都会对所有人发威作唔哝声，但这次并没有。

"哼！什么怪事儿！"艾琳的眉毛挑上去不久又下来了。"那就……咱们溜达去吧？"她对小满说道。巨大的骨头一下子从它嘴里掉下来了，细细的尾巴摇着。如果动物会说话，此时它想说的肯定是："干嘛盯着我不动呀？只是开了个玩笑？不行！不行！"出去时艾琳向家人说了一句："我跟小满骑自行车去了！"就锁上小门出去了。

艾琳和小满沿着路溜达下去，艾琳骑自行车，小满在她眼前自由奔跑。在她的右边是金色的麦田，当风刮起来的时候麦子真像小河水面上的波浪。艾琳呼叫着小满，让它知道从哪里去麦田里。虽然那里窄而危险，但是值得参观的。"我们俩像不像《绿野仙踪》里的多萝西和小狗托托？"她低声说道。

天快黑了，艾琳感觉到一点寒气，麦子的穗儿透进长袜子胳肢脚踝。小满奔跑的速度异常地快，艾琳感觉有点不对劲儿，当她喊叫小满的时候没发现前面的石头，于是一下摔倒了。

"啊！好疼啊！难道我忘了怎么骑自行车吗？"她笑道，一双眼睛却疼得睁不开了。突然，她恐怖起来，她的手摸不到麦子的穗儿、石头或者沙子。她明白了，全都明白了，只是现在真不敢睁开自己的眼睛了。艾琳的眼泪流了下来，她的身体在轻微发抖。没有什么哭声，连一声也没有。

艾琳松了一口气，慢慢平息下来，缓缓睁开了眼睛，果然如此，小麦田没有了，自行车也没有了，她自己坐在床上，一滴一滴的泪水掉到冰冷的被窝上。菜园子、整个别墅、凉亭子、亲爱的姥姥、父母的影子全都消失了。这一切早在2013年就全都消失了，没了，死了。没了她所爱的一切，死了她所珍惜的一切，只剩下心灵的空虚与一本家庭相册。

"这就是一场梦……"艾琳悲伤地说道，她的思路也变得清晰了一些。

艾琳又低声重复了一句："世界上是否有比幸福更幸福，比美满更美满的词呢？"

确实有一个——家。

2023年4月13日

【教师评语】

　　这学期同学们的头一篇大作就让我大吃一惊。潘璇同学真是写小说的高手，文笔细腻，悬念重重，我们被你的文笔带向哈萨克斯坦美丽的乡村和油画一样的景致。人物和动物的描写都那般的贴切生动，虽然小说结尾处有些"惊悚"和"恐惧"，但从文章中能读出你身在异乡对家乡和亲人无尽的挚爱和思念。

2023年4月25日

在京看霞

（四言诗）

［西班牙］孙瑞

机场孤独，离家困境。
小孙态度，冷冷静静。

充满感情，飞机飞过。
别眨眼睛，一眨就过。

兴奋小孙，有舍不得。
心里矛盾，难以割舍。

这辈子梦，如愿以偿。
满面春风，志得意满。

小孙小孙，土生土长。
父母在村，愁多夜长。

爸妈朋友，云悲海思。
一日三秋，莼鲈之思。

时过境迁，铭记于心。
光阴似箭，一刻千金。

风霜雨雪，千山万水。
孙哥心决，奋起直追。

无所畏惧，初露锋芒。
感恩父母，总在身旁。

笃定孙哥，能闻其声。
锲而不舍，持之以恒。

望子成龙，是我梦想，
本固枝荣，展翅飞翔。

孙哥在京，看看晚霞。
恍如梦境，四海为家。

【教师评语】

也许是我孤陋寡闻才疏学浅，这竟然是我在《诗经》之外看到的最新的一首四言诗，因此就足以让我感到震撼！震撼的是作者的真诚，震撼的是作者的用语考究，震撼的是作者的思路清晰。思路和表述循序渐进，从"小孙"到"孙哥"的渐变和升华，表现了中国古诗"诗言志"的优良传统，震撼的是作者对汉语的提纯能力之强，纯真的情感、纯朴的词汇、纯净的心灵。另外，作者深谙汉语音律之应用，懂得用四字"盖房子"的诀窍，让这首四言诗像一座美丽的漂亮建筑一样在我们的眼前伫立。这就是象形文字汉语的魅力，因为用任何别的语言都休想搭建一座用词语排列起来就赏心悦目、工整美观和大气的"房子"！

2023年4月25日

孢 子

（小说）

［西班牙］苏彦平

    塞西尔将手放在她家的指纹锁上，重重地走了进去。关上门后，她瞥了一眼门厅，又看了看走廊，因为她有一种奇怪的感觉，觉得这几天她一直在被人监视着。当塞西尔走了几米远，来到厨房中央的岛台面前，昏暗的、有节奏的灯光在她经过时会自动地闪烁起来。她艰难地把她从市场买回来的西红柿和给小泡泡的食物放在台面上。

    "你不知道啊，你在你的小房子里省了那么多困难……咕噜咕噜，咕噜咕噜，整天都是自己的节奏……我羡慕你和雅克·虏斯托在一起时的安静。"

    塞西尔一边对水缸里的小泡泡说着，一边伸手在水槽中堆积如山的盘子里拿了一把刀，疏通了鱼食的塞子，并把鱼食撒在窗台上面向天窗的球形鱼缸里。一具充气的尸体，交替着紫红色和五彩斑斓的红色褪去后的橘黄，被一层薄薄的干枯的鳞片残缺地覆盖住了。"莫尼耶家的胖女孩一天比一天差……她好像有三个双下巴，可怜的少女……今天我发现她在电梯里吃着三球冰激凌。人类社会会在哪里结束，小泡泡？"

    她挪动着脚步，靠在家具上，向她的扶手椅靠近，梦想着能够脱下拖鞋，打开全息显示器，看看有什么节目，这一天……这一天是什么日子啊？就在这时，她撑着格子花纹扶手，又听到了那声音。漏水的声音也许是邻居忘记关掉水龙头，最近她一直听到。塞西尔相信，这种新的敏锐听觉遗传自她的外婆，但奇怪的是，这种听觉直到她四十八岁才开花结果。

在不超过二十分钟的安抚性观看后，突然，一个尖锐的想法闪进她的大脑，类似于一个人必须满足饥饿等主要需求时的想法；她必须上楼顶去晾晒衣服。虽然塞西尔不记得了，但这已经是她那天第五次上楼顶了，楼顶上甚至没有挂东西的设备，她是为了晾晒还很脏的衣服。她拿着篮子和衣服上了楼。当她到达楼顶时，她盯着空旷的地方，被吹过格勒诺布尔的春风迷住了。那天，这座城市沐浴在一片纯净的空气中。自从2058年全球禁止燃烧化石燃料以来，格勒诺布尔摆脱了法国污染最严重城市之一的坏名声。在楼顶，塞西尔带着她的篮子，踩着她的拖鞋，穿着她的紫色睡衣，听着不断涌入她脑海的流水声。

塞西尔甚至不知道自己是为了什么而来，就下了楼，把洗衣篮放在洗衣房里，回到了她那张舒适的扶手椅上，那张椅子似乎离门口越来越远了。她想，如果她有一米八高，有那双饿死时尚模特的筷子长腿，也许她就不会总是花那么长时间去走动了。塞西尔在心里笑了，一想到那些饮食失调的模特儿，她就会笑，这很残酷，她知道，但还是笑个不停；就像那个莫尼耶女孩，她小时候曾在破旧的商场走过T台，现在那个有三个双下巴的小女孩，曾经人们认为她将会成为一个女神。

过了一会儿，女儿奥丽安的来电把塞西尔从恍惚中唤醒。趁着显示屏还开着，塞西尔把电话切换到全息模式，这样就可以看到女儿。自从她上了大学，她就瘦了，塞西尔认为这是由于缺乏家庭烹饪的食物。咖啡桌上出现了一个身材苗条的年轻女子的半身像，她有一头被风吹起的浅棕色卷发。

"等一下，妈妈……请加糖精。"奥丽安扭头对后台的一个服务员说了一句话又转过头来，"你感觉怎么样？你在休息吗？"

"是的，我好多了……我今天去了市场，买了一些西红柿。"

"记得更新你的病假，它截止到星期四，只要给医生打电话，他就会解决的。"

"是的，是的，我明天会把它安排好的，别担心，我很好。"她答复道，盯着覆盖了半面墙的霉斑。

"你看起来心不在焉。"奥丽安喝着咖啡有点担心地说。

"是的，我好多了……只是，女儿，我得挂电话了。你正好赶上我要去楼顶晾衣服了，我得把衣服晾出来。"

"等一下，"奥丽安把咖啡放在一辆停着的汽车上面，"楼顶吗？我看是你的脑袋出了问题，妈妈！你什么时候开始上楼顶晾晒衣服了？你不是用烘干机吗？"

"烘干机？哦，对了，烘干机……"

"算了，小泡泡怎么样了？"

"小泡泡很好，它现在正在吃东西，"她低头看着她的金鱼的腐烂的尸体，"女儿，我得挂了。你正好赶上我在忙，我得上楼顶去。今天风很大。"

"妈妈？妈妈！明天……"

奥丽安无言以对，她的母亲已经挂了她的电话，她的全息图像在一阵像素中消失了。塞西尔最后看了一眼霉斑，被一种不可抗拒的内心冲动所打动，被迫走回四层楼的楼顶。

她抱着她的篮子，痛苦地紧紧抓住她的旧家具，直到她到达鱼缸，在那里她做了最后一次停留。她病态的眼睛停留在那颗曾容纳生命的水晶球上，皲裂的嘴唇上扯出一个淡淡的微笑。

"小泡泡，好吃吗？你让我多么羡慕啊……咕噜咕噜，咕噜咕噜……"小泡泡没有回答，一层厚厚的结实的食物覆盖着它无动于衷的身体。

"现在我得去楼顶了，但当我可以的时候，我会为你打扫你的小爱巢。嗯，小调皮？"

一个侵入性的思想穿透了塞西尔的精神，一种欲望，一种引人注目的需求攫取了她的存在，使她忘记了鱼，忘记了她的女儿和其他一切。她穿着紫色的睡衣和拖鞋冲到楼道里，反复按着电梯的呼叫按钮。她闭上眼睛等待着，想知道这种紧迫感是怎么回事。她感觉头发很僵硬，她的嘴又脏又干，她的身体满是汗水，感觉有什么东西在她皮肤下燃烧。

就像一个商店的橱窗，电梯门在塞西尔面前打开，有一瞬间，她不知道自己在那里做什么，胳膊下还夹着那个空篮子。然后她出现了，那个莫尼耶女孩。她穿着紫红色的短裤和背心，露出洁白但不相称的门牙，还有两根已经吃了两头的法棍。"你好！"女孩头也不抬，目光还停留在她的法棍上。

塞西尔犹豫地走进去，站在离邻居最远的地方，装作正常的样子。当她羞涩地抬起头时，她看到了女孩的审视，她的眼睛从她的衣服上游走到她的脚上，徘徊着。塞西尔也看了自己的脚，这时她发现了自己的粉红色兔子鞋，由于整天穿着它走来走去，显得凌乱而肮脏。她穿着这双鞋去了市场吗？

她按下楼顶上的按钮，没有注意那个女孩，因为一个念头充斥着她的脑海，那是关于开放空间的，关于太阳和那股溢出城市的清风的，它淹没了公园、花园、建筑和街道，它穿过城市中心，飘向乡村。这个思想充斥着她的身体，而她的耳朵被极大地激活，倾听着水的移动。"你还好吗？"这个越长越像米其林公司吉祥物的姑娘问道。但赛西尔却没有回答。

电梯门再次打开。尽管那天她已经坐了近十次，但风、温度、湿度和现场的气氛表明，这将是一个特殊的时刻，也许是她生命中最美好的时刻。她走到楼顶上，走到大楼的边缘。塞西尔深深地吸了一口气，温暖的空气浸润她的肺部，她把没用的篮子放在地上，张开双臂，仿佛要拥抱微风。

她感到很奇怪，仿佛她已经失去了理智。四十八年的记忆涌上心头，从她在萨尔西纳被大自然包围的童年到她青春期的叛逆和与她母亲的争吵，她总是如此保护自己。命运的奇思妙想把她带到了格勒诺布尔—阿尔卑斯大学，因为这所大学的生物遗传学专业很有名。在那次大学聚会上，她认识了她女儿的父亲皮埃里克，她爱上了这个经济学学生和他那双蓝色的大眼睛。她一直讨厌银行员，在她最讨厌的五种人中，银行员排在第三位，饥饿的模特儿、塔罗牌占卜师、银行员、纤维肌痛症患者和巴黎人。她想起奥丽安的出生，她有三公斤三两重，是她见过的最可爱的三公斤三两重的小东西。她想起皮埃里克离开的那一天，在那一刻，她甚至有了意识，想起了那天她在楼顶待了半天时间，什么也没干，但她却并未离开，她只是让自己被她的皮肤上感受到的最温暖、最舒适的风所笼罩。

次日，当奥丽安醒来时，她的第一个想法是一下课就坐火车行驶六百公里的距离从巴黎到格勒诺布尔去看她的母亲。她已经有三个多月没有见到她了，借口是开始上大学。当她在那个令人难忘的日子里喝下第一杯咖啡时，她拿出她的多功能智能手机，把它放在厨房的桌子上。

"语音指令，今天的巴黎—格勒诺布尔高速列车。"她用响亮而清晰的声音说，即使她感到有点困倦。

显示屏投射出一个全息图，描绘了法国的火车路线，并以红色强调了连接这两个城市的轨道。

"语音指令，时间表和价格。"

一张写有该路线的时间表、票价和可用座位的表格几乎立即出现，旁边是现在已经相形见绌的线路图的背景。当她开始啜饮咖啡时仔细观察了图表。如果她翘掉东亚古代历史课，她就可以赶上下午三点半的火车，而且她当然更关心母亲，而不是唐朝时发生的任何事情。她将在五点钟到达格勒诺布尔，六点到达母亲的家里。

"语音指令，购买三点半的火车票。"

一个发着磷光的绿色购物推车的图标突然出现，覆盖了铁路信息的其余部分。手推车震动地上下移动，表明购买已成功完成。

"语音指令，给玛丽发送一则信息。今天不能去无聊的中国古老东西课了，我得去格勒诺布尔，我妈妈情况不好，插入悲伤的脸。下了课你能借我你的笔记吗？插入厚脸皮的表情。"

她还没有喝完咖啡，玛丽的笑脸图标就出现在她的厨房桌上，向她眨眼。奥丽安完成了她早上的其他任务，同时试图联系她的母亲，让她知道她的到来。一直没有收到母亲的消息，奥丽安只能先去了大学。

课堂上的氛围极其安静，但奥丽安无法集中精力，一种不对劲的感觉啃噬着她的内心。在瞿老师的普通话课上，两个小时的极度无聊也没有帮助。她别无选择，只能在进入国际关系课之前去喝她早上的第三杯咖啡。

终于，到了去车站的时间了。奥丽安跑得很快，这意味着她比计划提前到达。她将手放在读卡器上，自动售票机欢迎她，并给了她座位号。在火车上，她收到了玛丽的历史笔记。奥丽安试图集中注意力，但在迟到的预感面前，文化兴盛和丝绸之路等话题已无法激起奥丽安的兴趣，她将显示屏调成了入耳模式开始播放新闻。

两个半小时的车程似乎没有尽头，她离母亲的家越近，时间似乎过得越慢。到了格勒诺布尔，奥丽安不紧不慢地走向母亲的家，每一步都比中文课上瞿师所能做到的更慢。

她母亲家的锁上仍有奥丽安的指纹程序，所以她径直走入屋内，以为会发现她母亲在有中央显示屏的咖啡桌前的扶手椅上打瞌睡。然而，当她进入时，她无法抑制自己的震惊，发出了一声喘息。走廊的地板上堆满了废物和奇怪的液体，强烈的稀奇古怪的气味把她带到了厨房餐厅，腐烂的臭味使奥丽安无法控制地反胃，使她呕吐在一堆溢出后挡板的脏碗上，蛆虫、苍蝇和蟑螂等小生物正在腐烂的食物残渣和肮脏的水中大快朵颐。透过被发酵的鱼食污染的浑浊的水，几乎看不到小泡泡的尸体。曾经装满食物的冰箱被开花和腐烂的霉菌侵占了，一大片深绿色的霉菌把路引向了客厅，地上堆满了剩菜和碗碟，旁边是一把扶手椅，扶手椅上面的汗渍几乎看不出上面的格子图案。

只剩下一个地方可以寻找她的母亲，那就是楼顶，那该死的楼顶。奥丽安上了楼顶。

她被一种阴森的、幽灵般的寂静所笼罩，通往楼顶的门缓慢地打开了，仿佛宇宙的韵律，仿佛幽灵安魂曲一般安稳。随着外面刺眼的长方形光线的展开，微小的蒲公英种子般的斑点静静地舞动着，逆光中呈现出优雅而精致的景象。

橙色的夕阳的光束和漂移的颗粒让位于成片的瓷砖地板，它们被一种绿色、赭色、胭脂红和紫色交替的苔藓所覆盖，逐渐形成一个郁郁葱葱的潮湿花园，慷慨地覆盖在瓷砖、冷却塔、栏杆和电线上，现在在海绵状的植被层下很难划出界线。至于她，塞西尔，她的尸体是直立的，她的脚几乎没有接触到地面，她的头不自然地往后仰，她的嘴大张着，下巴不听使唤。天鹅绒般的、海绵状的、珊瑚状的纹理与五彩斑斓的、乳白色的一种黏稠液体在池子里混合在一起，树液滋养着宇宙，它像一个神话般的幻想森林一样上升、下降和扭曲。

当她越靠近塞西尔的尸体，这森林就变得越发浓密，灌木丛增厚并深入到一个脉动的、湿润的漩涡中，无数脆弱的、交织在一起的茎穿透并扎根于苔藓、篮子、衣服、头发和肉体中，关系密切而复杂，在这里无法确定爆发是由内部产生还是由外部渗入。

微弱的、轻盈的悬浮颗粒围绕着生命和死亡旋转，就像创造和毁灭的盛宴上阴险的观鸟。这种细小的尘埃产生于一个从头骨里冒出来的突起，就像一个孢子囊，或者像一支香，溢出的种子扩散、侵入并覆盖了她的头发、衣服和拖鞋，现在是茎和纤维的纬线的一部分，现在是一个发散的喷泉的一部分。液滴从结实的器官中分离出来，失重地进行着沉重的、起伏的飞行，飞向空旷的天空，从建筑物的墙壁上滴落和滑行，到达并感染了这个心不在焉的世界，跟随它们漫无边际的节奏。在层层叠叠的孢子之间，瞥见了被蒙上生命面纱的眼睛，呆滞和充满雪白的眼睛，失去了昔日的光芒。死去的人给另一种存在形式以养料，这种存在形式利用她的血、肉和力量，一滴一滴地被提炼出来，最终成为一个被丢弃的衔接昆虫的外壳。

2023年4月9日

【教师评语】

现在是五一小长假第三天的早晨，我怀着批改作业的忧烦打开同学们的作业，但看完苏彦平同学的这篇大作后我无比兴奋，看到结尾时不由得真想说——西班牙又诞生了一个写作大师！

这篇小说是彦平用西班牙语写完后又译成中文的，这就更增添了几分的奇幻。我一边读一边想，如果彦平起初就直接用汉语写，最终效果是否也能如此的魔幻？抑或掌握西班牙文的写手天生就能用那种音乐感极强而且极其淳朴天真的语言写成美梦一样的文本，就像南美那些魔幻现实主义作家似的。

这篇小说写得太好了！太好的情节：一只宠物鱼小泡泡的死亡，引发了妈妈塞西尔的苦痛（我自己养的鱼每次死时我也会质疑人生），她想到楼顶去轻生，怀着对远方和另外一个世界的憧憬，她就真的死了，变成了一个被孢子寄生后的一种魔幻的另类物种（彦平说这是他看科幻片得到的灵感，这也让人想到了卡夫卡笔下的《甲壳虫》），于是，从宠物鱼的死亡到养宠物女主人的"升华"，我们从无限微妙细腻、具有超强想象力的描写中（可能是因为彦平会画画，能把画画时的细心观察和细节领悟移植到文章之中），读到了一个叙述结构巧妙的立体的故事。因为其中穿插着三个双下巴的小女孩儿莫尼耶、女儿奥丽安、中文课的瞿老师等有趣的人物，以及女主人公对故乡的怀恋、对四十八年的人生的回顾等诸多发生时间前后漂移的丰富情节，使得这个小说既魔幻又纪实，既是"编造的"又是可触摸、可感知和可信赖的。彦平的文字集舒展、干净等众多优点于一身，读来仿佛是一曲间杂着轻松、沉重、痛苦情绪三明治的西班牙梦幻小提琴协奏曲，让我的心情久久难以恢复平静。

2023年5月2日，星期二

将来只能

（小说）

［波兰］卡洛琳

一、进步的道路

我们生活在高度发达的世界中，几乎每一台机器都比我们聪明多了，而且人类只能干一些机器不想做的、简单的事情。没有人能在普普通通的世界中活下去，反正从一大早就在虚拟世界干活儿。我们什么时候变成了这个样子呢？无论如何我们仍然必须好好活着，只是在这个时代生活的确不易。幸运的人每天在真实的资料库里搜集历史资料，为机器人提供服务。尽管机器人不重视他们，但人类却视他们为聪明、知识渊博的人才，认为他们掌握了机器人永远见不到的知识。其他人则沦为机器人的手下，成为奴隶，或者早就离开了。

幻馨聪明过人，从小就对看到的每一个新的东西或事情感到好奇，一下子就能学会，她学习的速度真的好快！因此，对她来说适应快速变化的世界并不是什么不可思议的事。毕业之后，当人工智能技术崭露头角时，她是第一个参加相关工作的实习生。凭借出众的学习能力，幻馨很快掌握了所需知识，并对该行业一清二楚。几年前幻馨升职了，开始在资料库工作。本来以为这样的岗位很好，但是天天收集资料、上传资料、拷贝资料、处理资料，真的好无聊！虽然这份工作相较其他职位有一种不俗的待遇，但对于她来说，这并不能满足她的求知欲。新的资料有的是，但是每个人负责的范围很狭小，看到新颖有价值的资料可真是百年难遇的事情。这一年就像以往的每一年一样，往后看觉得没什么，可是如果仔细思考一下就可以发现很多有意思的事情发生了。表面上都一样，有一些新的事得学习，有一些新的情况得适应，有一些新的问题得解决，但都是工作上的事情，生活的真正意义却在于私下里。但除了工作幻馨似乎没有自己的生活，为了逃避空虚感，她甚至选择加班，每天除了工作，只有工作。但这一年往后仔细看可以发现是新开始的源头。

二、现实的痛苦

人类为什么不愿在现实世界中生活？有的人在虚拟世界逃避日常痛苦，有的人靠虚拟世界吃饭，现实的生活不再像以前那样容易。每天清晨五点，幻馨便开始她单调的一天。她匆匆喝下几口黑咖啡，没喝完就得忙着去上班，走路起码四十分钟才能到库里。外面的世界一丝诱人的景色都没有，只有灰暗和沉闷。街道上，可以感受到压抑和沉闷的氛围，浓重的雾霾笼罩着整个城市，让她几乎看不清远处的景象。路上几乎没有人，若能遇到，也不过是那些穿着单调灰黑衣服的人，脸上毫无表情，显得比机器人还要严肃。人们快速地走过去，根本就不可能与他人交流。城市里的污染已经达到了极点，咳嗽好像变成了一种悲伤的音乐，疤痕和皮肤疾病成为一种新的化妆方式。市内大部分的地方都被机器人控制着，这个世界似乎没有希望和未来，人们的精神状态和生活质量已经差到了极限。这个灰色、充满雾霾和机器人的世界，人类就这么接受了。

出乎意料的是，幻馨上班的路上是她日常生活中最快乐的时刻，没有之一。可以看到像城市一样灰色的机器人，但他们跟人类完全不一样，在街道上机器人们都兴高采烈的。幻馨每一次看着他们充满着情感，有时候她会因为看到孩子们玩耍而感到快乐，但有时候看到同样的情景会让她很悲伤，因为这一切勾起了她永远回不去的回忆。有一天早晨，她看到了一群机器人孩子在一起玩，让孩子猜人类历史有名的歌，当时他们放的一首歌是幻馨小时候最喜欢的一首歌，马上让她想起小时候跟父母玩的美好时光。现在的孩子没办法跟父母在一起，从小就当奴隶，照顾机器人小孩。幻馨难过起来，小时候她的朋友可多了，现在却一个也找不着。不知道什么时候开始，人们之间失去了关系，不再找对象，不想要孩子。也不奇怪，在这样的世界中谁还愿意留下自己最喜爱的人。

按道理说，每个良好的变化需要足够的痛苦与付出，而幻馨经过的痛苦已经太多了。这一年对她真的很不容易，无论在家里还是在库里，她都是独自一个人，无论发生什么事都得自己扛着。在库里工作让她感到十分疲劳，逐渐失去了对以往所喜爱的事情的兴趣，缺乏动力。她的情绪也变得十分不稳定，时常陷入悲伤和绝望中，思考着人生的意义，最终导致她患上了抑郁症。尽管尝试了很多种方法来缓解抑郁症的症状，但是她仍无法从这种情绪中解脱出来。她连机医也去看了！有一天她突然想起一首诗来，是她妈去世之前跟她分享的：

机器咆哮人离乡，

注定死亡感困扰。

寻找新家园与希望，

巨机迷失何方望。

信仰爱恋相依存，

建新家园何尝易。

在新世界中探寻意义，

开始崭新生活里。

（注：这首诗是AI写的）

她怎么现在才想起这首诗来？那些离开的人，也许他们跟她一样，受不了就离开了。当下幻馨的世界翻了个个儿，她下决心找办法逃跑。

三、希望的动力

自从那一天起，幻馨就一直不停地思考能够找到那些人的方法。虽然她并不确定逃跑是否真的可行，但只要还有一丝希望，她就会毫不犹豫地去尝试。她的抑郁症也突然消失了，取而代之的是一股活下去的希望。她的脑海中充满了各种问题，心中也燃起了好奇的火焰。她决定要充分利用自己的那份工作，找出真相！她知道这件事不能着急，一定要慢慢来！

她的计划已经制定好了，首先，她必须每天偷偷查看她负责范围之外的资料，当找到有价值的就要用秘密符号把重点记录下来，收集足够资料后，下班收拾东西，立即离开！说起来真好听，但是怎么样才能实现？到处都是监控，即使是查看资料也需要登录。秘密符号只能她认识，如果其他人发现，后果将不堪设想。她只能将其记录在纸上或自己的身体上，否则机器会发现。拿东西要拿什么？现在无论是物品还是人都能被定位。怎么样才能确保在机器人意识不到的情况下，安全地逃跑呢？太难了！超乎想象的是幻馨并没有失去信心。尽管她仍然不知道如何实现自己的计划，但她不必着急，慢慢来就好了。

第一步是解决躲避库里的摄像头和系统登录的问题。幸好这都是在她专业之内的困境，加上实习和工作经验，很容易就可以搞定了！只要每天上班登录的那一刻加上一点代码，机器管理员什么都不会发现！于是她像之前一样，每天除了上班就加班，但现在她加班的时候是在偷偷摸摸找对自己有用的资料。有的是关于逃跑，有的关于生存，有的关于那首诗。

一年就这样过去了，收集资料的过程并不快，她宿舍地毯下画了个世界地图，按照之前所掌握的知识与资料在上面标注了机器人存在的地方和人类有可能躲藏的地方。接下来只能尽量去核查资料，自己判断出一个地方来。于是她就这样做了，几个月后她的地图都标志满了。可惜，最近人类可能逃跑的地方还是很远了，大概一千公里。在这一千公里内都是布满监控的地区，而且也不能开车。怎么办呢？她获得的知识虽多，却仍然不够。日复一日地奔波让她疲惫不堪，她真想好好休息一下，重新思考解决问题的途径。然而，在这个城市里，她无法得到片刻安宁，恶劣的雾霾和食品质量让她的身体日益衰弱，唯一的希望就是逃离这里，只有这样才能摆脱无尽的困境。难道她忽视了一些很重要的信息？终于，幻馨在一个资料里发现有描述第二次世界大战武装反抗的行为，以及一些地下隧道地图，而且这些隧道分布于世界各地，最重要的是，机器人根本就不知道它们的存在。太好了，有路可以逃跑了。在这一刻幻馨突然收到了一条同事发的信息："我知道你要干嘛，大家都知道，你可跑不掉！"

　　她被吓得心脏怦怦直跳！一下子把地图擦干净，随手拿起最需要的物品，粗糙地画了一张地下隧道的草图，就匆匆离开了。走在马路幻馨才想起来，实习第一天公司给了她打了针，是个小小的定位器，现在行踪可能已经泄露了。幻馨想着在走到隧道之前一定要把定位器取出，于是她找了一个餐厅，为了避免引起怀疑点了小份红烧肉，然后用刀在针眼处切开了皮肤，取出了定位器和一块肉，放到红烧肉盘子里。幻馨按照记忆中的地图前往隧道入口，她现在不能看地图，否则摄像头会拍到她的行动。

　　在接近隧道入口的时候，幻馨心急如焚，她知道机器人随时可能找到她，但她必须保持冷静，思考如何进入隧道而不被发现。她发现附近有一家网吧，便去那里，快速写了几行代码，将虚拟的自己放到另一条街道上，然后换了衣服就出门了。幸运的是，隧道入口就在对面。她只需要扮成一个垃圾桶，就可以悄悄地进入隧道。终于，成功了！她来到了一个相对安全的地方，深呼吸几口气，所有在逃跑的过程中的被压抑的情感都突然爆发了出来，幻馨控制不住地流眼泪，终于彻底告别之前的生活，她再也不要回到以前的生活了。她并不确定自己是否能找到妈妈说的诗歌的真相，尽管资料表明这种可能性存在，但这只是一个可能性。她不能放松警惕，否则机器人绝不会放过她。然而，现在她已经走上了一条新的道路，没有后悔药可吃，只能相信自己，向着新的世界前进。

四、恐怖的过程

包里所装的东西并不多，有吃的、喝的、穿的，一些药物和手电筒，应该足够用。可是按照地图来看，要到新世界至少需要数个月，每天至少得走10个小时，不知道幻馨的身体能不能扛得住。无论如何，不要想那么多，一定要走下去。此刻，幻馨意识到她真的进入地下隧道了，她感到一股阴森恐怖的气息扑面而来。漆黑的隧道中，除了她自己的呼吸声，似乎再也听不到任何声音。隧道两侧的墙壁泛着湿漉漉的光泽，散发着刺鼻的霉味。她不知道这里有什么危险，不知道有没有其他人，但她不得不继续前行，只有这样才有可能找到新的世界，于是她按地图开始往东走。

在黑暗中前行，幻馨突然听到了什么声音，她停下脚步，倾听着，却只听到自己心跳的声音。让自己安静下来后幻馨继续往前走，突然她看到一只眼睛在黑暗中闪烁，然后消失在远处。她的心跳加速，呼吸急促而浅薄，身体的每一块肌肉都紧绷着，仿佛下一秒钟就会爆发出极度的恐惧和紧张，让她无法自拔。心中不断涌现出的慌乱和不安，让幻馨深陷危险的陷阱之中，不知如何逃脱，但她不敢停下来，因为停下来就意味着死亡。

在漆黑的隧道里走了很长时间，大概有几个月时间了，但幻馨也不能确定，地下黑黑的，认不出白天和黑夜。幻馨感到身体已经疲惫不堪，她的脚步变得沉重而笨拙，好像每一步都需要消耗她所有的力量。她的双腿好似被泥泞深深地陷住，每一个呼吸都变得艰难起来，仿佛被千斤重的石头压在胸口，让她感到喘不过气来。她的眼皮也变得沉重，随时随地都想睡觉，她不知道自己还能坚持多久，只希望能找到支撑自己继续前行的力量。突然，一个声音从前方传来："你是谁？为什么会来这里？"幻馨吓得不敢出声！

幻馨晕倒了。当她醒来的时候一个男人在她旁边坐着。他身形好像高大挺拔，目光深邃而温柔。他的脸庞被黑色的胡须覆盖着，但仍能看出他修长的下巴和鼻梁。他的眉毛轻轻地蹙起，看上去十分严肃，但同时又带有一丝温柔，仿佛在关切着你内心的想法。他看到幻馨醒过来的时候也没说什么，只拿水来给她喝。虽然幻馨不确定能否相信他，但自己的水喝完了，再不喝就死定了，太危险了，只能相信他，于是喝了一口，甜甜的味道让她感到安心和温暖，但也让她感到后悔和不安，或许她不应该这么轻易地……

（待续）

2023年4月28日

【教师评语】

今天是五四青年节，在这个属于青年的节日里阅读卡洛琳——一个青年作家的作品，是一种轻松和幸福的感觉。

卡洛琳用这篇几乎找不到语言和叙述逻辑瑕疵，不，甚至四处闪烁着修辞亮点的小说，为我们述说了一个并不轻松的故事，那就是人一旦沦为机器人的奴隶，为机器人打工之后，将如何摆脱被机器人控制的命运，重新找回自己的原初状态和曾有的"青春"，而不再成为被异化、被工具化的另类自己。这篇悬念众多、想象力极为丰富、描述手法非常成熟的半科幻作品，就是质疑、思考、探寻和求解的过程，它之所以能够在作者笔下成为一篇佳作，至少能证明我们眼下或者在不远的将来，当我们几乎被AI技术操控之后，人类中至少有人不情愿轻易地就范和盲从，还在用全力抵抗并探寻逃脱的路径。

然而，有趣的是卡洛琳在课堂上用电影大片的方式做这篇作文的演示，让两三个AI效果的男女主持人用人工合成的声音声情并茂地朗读这篇文章的时候，她这个编导和制作人所用的就是今年开始步入我们生活的ChatGPT软件工具，而这就更能引发我们思考：究竟AI是朋友是助手，还是奴隶主或是老板呢？

好的小说只是提出问题引发读者思考，并不急于给出最终答案，因此，波兰女作家在她这篇小说的结尾，写了耐人寻味的"待续"二字。

2023年5月4日，星期四

思想识别

（小说）

［法国］苏嫘萱

一、人类的本质就是虚伪的

2007年9月初，小学四年级C班。

"同学们，如果你们可以选择一种超能力，你们会选什么？"

"飞翔。"

"预知未来。"

"隐形传送。"

"控制五行。"

"让时光倒流。"同学们热烈地回答老师的问题。

"不错，同学们！你呢，亚历克斯？你怎么一直不说话？告诉大家一下，你会选什么超能力呢？"

"我要读别人的心，因为人们从不说心里话。"我很认真地回答。

老师并不知道的是，我这样回答是因为在我短暂的生命中已经发生过对小孩来说最难以承受的悲剧。

"老公，你觉得我胖吗？"

"当然胖啦，你吃得比我多，还老找借口不做运动！"

"哎呀，外貌不重要啊。"

"这条裤子，我穿合适吗？感觉有点大。"

"哈哈哈！一点都不合适，就像垃圾袋突然长了脚一样。保持专业，不要笑，千万不要笑！"

"合适，小伙子，而且可以给你打8折！"

"妈妈，我的画画得好看吗？"

"丑死了，不过很可爱，礼轻情义重。"

"很好看，儿子，妈妈好喜欢。"

这一切都是撒谎！

"你最近过得怎么样？"

"很好啊，谢谢你。"

这是我妈妈对她闺蜜问她的最后一个问题的回答。两天后，当我爸从办公室回来时，在浴室里发现我妈躺在一堆药物旁边，已没有了生命体征，医护人员也没把她救活。迄今为止，我仍然相信，如果她当时说心里话，肯定会有人帮助她，她就不会如此离我们而去。当法国人问："你好吗？最近过得怎么样？"并不是真正地关心对方，只不过是一种虚伪的打招呼方式罢了。我妈的闺蜜就是随便打招呼，我妈也不想显得不礼貌，如果毫无保留地将自己的心里话和心理负担说出来会使气氛尴尬，所以人们往往选择简单回答："很好，谢谢你。" 其实，我妈妈的事情是数百万个谎言中的例子之一。整个社会是一片谎言，因为人类的本质便是虚伪的。因此，当时，七岁的我对自己保证，以后一定要使人类变得更加诚恳，不隐瞒心里话。

二、电脑比人好

我叫亚历克斯·杜布瓦，今年二十二岁，人工智能工程专业研究生。我长相普通个子不高，脸上甚至有痤疮印记，实事求是毫不夸张地说，我就是别人眼中的学霸。从上学以来，我的成绩一直处于上游，这正是我一直被同学排斥、遭受校园暴力的原因之一。这一切使我变得越来越内向、封闭，逐渐对计算机产生了浓厚的兴趣，因为计算机跟残忍和虚伪的社会不一样，电脑不会排斥人，也不会讲各种各样的谎言和废话，而且，我发现计算机和人工智能具有我们无法想象的潜力。其实，马斯克早就知道，只要深度地了解人工智能，就有无限的可能。马斯克是我的偶像，我的榜样。因此，为了获得更多更深的相关知识，我高中毕业后选择了计算机和人工智能专业。

我一直没有可靠、真心的朋友，因为……其实我也不清楚为什么，可能别人能感受到我对人类的失望吧，或者可能我简单得令人感到厌恶吧。

2018年10月1日，早上八点〇三分，巴黎第九大学第十二阶梯教室，开学日。

今天是上大二的开学日。教室的装修十分简朴，十分普通，就像所有法国大学一样，坚硬如石的木头折叠座椅，画满涂鸦的课桌，座椅与桌子隔得好远，上个学期我就觉得连续坐两个小时真难受，每次下课后屁股麻木，脊椎难受，舒适感毫不犹豫打零分。

马上要上课了，怎么还有那么多人进来？除了我旁边好象没空座位了，迟到的学生不得不坐在地上。法国大学不仅不考虑学生的舒适，而且安排得一点也不周到，我们都习惯了，不是选课网站崩溃或者发错邮件，就是学生比教室的座位多。我知道你会想：天啊，又是一个老抱怨的讨厌鬼！典型的法国人！So frenchy……但这是现实。

"好，同学们好，上课了，赶紧找座位坐下，或者坐地上吧，下次不要迟到，谢谢！"老师拿着话筒说。

一个我从来没有见过的女生突然靠近我。她一头黑色的卷发，戴着一副金色的眼镜，穿着一条黑色的连衣裙，脚上也是黑色的靴子，加上她画得完美的眼线，给人一种既优雅又酷的印象。

"我可以坐这儿吗？"她轻轻地弯下腰问道。

我闻到了她的香水的味道，心脏怦怦加速跳起来了。

"可……可可可以啊。"我结结巴巴地回答。

"甭那么害羞啊，兄弟。我叫克洛伊。"她笑了笑说。

"我叫……我很高兴认识你。"那一刻，我甚至连自己的名字都忘了，但同时竟然开始喜欢法国的行政管理了。她一坐下，我紧张得开始出汗了。那一刻，我对"一见钟情"有了更深的理解。老师的话我根本听不进去，集中不了精力。我感觉她也在偷偷地盯着我。

不可能。亚历克斯，别胡思乱想了，那是在做梦。难道她会喜欢你吗？你没什么好看的。

没想到的是，我的女神下课后对我讲话了："我觉得你挺可爱的，兄弟，可以加一下你的Ins吗？"

我没做梦……

"我没有Ins。"

"那，电话号码呢？"

"可……可以。"

救命，我的心快要跳出来了。

于是，我们打了一个晚上的电话，然后通过每天聊天，开始慢慢了解对方，我喜欢她的一切，性格外向、包容、坦率、浪漫、诚恳、关心我，又长得特别漂亮。

三个礼拜后，我们又坐在一起上课，下课后我深吸了一口气，鼓足勇气，问了一句："克洛伊，你愿意做我女朋友吗？"

拜托，回答快一点。我受不了了，为了问这个问题我都做了两个星期的准备了。天啊！我紧张得直冒汗，那汗水足够灌满游泳池，希望她不会发现。

"我愿意！我当然愿意！"

我们的爱情故事就是这么开始的。我们的感情进展顺利，非常简单，非常浪漫，我们过得非常幸福，直到那一天。

2021年11月25日。

不知不觉，三年过去了。我发现克洛伊最近对我越来越冷漠。她昨天没来上课。一开始，我问了好多次："你还好吗？出什么事儿了吗？"但她一直否定，因此我越来越不耐烦了。

"你到底怎么了？是我哪里不好吗？我哪儿做错了？你告诉我呗！你知道我讨厌别人对我撒谎。"

"对不起，亚历克斯，我现在真的没办法告诉你。不过，根本不是你的问题。"

我的眼泪顿时夺眶而出，我问道"你找新的男朋友了，是吗？"

"没有，亚历克斯。我只爱你一个人。"她坚定地回答。

"我有事儿，我先回家。"她跟我对视了几秒后说。

三小时后，我的手机突然振动了，是克洛伊的短信。我把正在读的书扔到地上，然后立马拿起床上的手机。

"亚历克斯，你在吗？"

"我在。"

"我有重要的事儿想跟你说。"

"什么事儿？"

"我已经考虑了一段时间了，我们分手吧。"

我的心率瞬间飙升。

"你说啥？你在发疯吗？"

"我们分手，对不起。"

"别闹了，你怎么了？"

"对不起……"

我要崩溃了。

"你解释为什么吧，至少。我问了很多遍，你都说没事儿，你甚至说你只爱我一个人，怎么突然想分手？你到底在隐瞒着什么呀？我们电话里讲。"

"我不会接你的电话的，再见，亚里格斯，我爱你。"

"你凭什么……拜托你了，克洛伊，咱们见个面，好吗？"

克洛伊没回最后一条信息，接着她把我拉黑了。没想到连她都会背叛我。电脑比人好，电脑不会背叛人。我拿着枕头捂着脸，一边哭泣一边大声地喊着，宣泄着所有的愤怒和悲伤，然后我在床上躺了一个小时，盯着房间的天花板，眼泪止不住地流。

为什么？

我对人类越来越失望了，原来连我的女神也是如此虚伪。太过分了吧！我小时候不是还有一个对自己的承诺没有兑现吗？现在就是采取行动的时候了。我要让克洛伊说出她的秘密，也要让所有人说出自己的心里话。

三、我的芯片

我的计划安排得非常清晰。周五下午五点到七点就是我们的机器课程。课程是在研究室进行的，这节课是一个星期中学生和老师的最后一节课。到这个时间，大家都恨不得早点回家，多享受一下周末。正好，如果我多待在研究室几分钟，谁也不会发现的。当没有人了，我就把我需要的零件偷走就可以了，毕竟没有摄像头，我已查过。

世界上第一种"识别思想"的人工智能很快就能发明成功。

我一直相信，人工智能可以改变我们生活的方方面面，包括让人类变得更加诚实。那我只要将自己的专业技术、知识与目标结合在一起就可以。我现在是研究生了，与人工智能有关的课程都考第一名，上个学期制造的机器得了雷平发明竞赛的一等奖。

老师甚至夸奖我说他们从来没看到过像我这么厉害的学生，并鼓励我考MIT。我所积累的知识与技术应该够了吧。

成功了，世界上第一个思想识别人工智能终于准备好了。敲了好几个礼拜的代码，我的手指麻木了。机器很简单，就是一枚小小的能产生一种超电磁场的芯片。只要靠近它，它便可以在3米的半径里记录每个人的思想，将其直接发到我的手机上，然后自动转录成文本，我就可以随时随地知道全巴黎的人在想什么。

还剩最后两步，倒数第一步便是做口香糖。您肯定有疑问，为什么是口香糖？跟人工智能有啥关系？别着急，一会儿你就知道了。

完成口香糖的制作后我把芯片放在口香糖里面，最后一步就是把它黏在一个人多的地方。我想到的第一个地方毫无疑问是蒙帕纳斯宾维纳地铁口，对我的试验来说那是个理想的地方。一是克洛伊天天都会在这个地铁口乘坐地铁。二是从一无所有的乞丐到无所不有的跨国企业领导，从倚老卖老、不停地喃喃自语的富有老年人到抢走中国游客钱包的人渣小偷，从笑容满面的中年人到只顾看手机的低头族，从安静听音乐或者看小说的人到大声唱歌，甚至用车厢中的竖杆跳钢管舞的年轻人，巴黎地铁上各种各样的人都有，来自各个国家、各个阶层、各个年龄段的人都有。我偷偷地把口香糖黏在月台上，毕竟巴黎的地铁口那么脏，多一个口香糖也没什么，我这么做都是为了科学与人类的发展，以后人类会感谢我的。

每个人都会想。我们不能不想。我们连睡觉的时候都在想。

我们的思想是属于我们自己的，我们可以选择把它们表达出来、不表达出来，或者撒谎，撒谎在我看来指的是为了表现得友好、热情，或者在某种情况下为了利益而不说真话。当然，我知道我发明的芯片会带来一系列的道德问题，不过我也没办法，我必须要知道人们到底在想什么，尤其是克洛伊。好了，试验正式开始了。

四、冒牌货

　　一个穿着一身黑色卫衣的男人匆匆忙忙地走下13号地铁。他把卫衣的帽子戴在头上，戴了一个口罩，还有一副墨镜，根本看不清他的脸。他叫文森特·翡丽，三十三岁，假神经科学博士。他尽量避开人潮，继续往出口走着，脚步很快，根本没发现自己踩到了一块新鲜的口香糖。他从蒙帕纳斯宾维纳地铁口出去，接着往沃日拉尔路走。他盯着地上走，根本不欣赏巴黎美丽的建筑，毕竟他对这些不感兴趣。他又继续走了两分钟，到了左边那扇很大的门前，他知道密码，他输完密码就进去了，爬到六楼。该死，这栋楼怎么没电梯？最左边的公寓就是他的目的地，他气喘吁吁地来到门前，他轻轻地敲门，希望不会引起别人的注意，门打开了，他进去了。

　　"你确定要这么做吗？你还记得我告诉你的吧？我无法保证这实验会成功。"

　　"确定。你的协议我已签署。为了科学，我愿意接受风险。"

　　"好。我的设备你放哪儿了？"

"床旁边。我先躺床上吧？"

"行。"

他从一个小行李箱中拿出了一个静脉注射器。事实上这并不是一个科学试验，他并不是医生，他从来没拿到过任何文凭，甚至连初中会考都没考过。十六岁他就辍学了。三岁的时候，他的父母双双死于车祸。后来，他被送到好几家福利院，慢慢地走上了贩毒和犯罪的道路。他是通过在You Tube上面看教程学会注射的。虽然他看起来根本不像医生，不过他巧舌如簧，总能让受害者对他医生的身份深信不疑，落入他的陷阱。因为文森特很聪明，他善于操控别人，人们会被他那令人安心的声音、精心琢磨的理由而迷惑。只有他知道，几秒后，该受试者（其实在他眼中，受试者就是一块肉而已）将永远离开这个世界。

他最后一次看了看那个女生。她把金色的眼镜放在床头桌上，散开了她黑色的卷头发。她看起来很平静、很安详。

五、千方百计地寻找答案

克洛伊从小就是一个开心果，别人一看到她就会笑起来。无论情况有多么糟糕，她都会保持乐观，这就是她的性格。她爱看书、看电影，对所有事物都很好奇和感兴趣，不过她对有件事情的好奇心远大于其他事情，这件事情便是死亡。死亡到底以哪些具体的科学现象体现？人真的有灵魂吗？死后什么都没有吗？还是真的像那些在鬼门关走过一遭的人描述的那样，我们会被发光的隧道吸入？有来生吗？那些关于鬼魂的故事到底是不是胡说八道？还是有一些事情确实存在？这些问题一直都没有答案，因此她觉得受不了。任何人都会对这些问题感到好奇，因为死亡是不可避免的，它是所有人的必经之路，但是矛盾在于，谁也回答不了这些基本问题。既然没有任何科学家能够给她答案，那她就只能靠自己找答案了，这便成了她的人生目标，她必须要弄清楚其中的奥妙，不管付出怎样的代价。她觉得也许可以通过人工智能来找寻答案，于是她选择学习人工智能，为了解开死亡的秘密。

为了进一步了解有关死亡的最近的试验和最新的发现，增加她这一方面的知识，克洛伊会经常参加由医生或者专家主持的会议、论坛、研讨会等相关活动。几个星期前的一个晚上，她参加了一个主题为"虚拟尸检"的会议。会议结束之后，她从那间大的会议室出来，有个男人很特别，吸引了她的注意力。他站在角落里，好像在发一种传单。克洛伊靠近他。 他穿着一身黑色的衣服，戴着黑色的口罩，几乎看不出他长什么样子。他穿着简单但是又令人害怕。他可能是法医学院的实习生。他将一张传单递给她。

　　非凡的试验！
　　翡丽医生正在寻找受试者参与一次伟大的试验。
　　您将帮助他解开死亡的秘密，为科学做出贡献！
　　欲了解更多信息，请直接通过06273841或通过电子邮件vincent.philippe@gmail.com联系翡丽医生。

此时，一个皱着眉头的保安闯入了大厅，径直朝他走过来。
　　"真是的！你干嘛你？这是我第二次跟你说这里不允许发传

单，你耳朵聋吗？快给我滚！"

还没等保安把话说完，男人已经从大厅的另一个出口跑出去了。

克洛伊疑惑地看着眼前发生的一切。那个人绝对不是医生，那他到底是谁呢？她又看了一眼那张传单。很奇怪，不过她对那项试验太好奇了。她想她必须弄清楚到底是怎么回事，她不能错过一个进一步了解死亡的机会。回家之后，她就联系了那张传单上的人。

六、我是不是太冲动了？

我养成了一种新的日常习惯，我每天回家后做的第一件事情便是打开手机，看看芯片记录的所有思想。每天平均会记录七千种思想。我觉得巴黎人的思想很有意思，十分丰富，各种各样的类型都有，乐观、悲观、搞笑、恶心、认真、浪漫的都有，我甚至在考虑要不要将其中一些打印出来，并将其贴在墙上，让大家意识到人类是两面派。看一下今天的记录：

"我靠，这里怎么那么臭？"

"拜托，但愿没有检票员，我只有两站就到了，干嘛买票坐五分钟的地铁？"

"困死了，不想去上班，呜呜呜！我需要咖啡！"

"哇，今天天气真好，真舒服。"

"这屁股不错哦，多欣赏一会儿。"

"哎呀，到处都是人，讨厌！应该打车过去。"

"快点，快点！我需要拉屎啊！"

"巴黎真的改变了，怎么一个法国人都没有了？以前不是这样的。"

"我真的好爱这个女生，牵她的手让我有幸福的感觉，希望能和她在一起一辈子，要不这周末在爱情桥上向她求婚？"

"可怜的小伙子，乍一看挺丑，仔细一看更丑！"

"啥？列车取消？你怎么才给我发信息？取消个头！"

"我的钱包怎么找不到了？完蛋了！"

"我的天，两百万个巴黎人当中，为什么恰恰是我碰到这个垃圾？躲避，躲避！"

"我今天能不能赚到吃饭的钱？今晚在哪里睡觉？上帝，请你帮帮我吧。"

"失业了，离婚了，我只要跳进铁轨就能结束这糟糕的生活了。别，阿德里安，别，为了孩子你必须坚持下去。"

"终于可以去布列塔尼和家人、朋友聚在一起了，好开心，好期待！"

"希望考试不会太难，没复习好，偏微分方程是什么来着？"

"好喜欢这首歌，再放一遍。"

"该死，我没关灯！"

"克洛伊·莫雷尔，沃日拉尔路三十四号，哇，她父母肯定很有钱。她可真傻，还真的以为我是医生……等我让她进入永恒的睡眠中，就可以一个一个地取出她的器官，将其卖出，就可以赚一大笔钱了！弄完了之后一定要把房子烧掉，不能留下任何DNA证据，不然就完蛋了。"

什么？克洛伊·莫雷尔？沃日拉尔路三十四号？有人想杀她？我突然愣住，呆呆地看着屏幕。我没看错吧！没有，克洛伊确实处于危险之中，希望不会太晚。数据是二十五分钟前记录的，还来得及吧，不过来不及报警了。我根本没多想，立即穿鞋，拿着背包就赶紧跑出去了。我一路狂奔，一般不到五分钟就到克洛伊家了，但此刻我觉得这五分钟变得无比漫长，这是一件生死攸关的事。

快点，亚历克斯。

街上的人看着我像疯了一样奔跑，但我不在乎，我必须及时赶到才能救克洛伊的命。在我奔跑的过程中，我撞上好几个人，不过我根本来不及道歉，我继续跑。

终于到了，但愿这混蛋还没下手。

我一脚把门踹开，闯进去。

怎么没人？

我急得像热锅上的蚂蚁。我急切地打开克洛伊房间的门。她在床上躺着，伸出左手。

她还活着！

在她左边，坐着一个男生，穿着黑色的衣服，他正要把注射器的针头插入克洛伊的手臂。我立马掏出背包里的刀。我用刀指着他，威胁他把注射器扔在地上。

克洛伊非常惊讶："亚历克斯？你怎么在这儿？"

"你谁啊，你？"

"闭嘴，按我说的做。"

他突然来到我面前说："你认为我怕你吗？"

"克洛伊，他不是医生，他要杀你，你赶紧跑啊！"

他突然往前迈了一步，顿时，一阵钻心的疼痛向我袭来，鲜血染红了我的白色T恤。他拿着的解剖刀血淋淋。我明白了，那是我的血。

我感觉自己快不行了，我用尽所有力气说："思想识别……克洛伊……我爱你。"

我重重地摔倒在地上，克洛伊不停地抽泣，说着："亚历克斯，不！亚历克斯！"

"对不起，克洛伊，我没能保护你。"

我连自己的最后一个思想也没能表达出来，就永远地闭上眼睛。

我的人生便是如此结束的。

七、一个错误的决定

好几个礼拜前。

克洛伊打开手机，拨打传单上的电话号码。

"喂，啥？"文森特很不礼貌地接电话。

"是翡丽医生吗？"

"哦，是的，是的。我能帮你什么吗？"

文森特立马换了一副嘴脸，用专业的语气回答。

"我对死亡这件事特别好奇，我想进一步了解您的试验。请问您能给我解释一下试验的过程和目的吗？"

对应的话术文森特已经背得滚瓜烂熟了。

"是这样。我是一名神经外科医生，我也受过法医培训，我是专业研究死亡现象的。我发现有一种物质可以让死亡的细胞复活，我们已经在老鼠身上进行过测试，现在已经到进行人体试验的阶段了，试验方案已完成。至于过程呢，简单来说，过程分三个步骤。我会先在受试者的头上和身上贴一些电极，再给受试者注射一种致命药物，该药物叫作戊巴比妥，死亡确认后才会注射试验中的药物，让实验者毫无副作用地复活过来。如果成功的话，该药物会打破人类的固有认知，我可以让你名垂青史，小姐。风险肯定是有的，不过我给您提供了一次为科技发展做出巨大的贡献的机会。"

"我怎么没听说过这个药物？有效成分叫什么？"

"您没听说过它很正常，如果成功的话，对人类来说是个重大突破，目前来说所有参与者都必须保守机密，包括您。如果您成为受试者的话，必须签署协议，表明您明确知道试验所带来的风险。"

"试验是在哪里进行的？"

文森特又骗她说："为了让试验在最佳的条件下进行，受试者必须彻底放松，而没有什么地方比家里更让人放松，是不是？我作为医生习惯去病人家看病。"

那时候文森特还没完全说服克洛伊，她觉得还有一些模糊的地方。

"好的，谢谢您，我再考虑一下。"

"如果试验成功的话，您会获得一定的金钱回报。"

"哦，知道了，我决定后会通知您的。"

"行，您同意的话，我们到时约个时间进行试验。"

　　文森特当然没有告诉她，他并不打算给她注射所谓的神奇药物，更没有试验。他很开心，又有一个傻子落入他的陷阱。一年前，当他卖毒品的时候，他认识的一个流氓跟他说贩卖人体器官挣的钱比贩毒要多得多。他通过那个人拉了关系，很快就进入了这个有组织的帮派。每个人都要想好战略来吸引受害者。文森特虽然没有受过高等教育，但是很聪明，他知道沉迷于死亡的人往往过度好奇或者有过悲惨的经历，都是情感脆弱的人，而感情脆弱的人比较容易被说服，因此他选择了这样的战略。其实，他不喜欢杀人，但是为了生存他需要赚钱，一大笔钱。

　　克洛伊考虑了一个礼拜，最后还是决定要当受试者。这不正是她甘愿奉献一切的事业吗？而且她还可以赚钱。虽然她父母不需要钱，但是她可以把这笔钱捐献出来用于研究。就算失败，她的尸体也会献给科学。

　　不过还有一件事儿要处理一下。如果亚历克斯知道，他绝对不会让她参加试验。克洛伊意识到风险很大，她不想让亚历克斯因为她而煎熬。虽然很难接受，但是分手是最佳的选择。

　　克洛伊怎么也想不到，这个决定最终导致亚历克斯和自己的死亡。

　　芯片一直在记录着周围的人的思想，但是没有人知道它的存在，也没有人看那些记录。

　　思想只属于我们自己，窃取它们是危险的。

【教师评语】

　　苏瑾萱同学的这篇小说非常成功，这绝不是因为你是法国人就对你的中文写作做特别的鼓励，即使这篇小说出自中国学生甚至作家之手，我也会表示赞叹。首先是你的想象力之丰富，你继承了法国哲人敢于创新的传统，你企图用科技手段解读人类内心的真话，这种想法和挑战本身就值得点赞，因为在"大海、天空、人心"三种逐步递进的神秘东西中，数人心最为宽广和深不可测，而哲学家、文学家们通过几千年的努力，就是企图解读人心真正的内存——这只是这个小说"挑战"的第一个亮点。第二个亮点是你的表达的流畅，你完全掌握了汉语小说（剧本）写作的语言，表达刺激、煽情和率直，对话写得也好，错落有致而毫不混乱，它们吸引着读者逐渐浓厚的阅读情绪，而且越来越向纵深处行进，直到"亚当用生命解救夏娃"却没有成功。小说（剧本）的结局是个大悲剧，是个令人震惊、让人反思的悲惨结局。人类真的能够战胜虚伪和谎言吗？好人真比坏人聪明并能打败坏人吗？

2023年5月10日，星期三

七具吊尸

（小说）

［塔吉克斯坦］王天龙

这是一个发生在日本的非常恐怖的故事。

几个少男少女决定在一所废弃的老学校里玩乐，这所学校据说是因为闹鬼所以被荒废了，而八个年轻人决意在此举办派对。

晚上，四个女孩和四个男孩聚集在一个男孩的家里，玩得很开心。午夜过后，他们开始讲恐怖的故事自娱自乐。男孩们想尝试体验刺激的感觉，他们想在闹过鬼的房间里过夜，在陌生的房间里互相吓唬捉弄对方。

有传言说城郊有一所废弃的学校闹鬼。这群少年不相信鬼魂邪灵一说，他们想吓唬对方，紧绷彼此的神经，而这所学校，正是最适合他们的地方。一个男孩子有一辆车，他们开着它去了这个学校。

他们决定两人一组绕着学校转一圈。每组绕着大楼走一圈，然后见面，说说自己的感受。第一组最先出发，回来之后，他们讲述所见所闻。然后是下一组，依次类推，直到每个人都绕着学校转一圈。

第一组的两个女孩去了大楼，但二十分钟过去了，她们没有回来。然后第二组的一男一女也去了，半个小时过去，他们也消失了。剩下的人坐在车里，开始怀疑之前去的那几个人是在捉弄他们。距离第一组人离开已经一个小时了。第三组的两个男孩决定去找他们。时间逐渐过去，两个男孩也没有回来。

最后一对男女留在车里，他们真的很害怕。女孩开始哭泣，男孩安抚她：

"我会去找他们。如果我在三十分钟内不回来，你就去报警。"

女孩独自一人待在车里，抹着眼泪。时间过去了很久，绝望的她开车去了警察局。

女孩和民警一起到了学校，他们先是搜查了大楼，没有发现少年们的踪迹。他们绕着学校走了一圈，看到旁边一扇敞开的门是通往体育馆的。进入大厅内，空无一人，空气中一片死寂。

但是当他们进入更衣室的时候，一幅可怕的画面展现在他们的面前，七个人都挂在空中，他们全被吊死了。女孩被带到派出所接受讯问，但她发誓没有串谋自杀。在废弃的学校里绕圈走真是个糟糕的主意。

一个月后，警方撤销了此案，他们无法证明学生们是被谋杀的。这个故事被刊登在一家日本报纸上，警方只能用普遍的癔症来解释，并声称这些青少年是密谋自杀。从那以后，再也没有人敢在夜间接近这所学校。

【教师评语】

很宅的王天龙同学平素喜欢单独看恐怖电影，于是为了完成作业，他就自己写成了这个迷你恐怖小说。

由于故事中埋藏了悬念，读来还真有点可怕。

　　写作过程中王天龙说他始终对如何给故事收尾犹豫不决，我听了很高兴，王天龙正在体验前辈作家们给作品收尾时候的那种不确定感。

　　有时候文学创作的起源是作者喜欢某一类型的作品，因为手痒或者想超越所读，于是也尝试着写了一部，之后呢就一发而不可收，因此我希望这个小故事成为王天龙撰写或翻译恐怖类型小说的开端。

　　还有，不太喜欢恐怖小说的我很难懂得喜欢恐怖作品的年轻读者们的阅读心理，难道就是想自己吓唬自己吗？

　　挺好奇的。

2023年5月11日，星期四

黑眼镜

（小说）

[摩洛哥] 安雨嫣

　　这个温暖而舒适的家，有五间房，包括一间大的厨房、一间客厅、一间卫生间和两间卧室。一进门，映入眼帘的便是客厅，客厅有一条棕色的皮质长沙发和一张深色木桌子。正对沙发的就是电视机，再往右走就是阳台了。穿过走廊，就进入了宽敞的厨房。厨房里有一台冰箱，有一个炉灶，还有很多的工具。厨房的旁边有一个卫生间。接着，就到了一间大的卧室，里面有一张相当大的床，床的两侧是两张带两个抽屉的小桌子，每个抽屉都有一盏台灯，还有一个颜色稍深的木制梳妆台。房间中央摆放着一张很大的全家福照片，是一对夫妇看着他们的男婴，脸上洋溢着幸福和喜悦的笑容。第二间卧室里面有一张小床，旁边是一张带抽屉的桌子，在上面有一盏灯和一个小柜子。在门口处，能看到一个椭圆形的黄铜镜框，镜框前站着一个高大宽肩的年轻人，穿着他从朋友那里借来的黑西装，梳着卷曲的头发，洒了一点香水，这种香水谁闻了都觉得廉价，但对他来说却是贵重的宝物，只在特殊场合使用。

　　"早上好，儿子，你今天起得这么早啊！"妈妈说。

　　他冲她笑了笑，然后上前靠近她，亲吻她的手，语气平静地说道：

"妈，你的早晨充满了爱和温柔，你知道今天是我一辈子最重要的一天。"

然后他沉默了一会儿，用乐观的语气继续说道：

"祝我好运！"

妈妈很温柔地拍了拍他的肩膀，说道：

"努尔，祝你成功！别担心，儿子。你是一个优秀、聪明、有野心的人，你今天肯定会被录取！"

听到妈妈鼓励的话，他笑了笑，然后稳稳地直起身子来，说道：

"我真的希望如此！"

他拿起公文包，戴了墨镜，然后离开了家。

……

在等候室里努尔安静地坐着，默默地闭上了他的眼睛，回想着他花了五年时间才寻找到的一份有声望的工作。人生是一场艰苦的奋斗，在这条奋斗的道路上，唯有优越者和自信者才能取得成功。意志坚强、永不服输的人，即使失败之箭再多、困难再多也绝不会气馁。许多年过去了，为了获得应有的地位他付出了很大的努力，经历了长期的勤奋和极度的痛苦。他熬夜不眠，读了很多书，听了很多关于如何发展自己而不是原地踏步的建议，因为他知道生活在不断地向前发展，不会垂怜那些被沮丧和绝望所支配的人。他在一所阿拉伯著名的大学学中国文学，并获得奖学金到北京最负盛名的大学之一学习口译专业，他还去西班牙语言文化中心参加了西班牙语课程。他不仅学习了几种国际语言，还把注意力转向了商业和企业管理的学习。

"努尔·本·穆罕默德先生，请跟我来。"

一位美女员工用官方语气打断了努尔的回忆洪流。他睁眼看了她一眼，客气地道了谢，迈着自信的脚步走向阿明·本·巴拉达总经理的办公室。进了办公室后有一个非常雅致的房间，中间是大经理的办公室，上面放着一台银色的苹果笔记本电脑。办公室前有两把宽大的皮椅，和大经理的宽大舒适椅差不多。旁边有一张黑色皮革沙发和一些昂贵的装饰品。努尔缓缓地往前进，然后站在大经理的办公桌前，阿明总正看着手中的一份文件，片刻后，他抬眼看向努尔，微笑着说道：

"您好，请坐！"

努尔也冲他笑了笑，然后坐在办公桌前的一张椅子上，高兴地说道：

"阿明总，我很荣幸能和你们一起工作。"

总部经理佩服地看了他一眼，说道：

"我看你的素质非常好，我们工作要的是颜值和作风。已有许多人应聘这份工作，但由于你难得的能力，你当之无愧！"

努尔心中燃起了欢乐的烛火，他欣喜地说道：

"先生，非常感谢您！您不知道我等待这一天的到来有多长时间。"

"不客气，但我有点儿好奇，想问你一个问题。"

经理一脸佩服地问道：

"您请说"努尔回答说。

"你为什么要戴黑眼镜？白色不是让你更帅吗？"

努尔感到有些紧张，但努力让自己镇静下来，然后用坚定的语气说：

"是的，这……因为……我是瞎子。"

经理挑了挑眉，然后惊呼道：

"什么？啊……那我们向你道歉，你不能接受这份工作，我们这里不雇佣盲人做这份工作。"

【教师评语】

安雨嫣同学是个描写的高手，小说前一部分有那么细致的氛围情景描写，像电影镜头那样事无巨细，能使人感觉身临其境。

"努尔"在阿拉伯语中是"光明"的意思。求职故事的最终转折点显然是在他对聘用经理说他是盲人的那个时刻，从残酷的现实出发，聘用经理的拒绝是极有可能发生的事，那是发生在众多残疾身上的普遍不幸，对之我们感到同情却爱莫能助。

在职场上，残疾无论如何都可能会成为一种求职上的障碍，有时需要动用社会整体的力量，用制度来补救而不是单靠某些个体单位的努力就可以排除。

不过也不要过于悲观，这个故事的灵感来自安雨嫣同学的两位盲人朋友的经历，其中的一位已经在某个学校找到了适合自己的工作，等同于找到了"努尔"——光明，我们衷心祝福另外一个朋友也尽快找到自己喜欢的工作，找到自己的"努尔"。

2023年5月18日，星期四

蝙蝠与火焰

（小说）

［日本］丸山绮良

为什么？

为什么偏偏是我？

让你下地狱。

从那天开始，我感觉自己快要消失了。从2018年冬天开始，蝙蝠一直在跟踪我，不断偷听和录音，连厕所的垃圾桶也翻倒着，看起来像一直找不到宝石的样子。如果她能飞去遥远的地方该多好啊！我默默地忍耐，但她越过了我的底线，我已经忍无可忍了。然后她天天骂我说："你藏哪儿？我绝对不原谅你，我要马上报警，还要让大家知道你是小偷的事情！"对我来说这样的想法无法理解，而且没有证据，我被冤枉了。她好像已经确定我是小偷，偷了她的宝石，但实际上不是这样，我从来没看过她的宝石。那为什么她不直接报警呢？为什么她认为是我偷的呢？我的脑海里出现了很多疑惑和无奈。

本来，我和她的关系一般，但突然她的性格变得奇奇怪怪，然后我们的关系就越来越疏远了。之后，一件令我永远忘不了的事情发生了，她突然因为一些莫名其妙的理由报警了，她表示是我偷了她的宝石。我没有做这样的事，她明明没有证据却已经认定我是小偷，而且她故意宣扬，告诉了许多人。从那天开始我们的关系结束了。我猜想她故意把宝石藏起来想诬蔑我。她天天跟踪我，并偷听、录音，在我的垃圾桶里寻找，等等，这让我很崩溃，但是突然有一天发生了一件事。某一天晚上，警察突然来搜索房间，在她的桌子后面的缝隙里找到了宝石。警察第一时间怀疑是她自导自演的。东西虽然是找到了，但我心里还是很不舒服，因为我还没听到她的道歉。

那段时间我一直在想，为什么是我？凭什么怀疑我？可能她是想让我下地狱吧。以后我们不会见面了，因为我是火焰，蝙蝠怕火焰。

为什么？

为什么偏偏是我？

我永远忘不了2018年。

【教师评语】

通常写小说时情节都是虚构或者半虚构的，因此小说也被归类为"fiction"——非真实的内容，然而，丸山同学这篇《蝙蝠与火焰》的故事却是发生在2018年间一段真实的经历，老实说，在现实生活中有这种令人极其不愉快经历的人的确不多，因此这篇故事虽然不长，每个字阅读起来都那么令人觉得揪心和恶心——对那个诬陷好人的黑色"蝙蝠"，同时也会引起深度同情——对那堆赤诚的"火焰"、那位不幸的被冤屈者本人，不过，好在最后火焰将蝙蝠燃烧掉并赢回了本该属于自己尊严和清白。

我们为丸山同学能通过写亲身不幸经历，把埋藏在内心的压抑和委屈付诸笔端而感到欣慰。其实文学和写作的功能之一就在于此，通过告白和诉说能让我们内心归于平静和心安理得。

2023年5月18日，星期四

灵魂摆渡人

（小说）

［秘鲁］彭美妮

名叫埃内斯托的太平间的化妆师，正沉浸在他的日常工作中，为躺在冰冷房间里的毫无生气的尸体做最后的美容。他的任务虽然表面上微不足道，但却有重大的意义，使他对生命和死亡的复杂性产生了疑问。

凭借精心组织的化妆调色板和工具，埃内斯托成为连接生与死、现在与过去的链条中的最后一环。他通过美化死者，让死者以端庄美丽的形象告别亲人。

然而，太平间里正在酝酿着一些阴暗的事情。埃内斯托注意到一些小迹象，表明解剖室紧闭的门后发生了一些奇怪的事情。这里有淡淡的血迹，那里有划痕，似乎表明在尸体到达他手中之前发生过暴力事件。

尽管内心充满好奇，埃内斯托仍保持沉默，专注于他的工作，完成美化死者的任务。有一天晚上，当他正在为一名身上布满瘀伤和深切伤口的男子修脸时，他觉得他必须做点什么，不能再忽视停尸房里发生的问题。

埃内斯托陷入了道德困境，他开始质疑自己在生死链条中的角色。他应该忽略这些迹象并继续他的化妆师工作，还是应该做些什么来揭开他在尸体上看到的痕迹和伤口背后的真相？答案尚不清楚，但埃内斯托知道他必须尽快做出决定，否则就太晚了。

埃内斯托知道他不能继续生活在太平间的不确定性中，所以，经过许多个夜晚的思考，他决定自己找出真相。

一天晚上，在所有工作人员离开太平间后，埃内斯托决定展开调查。他拿着手电筒，开始在解剖室的各个角落探索，寻找任何有关那里发生的事情的迹象。

很快他发现了一些奇怪的事情。在一扇锁着的门后，他找到了一个保险箱。引起他注意的是，保险箱上有和他之前在尸体上注意到的一样的血迹和抓痕。这个箱子里装的什么东西，导致了这样的损坏呢？

埃内斯托试图寻找保险箱的密码，但找不到，于是他决定强行撬开锁。在尝试多次失败后，锁终于开了。

当他打开保险箱时，里面的东西让埃内斯托惊呆了。里面有几个装满毒品和现金的袋子。他意识到停尸房是贩毒行动的幌子。

埃内斯托知道自己处于危险之中，他的发现不能被忽视；他也知道，他有责任揭露所发现的情况，以便司法能够展开调查。因此，他决定小心行事并寻求帮助。

但是，在这么危险的情况下，谁能够帮助他呢？他能相信停尸房里的人吗？还是他需要去寻求外部的帮助？埃内斯托陷入了一个秘密网络中，生死在这场致命的斗争中交织着。

埃内斯托认为不能相信停尸房里的任何人，因为他不知道谁参与了贩毒生意，如果向停尸房里的任何人透露，他的生命将会受到威胁。

于是，埃内斯托决定去停尸房外寻求帮助。经过几周的调查，他找到了一位一直在报道城市贩毒故事的调查记者

当记者听到埃内斯托的故事时，他感到惊讶，但承诺会进行更深入的调查。他们一起开始计划如何最好地揭露停尸房的贩毒活动。

但是，与此同时，停尸房里开始出现一些奇怪的事情。进入解剖室的尸体看起来比以往任何时候都更加糟糕，其中一些尸体有酷刑痕迹，另一些看起来在死亡之前曾受到殴打。

埃内斯托知道情况变得越来越危险，他不能在停尸房待太长时间。在与记者交谈后，他决定离开城市一段时间，等待情况得到解决。

但是当他准备离开城市的时候，有人在机场找到了他，那是停尸房内涉及贩毒行动的其中一名男子。

埃内斯托因恐惧而全身瘫软无力，但他试图保持冷静。那个男人告诉他，他知道他正在进行调查，如果他不停止，他和他的家人将面临危险。

埃内斯托知道他不能继续进行调查了，因为这会危及他的家人。因此，他决定抛下一切，在远离城市的地方开始新的生活。

多年后，埃内斯托收到了一封来自曾在他的调查中帮助过他的那位记者的信。在信中，记者告诉他，由于他提供的信息，他们已经成功地打掉了太平间内的贩毒组织。

得知真相已经浮出水面，埃内斯托感到了解脱，但他也知道自己再也无法回到太平间以前的生活了。这段经历在他身上留下了不可磨灭的印记，使他更加质疑生命和死亡的复杂性。

收到记者的信后，埃内斯托感到了极大的解脱，但他也因为离开太平间的工作并让同事面临危险而感到内疚。

他决定回到城市，面对过去并寻找一种帮助他以前的同事的方法。回到太平间后，他发现自己离开后情况变得更糟了，并不像那位记者所说的。尸体的情况更加糟糕，太平间员工之间的紧张气氛也越来越明显。

埃内斯托知道他必须采取行动，但不知道从何开始。与此同时，那个在机场拦住他的男人仍在紧密监视他，提醒他如果不保持距离，他的家人仍将处于危险之中。

然而，埃内斯托不能袖手旁观，看着自己的同事遭受苦难。他决定约见那位记者，找到一种在不危及任何人的情况下揭露真相的方法。

他们一起开始调查并收集罪证。但是，随着他们接近真相，埃内斯托开始接收到越来越明确的威胁。他知道自己处于危险之中，但他继续前进，因为他不能让贩毒组织控制他的工作场所。

最终，记者报道了这个故事，当局采取措施打击了贩毒行为。埃内斯托感到解脱，但仍然害怕接下来可能发生的事情。

有一天，当他在街上行走时，有人走近他，用一块浸有氯仿的手帕捂住他的嘴巴。他昏倒在地。

当他醒来时，发现自己在一个黑暗而陌生的房间里。他不知道自己在哪里，也不知道谁绑架了他。突然，他听到有人在阴影中对他说话。

"你以为你能逃脱吗？你错了。现在你归我们所有了。"

埃内斯托感到浑身一阵寒意。他知道自己处在危险之中，生命受到威胁。他将如何走出这个困境？绑架者是谁？他们想要什么？

未来充满不确定和恐惧，埃内斯托意识到他永远无法完全逃离那个黑暗的世界。

如果你处于埃内斯托的处境，需要在自己的安全和他人的安全之间做出选择，你会怎么做呢？

【教师评语】

我是在老伴出差我独自一人在家、关了灯就伸手不见五指的漆黑情形下阅读彭美妮同学发来并让我批复的小说《灵魂摆渡人》的，小说中充满了诸如停尸房、尸体、毒品、谋杀等惊悚内容，使得我边阅读边一阵阵感到万分恐惧，这无疑达到了作者想写一个恐怖和悬疑故事的最佳效果。作为一个年过六旬的老师，我不会因为阅读和批改学生作业就承担哪怕是有几分可能性的被吓坏、无人搭救生命的危险，于是我很聪明，并没仔细把彭美妮同学的精彩大作全部读完，就匆忙关上灯在漆黑中紧急安眠了。

我在睡梦中被完成了灵魂的摆渡。

2023年5月26日，星期五

无处安放的青春

（随笔）

［韩国］朴庆元

我是谁？我从哪里来？我要到哪里去？

我是谁？二十岁前，我已经找到答案。青春期自信满满，征服世界的我。

我从哪里来？十岁之前，我也已经找到答案。妈妈说，是从奶奶家种的地瓜地里挖出来的地瓜儿子。现在，我五十岁了，我要到哪里去？我却还没有找到答案。

有时，我会一个人去海边，在咖啡馆，点上一杯拿铁，吹吹海风，与大海聊聊，问海哥："我要到哪里去？"午后有点儿刺眼的阳光，泼满蓝色颜料的天空，海鸥翅膀拂面，浦项的海浪爬上铺满土黄色细沙的海滩，搅拌了慵懒香糯的淡淡棕色音乐，伴着拿铁的奶泡，淹没了刚刚浪起来的心。咽下最后一口凉掉的拿铁，眼睁睁看着爬来鞋边的海浪挽着刚涌出来的浪的小手无声地退回大海的怀抱。

有时，我会一个人去登山，问问同样作为男人的群山："我要到哪里去？"关闭手机，穿上装备，来到庆州吐含山。夕阳的灿烂余晖，耀眼的红叶，沁满法国红酒的醇香，三分醉意伴我登上顶峰，幸福荡漾，和恋人第一次牵手的悸动，还有那无数次弃我而去的回忆，都汹涌袭来。还好没有上演"分手的决心"，遇上一位美女，搭上我的余生，赔上我的性命，长眠于山脚之下。幸福的巅峰，绝望的谷底。万丈豪情夹着青春的尾巴，偷偷溜走了。我问吐含山我是不是也该静静地离开，也不带走一片云彩，随遇而安地度过余生。那时，心底只荡着我的回声。

有时，我会一个人去问佛祖。沐浴更衣，一路苦行，听着佛祖的箴言，登顶大邱八公山。在落日的余晖中，我佛慈悲，头顶巨石，静观自在，普度众生。我问佛祖："我要到哪里去？"佛祖拈花不语。我的彼岸花在哪里啊？！

问山、问海、问天、问地、问佛祖："我要到哪里去？"没有答案。

为了安抚我那躁动疯狂的心，有时我不停地开着车，游荡在车海中，耳边流淌着《青春》的低喃蜜语："青枝绿叶般的青春，总有一天会逝去，就像花开花败。月夜里窗前流淌的我的青春恋歌是如此悲伤。努力去寻那逝去的岁月，但两手空空。徒留伤悲，还不如就此放手，任岁月流逝。虽然已原谅弃我而去的人，但岁月也弃我而去。"听到这里我流泪了，模糊的视线里，我停下车来，趴在方向盘上，号啕大哭。谁说男儿有泪不轻弹？

我跟医生描述着最近我的行为，还有开车听歌曲时停车大哭的情况。男医生告诉我："你没有生病，可能是到更年期了，不要有心理负担，把它当成又一次青春期对待就好。"

有时，我又笑出了声。在中国长城脚下和朋友流利地说着中文，旁边的游客问我："你是中国人吗？""不，我是韩国人。我正在中国学习中文呢。"

我醒来了，原来是一场梦，梦中我去了中国呢！我忘了告诉医生歌曲《青春》的最后两句是："无安心之处，茫然的内心，只能去那乐土寻求答案。"

我把最近做的梦告诉了妈妈，妈妈支持我去中国留学，实现梦想。我做事业到50岁已经实现了自我，现在我想超越自我。做我热爱的中韩文化交流工作，去中国学习语言，提升自己，实现梦想。中国人常说："梦想还是要有的，万一实现了呢！"我正在实现梦想的路上。

感谢老师与同学们的聆听！

2023年5月17日于韩国大邱

【教师评语】

虽然是第三次拜读朴庆元同学的大作，我还是被他华丽的辞藻和高昂的热情所深深触动了。

都说"文如其人"，尽管他是班里唯一孤独地远在韩国从网上听课的同学（很对不住，因技术故障还时常听不见课堂传来的声音），尽管我们都和他从未实际谋面，尽管他是一个年到"半百"的高龄同学，尽管他的事业已经做得风生水起，生活上已经无忧无虑，然而，一贯不甘心做庸常人的他还是近乎"疯癫"地去问山、问海、问天、问地、问佛祖：我到底是谁？我接下来究竟该做什么才能获得新的生活的意义？

我认为他对答案的穷追不舍绝不仅是因为所谓的"更年期"，而是出于我刚才所说的"不甘心做一个庸常的人"的生活态度，他不想让生命中任何一个段落缺乏核心主题和闪亮光点。

　　作为汉语教师我当然乐意听他说要通过攻读一个中文新学位达到给五十岁生命留下一个"光彩记号"的目的，然而我从朴同学的"超常举动"中读取到的绝不仅仅是提高中文的心愿，而更是他身上少有的锲而不舍地寻求生活下一个目标和意义的执着和诗人般的如火情怀，以及如同甘泉一样的纯净性灵，而以上所有这些的总和，正是"青春"二字的真正内涵。

2023年6月1日，星期四

阅读2023年4月28日《新京报》《张艺谋：我一直保持一种心态——感恩机遇》心得体会

（随笔）

［哈萨克斯坦］潘璇

一、我一直保持一种心态———感恩机遇

首先是这个标题真正地把我吸引住了。我们年轻人多多少少有共同之处——走进这个社会，做一个有用的人，知道自己的方向，并且不回头一直往前走。

张艺谋先生说，假如这个世界分享了一个机会，不要长久疑惑，权衡一下利弊就可以做决定。

我觉得这个是对的，尤其是对我们大学生来说。本人在学习以及工作的道路上遇到过许多天才，他们知识很广，会说几种语言，但是找工作困难，都是觉得自己不够好就算了，不干了。竞争激烈时，你不得不这么想，虽然这些想法是暂时的，但是他们给你留下的印象是很深刻的……

于是我想应该有个东西能够让我们年轻人不懈努力，的确是有一个，张艺谋先生用一个字概括了一切，那就是"热爱"。

"我呢，我非常幸运地把自己的爱好当成了职业。"这旦张艺谋先生说的。

我认为"爱好"这个词是十分重要的！就算你有很大的能力可以日复一日地干着枯燥的活儿，但同时内心感觉你所希望做的并不是这一点。于是其中重要的因素是"喜欢"这个词。即便人人在你背后说假话，朋友都离开你，只要你喜欢，你就可以再次从零开始。

二、刚出道不久，他也曾因为"不是艺术"
而看不上一些作品

在学习的过程中，犯错误是免不了的事情。刚开始时，你经常会失败的，所以不要与别人对比，这种对比会伤害到你，令你觉得自己什么事儿都做不成。

张艺谋先生进入电影这个行业时认为自己拍得不好，好像为了卖钱似的。1978年，张艺谋先生考上了北京电影学院，他对电影一无所知，又充满着巨大的兴趣，意欲探索这种艺术。

我们和张艺谋先生是一样的人，有各种想法和困惑：梦想是否能实现？自己的人生道路是否选错了？……

张艺谋先生从摄影师到演员再到导演。道路是曲折的，但一切都值得。我们也是，虽然觉得很难，但最后还是会感激自己一生。

三、观众没有了，就是孤芳自赏

一种艺术应该有意义，否则得不到观众的反馈，而在电影行业，关键的一点是电影是为观众拍摄的。

在我看来，无论你用多么贵的设备，无论用什么技术复杂的东西，主要的还是要看观众喜不喜欢。

我们做生意时也一样，不仅要按自己梦想的画面去做，还得考虑消费者会不会买单。总之，得换位思考一下。

四、现在的电影市场已经逐渐恢复到了之前的状态

与几年前对比，现在的电影市场的变化挺大的。尤其是哈萨克斯坦的电影市场。原来年轻人对于自己国家的文化不大感兴趣，更不用说看哈萨克斯坦影片，但总有一群人能够改变一切。今天的哈萨克斯坦是新的。将来的哈萨克斯坦会是怎么样的？现在哈萨克斯坦的电影大多叙述哈萨克斯坦面临的困难。我认为电影应该给人们带去思考，比如：我是不是要这么生活？我们的下一代人也要这样生活吗？这些想法是年轻人应该有的。

电影《我的父亲母亲》观后感

（随笔）

［哈萨克斯坦］潘璇

　　《我的父亲母亲》是以第一人称来叙述的。所谓的"我"指的是母亲招娣和父亲骆玉生的孩子。

　　本人刚开始了解张艺谋先生的作品时，正好看到了这部1999年拍的《我的父亲母亲》。我喜欢看比较旧的电影，因为历史性很强，故事的情节容易懂，能够马上把观众吸引住。认识我的人知道，我将家庭排在第一位，而且对于以前的中国人怎样生活我一直很感兴趣。所以，在看《我的父亲母亲》时，有些画面很快进入我的内心，只要我闭上眼睛，那些画面就会呈现在我的脑海中。

　　我来自哈萨克斯坦，如果有人去过这个国家，就知道它以自然环境闻名，有山有湖水，有森林有麦田，它是如此精美！

　　出生以来我的生活就和大自然密切相关，无论我去哪里，我都会在心里感叹不已："怪不得那么多人选择到哈萨克斯坦旅游。"

　　《我的父亲母亲》里的自然环境也令人十分陶醉，当然如果一个地方你从小或长期住在这里，就会逐渐不太关注这些。虽然喜欢，虽然珍惜，但没有偶尔来到这些地方的城里人印象那么深刻。

电影的自然主要分为秋天和冬天。我认为每一个季节都有自己的含义，如冬天可以以"难过""悲伤""痛苦"来形容。冬天的时候，父亲因为城里政策问题要回去，在回去之前答应母亲一定会回来。日复一日的生活过得很平淡，母亲和以前一样去井里取水、做饭、照顾家人、做衣服。母亲一边干活儿一边等待父亲的归来，几乎天天在路边等，一匹马、一个马车夫还有她。那一天很冷，从早到晚，母亲头上只围着一条围巾，站在路边一动不动。结果她发烧了，并且烧得很厉害。

而秋天给我们观看者带来一种正好相反的、非常暖的感觉，譬如父亲要来担任教师那段时间就是秋天；一群男人干活时，非常热烈！男人们建造一所小学校，女人们为他们送餐，在前院坐着站着哈哈嘻嘻的，她们在猜谁吃了谁的菜。当然母亲在村子里干活是一把好手，做什么事儿都做得最好。有一次，父亲到母亲家吃了一顿饭，吃得很香，认识了这一家人；还有件事，父亲要走的时候给母亲送了一件爱情礼物，是漂漂亮亮的发夹。

另外，我想谈谈"爱情"这个概念。随着年龄的增长和父母的培养，"爱情"这个概念在我的认识中有很大的改变，尤其是现在。

影片里母亲的行动相信大家都能理解——要给她喜欢的人做好吃的饭，穿漂亮的衣服给他看，伴随他一生。在有些人看来，这些行动不能够表达人的感情很深，可能是因为习惯而认为这些都是必须的，但这只是一种表达爱的传统方式。

但母亲的某些行动我认为大可不必，如寒冷的冬天站在路上等着。虽说我也能够理解，但是怎么看都觉得，你除了自己也没有别人，牺牲自己这种想法，对自己、对任何人都没有好处。可能因为年龄小而爱情热烈，算是一见钟情嘛，于是忘记了自己，但是还不如在家里自己待着。

一人一种想法，当然一定有很多人和我的看法不一致，这也没什么奇怪的，不过有一个东西，我想大家都会同意的，那就是爱。不管她多么痛苦、多么折磨人，她的爱情是真正的，也是纯洁的。

最后，当父亲逝世的时候，母亲超级难受。她一辈子住在小村子里，一辈子做她喜欢的蘑菇蒸饺子，她天天去听父亲念课文，给学生们上课，直到他要走的那一时刻。儿子劝母亲和他一块儿去城市里生活，可他并不明白母亲的生活就是和她的丈夫在一起，甚至到她要"走"的时候，她想的依然是和她的丈夫葬在一起。

《我的父亲母亲》这部作品给我带来的印象太深太深，未能尽抒胸臆，但希望从这些话里可以感觉到我的心情。另外，我还有一个希望，希望多多拍有意义的，值得看的电影！

路遥《人生》读后感

（读书报告）

［波兰］卡洛琳

    这个学期我们北京语言大学的高翻学院国际研究生有一门非常有趣的课程，叫作"主题汉语讨论"。齐一民老师作为大作家让我们留学生也开始写作，期中考试要写自己的作品，期末一篇读后感。期中我写了一篇关于AI的小说，收获很多，知道了自己写一篇好的小说有多么难！这个学期从一开始到最后我一直都在准备写这篇读后感。路遥的《人生》陪伴了我去大学和回家的每一段路程。这本书对我来说意义重大，是我第一本完完整整看完的中文小说。它让我每天的出行变得更加美好，让我能够更好地理解中国的社会现象和价值观，同时作为在中国的波兰留学生也深入思考中国和波兰之间的文化差异。这本书为我打开了一扇窗户，让我更加了解了这两个国家的文化，使我对跨文化交流有了更深刻的认识。

    作为一个外国人，阅读中文书确实是一个挑战，但令我惊讶的是，虽然有一部分我不确定是否理解正确，但是我几乎都能够理解。其实这本书对于外国人来说是一本很好的阅读材料，可以提高自己的语言能力同时放松心情。我深深地被故事所吸引。我对路遥先生的敏锐洞察力和出色的叙事能力表示钦佩。他通过细腻的描写和深入的人物刻画，让我身临其境地感受到了故事中的情感和冲突。这本书不仅仅是一部小说，更是一次关于人生和人性思考的机会。

《人生》讲述了主人公高加林的生活旅程。这个旅程可以分为回到土地、离开土地和再次回到土地三个阶段，每个阶段都有不同的挑战和情感体验。高加林的经历让读者深刻地感受到人生的起伏和选择的重要性。在第一次回到土地时，他之前拥有的一份满足而有希望的职业被替代，失去了一切。当他经过生活中最艰难的日子，刘巧珍的出现重新燃起他的希望，给了他爱的力量。但是爱情也不能让他安定，高加林因内心的追求而离开了土地。在城市里，高加林与老同学黄亚萍相遇，他们有共同的背景和兴趣，高加林内心的纠结和对巧珍的思念使得他做出了艰难的选择，伤害了巧珍的心，跟黄亚萍在一起。这让我意识到，有时我们追求的幸福并不一定是真正适合我们的。最终，高加林被迫回到家乡。面对自己选择的错误和现实的残酷，他意识到巧珍的爱是真诚而无私的，而他曾经的骄傲和虚荣让他失去了真正重要的东西。

从语言特征方面来看，我认为书本和电视剧相同，都体现了人物语言与身份特点的契合。每个人物都有独特的语言风格，与其身份相符。作为外国人有些地方因为语言特征不同更难理解一些，但也是因为这样，这本书给我带来的价值更宝贵，让我了解到一些不同。比如农村年轻人与城市年轻人的对话呈现出不同口音和用词，农村人带有土地和农民的气息，而城市人则带有改革开放的氛围。农村文化人的言谈流露出一些自卑的语调，而城市文化人则不带所谓的酸气。农村干部与城市干部的说话方式也有所不同，农村干部无法摆脱农民的语言，而城市干部则更加政治化，等等。

实际上这本书给了读者足够的思考空间，作者并没有过多干涉读者的思想，在某种程度上，让我感到有一些矛盾。我认为高加林很聪明，尽心尽力实现自己的梦想，追求幸福，但同时也表现出他很自私的一面。他虽然会为别人的感受而考虑，但不够周到，还是会选择伤害对他重要的人。他的表现让我意识到这是现代社会的主要问题，越来越多人跟高加林一样，永远追求个人梦想和幸福，往往忽视了对他人的影响，而这样做效果恰恰相反，只会带来痛苦和悲伤。实话实说，这一方面其实我也一样，为了更好的教育机会来到北京留学，抛弃了自己的家乡，离开了自己的家人，所以我会同情高加林。但同时，巧珍让人深深喜爱，他对高加林的爱真是无限的，为了他，她自己的命都可以牺牲。尽管巧珍没有接受过教育，但有时她的智慧超过了高加林。高加林和巧珍的爱也让我联想起自己过去的爱情故事，我像巧珍一样，爱上一个人也愿意付出一切的代价去爱他。然而，我又能理解高加林的矛盾，爱情和婚姻是两回事，如果一个受过教育的人和一个从未受教育的人结婚，矛盾肯定会特别多。我认为解决这样的矛盾的关键在于充分了解自己，并尽力不伤害他人。我们需要认清自己的需求和价值观，同时也要尊重他人的感受和背景。只有这样，才能找到平衡和解决爱情与现实之间的冲突的方法。

书读到一半，我开始观看电视剧《人生之路》。这部作品是根据《人生》改编而成的。我当时想通过看电视剧对书本有更多的理解，但事实上，我发现了许多不同之处。可以说《人生之路》只是借用了《人生》的故事背景和人物架构，但是在故事的开始和结尾部分添加了许多内容，在其他方面甚至有更多的差异。书本和电视剧在描绘命运、迷茫、不确定性和成长等方面有着不同的处理方式。《人生》描绘了受困于黄土地的农民工高加林的悲哀命运，并留下结局供读者思考。相比之下，《人生之路》明确展示了高加林和刘巧珍在改革开放中的成长，从乡村走向城市。《人生之路》与现代年轻人的选择和机会更契合，而剧中的迷茫和困惑也更能引起共鸣。读完小说后观看电视剧，我发现了很多有趣的小细节也有所改变。例如，小说中有一次提到巧珍为了让高加林喜欢她开始刷牙，这引起了全村人对他的嘲笑，因为他们认为农民没有必要讲卫生。然而，在电视剧中，这个情节被改编为巧珍去理发和购买衣服，使自己更像一个明星。这样的场景差异显示出读者和观众所期望看到的不同之处。

　　阅读《人生》是一次非常宝贵的经历，它帮助我提升了中文水平，同时也拓宽了我的视野。虽然有时我对书中的某些部分是否理解正确存在疑问，但整体而言，这是一本非常值得外国人阅读的好书。它不仅能够提高我们的语言技能，还能带给我们放松和愉悦的阅读体验。我会将它推荐给其他对中国文化和语言感兴趣的朋友，因为我相信他们也会从中受益。我个人非常喜欢与《人生》同类的小说，故事并不华丽炫目，也没有壮丽的场景和动人的誓言，只是一个简单而普通的爱情故事，然而，在故事中的那个时代的背景下，它却闪耀出了璀璨的光芒，散发出无比的魅力。另外，我有一次从学校回来读这本书的时候读到155页，一个波兰的留学生，在中国阅读一本中文小说，突然看到在155页提到了欧洲，甚至提到了波兰！当时我大吃一惊，兴奋不已！ 这甚至使我更加喜爱这本书，我认为我作为读者与它的相遇实际上是一种缘分，因此在这里我也想向我们齐一民老师表示深深的感谢，要不是您的课程我可能永远都不会读这本书！

2023年6月16日，星期五，最后一堂课